rororo

Susanna Calaverno

Fantasien in Samt und Seide

Erotischer Roman

Rowohlt Taschenbuch Verlag

Originalausgabe
Veröffentlicht im Rowohlt Taschenbuch Verlag,
Reinbek bei Hamburg, April 2007

Umschlaggestaltung any.way, Andreas Pufal
(Foto: S. Calaverno / Getty Images)
Satz Sabon PostScript (InDesign)
bei Pinkuin Satz und Datentechnik, Berlin
Druck und Bindung Druckerei C. H. Beck, Nördlingen
Printed in Germany
ISBN 978 3 499 24397 4

Inhalt

Kapitel 1
Eine unerwartete Wendung

Elvira sah noch recht mitgenommen aus. Nicht ganz so geisterhaft blass wie gestern, als sie auf dem Bürokorridor vor meinen Füßen zusammengebrochen war, aber schlimm genug.

Ihre normalerweise dramatisch auftoupierten schwarzen Locken klebten am Kopf, und ihre Augen wirkten riesig.

Trotzdem verzog sich ihr breiter Mund spöttisch, als sie mich fragte: «Na, von dem Schrecken einigermaßen erholt?»

Die Frage war berechtigt. Nichts Böses ahnend, war ich gerade auf dem Weg ins Lager gewesen, als mir Elvira mit schmerzverzerrtem Gesicht, beide Hände auf den Bauch gepresst, entgegengetaumelt war. Automatisch hatte ich nach ihrem Arm gegriffen, um sie zu stützen, aber sie hatte meine Hände weggestoßen und atemlos gekeucht: «Schnell, ruf einen Krankenwagen. Mein Blinddarm …»

Erleichtert darüber, dass es zwar knapp gewesen, aber gut ausgegangen war, lächelte ich zurück und fragte: «Wie fühlst du dich jetzt ‹ohne›?»

«Gut genug, um mir diesen tollen Knackarsch in Griffweite zu wünschen», flüsterte sie mir zu und wies mit dem Kopf auf die Kehrseite des hochgewachsenen Pflegers, der gerade damit beschäftigt war, die verhedderten Jalousienschnüre am Fenster zu entwirren.

Ich musste lachen. «Elvira, du bist unmöglich!»

«Warte mal», grinste sie und bewegte ihre Schultern so geschickt hin und her, dass sich ihr eindrucksvoller Busen deutlich unter dem Krankenhausnachthemd abzeichnete.

«Diese grässlichen Knoten im Rücken drücken so», beklagte sie sich. «Du hast mir doch hoffentlich Negligés mitgebracht, Marion?»

Natürlich hatte ich. Und mit Erstaunen registriert, was sich sonst so alles in ihrem Schrank befand. Als Elvira mich gebeten hatte, ihr die Dinge, die sie für nötig hielt, aus der Wohnung zu holen, hatte sie das eindrucksvolle Sortiment offenbar nicht für erwähnenswert gehalten.

Neben schwarzen, weinroten, goldfarbenen und dunkelgrünen Negligés lagen da mit pinkfarbenem Plüsch gefütterte Handschellen, eine bunte Sammlung Dildos und Vibratoren, diverse Utensilien aus Metall, deren Einsatz mir unklar war, mehrere CDs mit – laut Cover – «Erotischen Klängen» sowie eine Sofortbildkamera samt einem Stapel Fotos.

Ich hatte nicht widerstehen können und rasch, als könnte ich dabei ertappt werden, den Stapel durchgeblättert. Elvira mit einem Mann, mit zwei Männern, mit einer schlanken blonden Frau, ihre Brüste in Großaufnahme, ihr im Orgasmus verzerrtes Gesicht, ihre geschwollenen Schamlippen, die sie schamlos mit weit gespreizten Schenkeln präsentierte, und eine Aufnahme ihrer Hinterbacken, zwischen denen ein erschreckend voluminöser schwarzer Dildo steckte.

Ich hatte gemerkt, wie meine Wangen heiß wurden, und schleunigst die Bilder wieder unter die Kamera geschoben.

Auch jetzt spürte ich erneut die verräterische Hitze und bückte mich schnell, um die Tasche hochzuheben, die ich vorhin einfach abgestellt hatte. «Hier – ich hoffe, es ist das, was du haben wolltest.»

Elvira warf mir einen schnellen Blick unter gesenkten Wimpern zu und wühlte dann schweigend in den Tiefen, bis sie triumphierend ein dunkelrotes Nichts aus Spitzen und ein wenig Tüll hervorzog und, es hin und her schwenkend, rief: «Könnten Sie mir wohl behilflich sein, mein eigenes Nachthemd anzuziehen? Meine Freundin hat es an den Bandscheiben und darf sich nicht bücken.»

Der Pfleger zog ein letztes Mal energisch an den Schnüren, drehte sich dann um, und ich sah, wie sich seine Augen beim Anblick des sogenannten Nachthemds deutlich weiteten.

«Natürlich – sofort», stammelte er, und ich erwartete fast, dass er auf den wenigen Metern zu uns über seine eigenen Füße stolpern würde. Ein gutgebauter junger Mann, mit breiten Schultern und muskulösen Armen. Er hatte die Ärmel seines hellblauen Arbeitskittels halb hochgerollt. Unwillkürlich schauten wir beide auf seine großen Hände.

Elvira zwinkerte mir zu und sagte dann mit schwachem Lächeln und unschuldigem Augenaufschlag: «Es macht Ihnen hoffentlich nicht zu viel Mühe, aber diese Krankenhaushemden sind wirklich zu schrecklich. Ich kann einfach nicht auf die Abendschwester warten!»

«Nein, nein – es macht überhaupt keine Mühe», wiegelte er eilig ab und beugte sich über Elvira, um ihr behutsam zu helfen, sich aufzusetzen.

Um nicht im Wege zu stehen, zog ich mich schleunigst ans Fenster zurück und beobachtete von dort amüsiert Elviras Verführungskünste.

Der Pfleger war recht geschickt, im Nu hatte er die Schleifen im Rücken des tatsächlich äußerst unkleidsamen Krankenhaushemds geöffnet und es beiseitegelegt. Dann aber schien Elvira einfach nicht die richtigen Armöffnungen zu finden. Sie brachte es tatsächlich fertig, ihre großen Nippel mehr als einmal an seiner Hand zu reiben.

Ich musste insgeheim schmunzeln: Elvira schaffte es doch immer, ihren Willen durchzusetzen! Wenn sie es sich in den Kopf gesetzt hatte, ihn zu verführen, hatte er nicht den Hauch einer Chance.

Wir kannten uns bereits seit unserer Schulzeit und waren damals trotz unserer unterschiedlichen Charaktere unzertrennlich gewesen: Elvira, dunkel, temperamentvoll, leichtfertig bis zur Verantwortungslosigkeit – und die brave, pflichtbewusste Marion mit den mausbraunen Zöpfen.

Damals konnte ich überhaupt nicht verstehen, was meine Eltern an unserer Freundschaft auszusetzen hatten. Was war denn schon dabei, dass Elvira sich gern mit Jungen herumtrieb? Wenn ich nicht so ein Angsthase gewesen wäre, hätte ich es ihr gerne gleichgetan!

Ich verriet niemandem, dass meine Freundin keineswegs bei mir übernachtete, sondern sich bei uns aus der Hintertür schlich, um erst im Morgengrauen wieder aufzutauchen: erschöpft, aber mit einem äußerst zufriedenen Grinsen im Gesicht.

Zum Dank erzählte sie mir alles bis ins Detail. Und so lauschte ich atemlos ihren Schilderungen, wie aus harmlosen, schlaffen Penissen riesige, harte Glieder wurden, die sie «da unten reinstecken und dann wieder rausziehen, bis sie kommen».

«Ist das denn nicht schrecklich unangenehm?», fragte ich naiv. Elvira lachte ein sehr überlegenes Lachen. «Kein bisschen», versicherte sie. «Schau mal!»

Damit hob sie ihr kesses Nachthemd an und spreizte die Beine. Das dichte schwarze Haar zwischen ihren Schenkeln glitzerte wie von Tautropfen übersät. «Wenn wir uns lange genug küssen», verriet sie mir mit geheimnisvoll gesenkter Stimme, «dann werde ich hier unten ganz glitschig, und es zieht und pocht wie verrückt. Dann kann ich es gar nicht mehr abwarten, bis sie ihr Ding reinstecken und loslegen. Es ist ein tolles Gefühl, einfach irre!»

Besonders informativ war die Beschreibung nicht, aber Deutschaufsätze waren noch nie ihre Stärke gewesen.

Nach der Schule hatten wir uns aus den Augen verloren. Elvira hatte sich aufgemacht, «die Welt zu erobern», und ich hatte nach einigen Jahren – mehr aus Mangel an Alternativen als aus Liebe – meinen damaligen Chef Dieter Wohlgemut, Inhaber der Firma Wohlgemut Im- und Export GmbH, geheiratet.

Recht schnell hatte sich geklärt, dass auch er mich nicht meiner schönen Augen wegen geheiratet hatte, die hinter einer dicken Brille sowieso niemandem auffielen. Für diesen Teil seines Lebens war die pralle Gaby zuständig, die offiziell als Aushilfskraft geführt wurde.

Meine Aufgabe war die Buchführung von Wohlgemut Im- und Export GmbH. Vermutlich hielt er mich für zu harmlos, um seine raffinierten Finanztricks zu durchschauen.

Doch allmählich kam ich ihm auf die Schliche und begann, mir ein eigenes Vermögen abzuzweigen. Mein schlechtes Gewissen hielt sich in Grenzen. Schließlich erledigte ich als Ehefrau meine frühere Arbeit als Angestellte quasi umsonst. Rechnete ich den Verdienst als Buchhalterin und Haushälterin zusammen, kam ich auf eine anständige Summe.

Ich war der Meinung, mir stand eine Entschädigung zu. Schließlich hatte ich von unserer Ehe herzlich wenig.

Vielleicht war es nicht fair, Dieter dafür verantwortlich zu machen. Irgendetwas funktionierte bei mir nicht richtig. Den Verdacht hegte ich, seit ich, ermutigt von Elviras Begeisterung, ein paarmal versucht hatte, ebenfalls dieses «irre Gefühl» zu erleben, und ausgesprochen enttäuscht gewesen war.

Die Reaktionen meiner jeweiligen Partner reichten von «Blöde Lesbe» bis zu der gestammelten Entschuldigung meines Fahrlehrers, er sei heute nicht gut drauf, aber beim nächsten Mal würde es sicher auch für mich schön …

In unserer Hochzeitsnacht wurden mit einem Schlag all die unliebsamen Erinnerungen wieder wach, während ich auf den Fleck neben der Deckenlampe starrte und hoffte, dass Dieter bald genug hätte. Unauffällig löste ich meine Handflächen von seinem Rücken, der sich inzwischen unangenehm nasskalt und glitschig anfühlte.

Wie ein Fisch. Oder wie eine Kröte.

Im Interesse einer funktionierenden Ehe wäre ich durchaus bereit gewesen, einen Therapeuten aufzusuchen, aber Dieter hatte geradezu beleidigt reagiert. «Als ich dich heiratete, habe ich gewusst, dass du keine Sexbombe bist – und das gefällt mir an dir. In einer Ehe gibt es wichtigere Dinge als Sex!»

So war ich still und heimlich wieder dazu übergegangen, im Badezimmer zu masturbieren.

Als Teenager hatte ich mehr zufällig entdeckt, dass die Empfindungen, die der brausende Wasserstrahl aus dem Duschkopf auslösen konnte, eine völlig andere Qualität als die eigene Hand hatten. Ich liebte es. Ich konnte die Augen schließen, mich dem Strudel der Gefühle überlassen und fantasieren, es sei eine fremde Macht, die dieses unglaubliche Gefühl in mir auslöste.

Dieter erfuhr nie den wahren Grund für den in seinen Augen absolut überflüssigen, extravaganten neuen Duschkopf. Ich denke, es hätte ihn sehr überrascht zu erfahren, was ein solcher Gegenstand alles bei mir bewirken konnte. Falls es ihn überhaupt interessiert hätte.

Ich brauchte einige Zeit, bis ich hinter den Grund für seinen rücksichtsvollen Umzug in das im Kellergeschoss gelegene Gästezimmer kam.

Wenn nicht in Dieters schwer leserlicher Schrift «Hochzeitsnacht» auf der Videokassette gestanden hätte, hätte ich sie höchstwahrscheinlich einfach zu den anderen ins Regal gestellt.

So aber konnte ich nicht widerstehen, legte sie mit spitzen Fingern ein und setzte mich auf die Sofakante dicht davor, um sie notfalls rasch stoppen zu können.

Das Erste, was ich sah, war die pralle Gaby in einem merkwürdigen Kostüm. Erst bei genauerem Hinsehen wurde mir klar, weshalb auf der Kassette «Hochzeitsnacht» stand: Es war die Parodie eines Hochzeitskleids, mit Spitzenschleier und langen weißen Handschuhen.

Im Hintergrund erkannte ich das Gästezimmer. Auf dem zerkratzten Beistelltisch standen ein Sektkühler samt Inhalt und zwei der selten benutzten Kristallkelche.

Die Schlafcouch war mit Hilfe mir unbekannter Rüschenbettwäsche und einem Mückennetz in ein romantisches Himmelbett verwandelt worden.

Langsam und gespielt schüchtern näherte Gaby sich der Kamera. Fasziniert starrte ich auf ihr Outfit: Der romantische Tüllschleier, der ihre Schultern umspielte, die Satinhandschuhe, die ihr bis zu den Oberarmen reichten, die Spitzenstrümpfe und hochhackigen Pumps mochten auch bei einer echten Hochzeit getragen werden – der Rest nicht!

Das sind ja Riesenbrüste!, schoss es mir durch den Kopf, während ich meinen Blick nicht von den üppigen Halbkugeln losreißen konnte, die prall über den Rand einer Büstenhebe quollen.

Unterhalb der Büstenhebe bestand das Torselett aus durchscheinender Spitze mit einigen geschickt platzierten Rüschen. Als sie wie zufällig die Beine spreizte, fiel mir auf, dass sie ihr Schamhaar komplett abrasiert hatte. Ihre prallen Schamlippen wirkten wie eine reife Frucht, rosig und saftig.

Als sie sich im Halbprofil präsentierte, konnte ich sehen, dass die hintere Rüsche oberhalb der runden Hinterbacken verlief. Der knackige Hintern prangte völlig nackt unterhalb der neckischen schneeweißen Spitze.

Ihre Zungenspitze fuhr herausfordernd über die Unterlippe, bevor sie mit beiden Händen zugriff und die Brüste anhob, sodass sie mit der Zunge an die großen Nippel heranreichte.

Die rosige Zungenspitze leckte hungrig die auffallend dicken Brustwarzen, überzog sie mit seidig schimmernder Feuchtigkeit. Spielerisch saugte sie sie abwechselnd in ihren Mund und ließ sie noch größer wieder herausgleiten, während sie wie im Rausch den Kopf hin und her warf.

Schließlich schien sie genug zu haben.

Lasziv grinsend schob sie ein Knie auf die Bettkante und fing an, mit den Zähnen sehr langsam den rechten Handschuh auszuziehen – Finger für Finger. Sie begann mit dem kleinen Finger, und als sie endlich den Handschuh halb ausgezogen hatte, griff sie blitzschnell zu, zog ihn in einer raschen Bewegung ganz ab und warf ihn in Richtung Kameralinse.

Der zweite folgte ein wenig schneller. Dann stützte sie sich mit beiden Händen auf und schob sich, dabei ihre Hinterbacken provozierend hin und her schwenkend, weiter auf das Bett, bis sie auf allen vieren in der Mitte kniete.

Im Rhythmus eines für mich nicht hörbaren Musikstücks schlängelte sie sich auf die Hände gestützt aufreizend langsam weiter nach vorne, bis ihre Brüste schließlich auf der Bettdecke auflagen und der rundliche Hintern in die Luft stand. Sie begann, ihre Schenkel zu spreizen, immer weiter, bis man deutlich die geschwollenen, feucht schimmernden Schamlippen erkennen konnte.

Plötzlich schoben sich ihre Hände nach hinten, packten die Pobacken, dass die rotlackierten Fingernägel sich tief in die Haut gruben, und zogen sie auseinander. Die rosige Rosette ihres Anus war ebenfalls völlig haarlos. Wo sie den Strang türkisfarbener Plastikperlen hervorgezaubert hatte, den sie auf einmal in der einen Hand hielt, darauf hatte ich nicht geachtet.

Gebannt beobachtete ich, wie sie damit ein paarmal durch die Pospalte fuhr, neckisch winkte, ehe sie die erste Perle in die Rosette drückte, wo sie verschwand. Das winzige Loch hatte sich sofort wieder geschlossen. Nur der Rest der Analkette ragte noch in die Luft. Perle für Perle folgte der ersten, bis nur noch der Sicherheitsring Zeugnis davon ablegte, was in ihrem Hintern steckte.

Gemächlich drehte Gaby sich auf den Rücken, die Beine immer noch fast im Spagat geöffnet.

Ihre Hände glitten streichelnd nach unten, bis sie geradezu zärtlich die Schamlippen öffnete und sich selbst zu streicheln begann. Sie war so nass, dass ihre Finger immer wieder abglitten. Schließlich hielt sie es nicht mehr aus und schob mit kreisenden Bewegungen erst einen Finger hinein, dann zwei. Als sie sie wieder herauszog, glänzten sie von ihren Körpersäften. Genüsslich führte sie sie an die Lippen, saugte an ihnen, leckte ihren eigenen Saft ab.

Schließlich griff sie ohne Hast unter das Rüschenkissen am Kopfende des Bettes und zog einen hautfarbenen Dildo von solchen Ausmaßen hervor, dass ich meinen Augen kaum trauen wollte.

Mit ihm strich sie ein paarmal in ihrer Spalte hin und her, bis er ebenfalls deutlich sichtbar glitschig geworden war, ehe sie ihn betont langsam einführte. Ihre Öffnung wirkte so klein, dass es unwahrscheinlich schien, dass sie ihn problemlos aufnehmen könnte, aber er verschwand in ihr, und sie begann, sich lustvoll hin und her zu winden.

Der Anblick war so erregend, dass ich mich selbst dabei ertappte, dass ich meine Hand zwischen die Oberschenkel geschoben hatte und versuchte, meine Klitoris daran zu reiben.

Gerade hatte ich beschlossen, meinen eigenen kleinen Vibrator zu holen, als das Bild plötzlich wackelte, auf die Seite kippte, und dann verschwand Gaby hinter einem behaarten Männerrücken.

Nur ihre Beine blieben sichtbar, die einen kräftigen Körper mit leichtem Fettansatz umklammerten, dessen Hinterkopf mir vage bekannt vorkam. Und dann fiel der Groschen!

Der Bräutigam in dieser Parodie einer Hochzeitsnacht war mein Mann.

Vor meinen Augen verschwammen seine Hinterbacken, die sich deutlich sichtbar in einem hämmernden Rhythmus bewegten und dann, nach einem letzten Aufbäumen des gesamten Körpers, erschlafften.

Am nächsten Morgen eröffnete ich auf meinen Namen ein Sparbuch bei einer Bank, mit der wir keine Geschäftsverbindungen unterhielten. Das Einzige, was mir Sorgen bereitete, war eine eventuelle Steuerprüfung.

Diese Sorge nahm mir überraschend eines schönen Maimorgens ein unauffälliges Metallteil an Dieters Auto ab. Was genau wo und wie gebrochen war, blieb mir unklar und interessierte mich auch nicht im Geringsten.

Er und die pralle Gaby waren tot. Der Umstand, dass seine Begleiterin ganz offensichtlich seine Geliebte gewesen war, ließ mich in den Genuss allgemeinen Mitgefühls kommen und beschleunigte die Nachlassabwicklung beträchtlich.

Zu meiner Überraschung wurde ich dank diverser Lebensversicherungen eine ausgesprochen wohlhabende Witwe.

Sollte ich eine Weltreise machen? Eine Kreuzfahrt

durch die Karibik? Unentschlossen wälzte ich dicke Stapel von Reiseprospekten, als Elvira wie ein Geist aus der Vergangenheit auftauchte. Ein äußerst entschlossener Geist!

Sie hatte gerade eine lukrative Scheidung hinter sich und wollte einen Teil ihres Vermögens in ein Spezialversandgeschäft für erstklassige Dessous investieren.

«Das wird der Renner!», beschwor sie mich. «In den USA machen sie damit einen Riesenumsatz. Und mit dem Internet fällt auch hier die Hemmschwelle!»

«Ich weiß nicht so recht – Unterwäsche ...»

«Na, das ist doch wenigstens interessant. Was glaubst du, was es da alles gibt!» Elvira zwinkerte mir verheißungsvoll zu. «Du bist einfach noch zu jung, um mit lauter Rentnern auf solchen Kähnen durch die Welt zu schippern!» Sie wies verächtlich auf den Stapel Kreuzfahrtprospekte. «Das Leben hat noch einiges für uns in petto ...» Geschickt schenkte sie mir von dem französischen Champagner aus Dieters Geheimvorrat nach.

War es Übermut oder gar Abenteuerlust, die mich sagen ließ: «Also gut, ich werde es ganz einfach tun. Wieso nicht? Schlimmstenfalls gehen wir pleite ...»

Elviras unergründliche Beziehungen halfen uns, die anderen Interessenten um die stillgelegte Miederwarenfabrik am Stadtrand aus dem Rennen zu werfen, und wir stürzten uns in die Aufgabe, in den vernachlässigten Gebäuden ein Lager und einen Verkaufsraum einzurichten.

Elviras Idee war so simpel wie genial. Sie kombinierte sämtliche Verkaufsstrategien. Neben unserem hübschen Verkaufsraum gab es einen Internetversand. Hier boten wir zu wirklich günstigen Preisen ausgemusterte Kollektionen, Reststücke oder Retouren an. Das zweite Standbein waren aktuelle Kollektionen, die hauptsächlich von Einzelhändlern geordert wurden, die lieber bei uns bestellten als direkt in den USA oder in Frankreich.

Noch steckte unsere kleine Firma, Hautnah, in den Kinderschuhen, aber es ging stetig mit ihr bergauf.

Inzwischen beschäftigten wir mehrere Angestellte und konnten uns auch selbst ein Gehalt zugestehen.

Hinter mir klappte eine Tür. Ich drehte mich um und musterte Elvira in ihrem verführerischen Negligé, die sich gerade vorsichtig höher auf die Kissen schob, um in eine aufrechte Position zu kommen, und nach dem weißen Plastikbecher auf dem Nachttisch griff. «Wenn ich nicht so durstig wäre, würde ich dies Zeug bestenfalls zum Waschen benutzen», murrte sie, leerte aber tapfer den Kräutertee und klopfte dann neben sich auf die Bettkante.

«Komm, setz dich. Steh nicht so ungemütlich herum. Wir müssen unbedingt besprechen, woran du in Paris denken musst – und was nicht so wichtig ist!»

Meinte sie etwa ...?!

«Nein, das kann ich nicht. Ich kenne doch niemanden dort! Kommt überhaupt nicht in Frage!» Meine Stimme kippte fast vor Schreck.

«Aber natürlich kannst du. Und du wirst!»

Elviras Blinddarm war im denkbar ungünstigsten Augenblick durchgebrochen. Morgen hätte sie nach Paris auf die Messe *Toujours Dessous* fahren sollen.

«Ich würde dich nicht drängen, wenn ich es dir nicht zutrauen würde.» Elviras Stimme hatte diesen speziellen «Nun-sei-doch-vernünftig»-Tonfall. «Es ist zu kurzfristig, um die Fahrkarte und das Zimmer kostenlos zu stornieren», fuhr sie fort. «Und außerdem wäre es schlicht blödsinnig, jetzt alles sausenzulassen. Wir haben doch alles besprochen. Du weißt genauso gut wie ich, was wir ordern wollen. Wovor hast du Angst?»

Überrumpelt starrte ich sie an.

«Schau nicht so schockiert – schließlich kenne ich dich

lange genug, um zu sehen, wenn du vor etwas zurückschreckst. Im Ernst: Was wäre denn so schrecklich daran, an meiner Stelle nach Paris zu fahren? – Paris im Frühling, mmhh …» Sie räkelte sich genüsslich in den aseptischen Laken, ein unpässlicher Vamp.

«Ich habe keine Angst!», protestierte ich so würdevoll wie möglich. «Ich denke nur, dass unsere Geschäftspartner sehr enttäuscht wären, wenn ich dort auftauchte.»

Ich warf einen sprechenden Blick auf ihr Negligé, das viel zu viel cremeweiße Haut enthüllte.

Elvira kicherte selbstgefällig. «Das könnte sein, aber das liegt an dir. Schließlich dränge ich dich schon seit Monaten, endlich auch dein *sichtbares* Äußeres aufzupolieren!»

Der sprechende Blick zeigte deutlich, worauf sie anspielte. Meine geheime Leidenschaft!

Seit ich ständig Kontakt zu Dessous hatte, von denen ich mir im Traum nicht hätte vorstellen können, jemals mit ihnen in Berührung zu kommen, hatte ich zu meiner eigenen Überraschung in mir eine neue Seite entdeckt. Die kühle Seide, der leise knisternde Satin, der schmeichelnde Samt – ich konnte nie genug davon bekommen, sie zu berühren, zu streicheln wie lebendige Wesen.

Eine Kombination in sattem Purpur verführte mich dazu, an einem Montag absichtlich zu früh zu kommen und sie im Geheimen anzuprobieren. Die sündige dunkelrote Spitze hob sich deutlich von meiner goldfarbenen Haut ab. Die Brüste wirkten voller, ein Verdienst der geschickten Schnittführung, die ein verführerisches Dekolleté zauberte. Ich zog das Haargummi ab, mit dem ich meine widerspenstigen Locken zu einem Pferdeschwanz gebändigt hatte, und schüttelte sie frei.

Das Bild im Garderobenspiegel zeigte eine etwas ängstlich blickende junge Frau mit zerzausten dunklen Haaren, jungenhaft schlank und doch sehr weiblich. An den richtigen Stellen verbreiterte die Silhouette sich zu ansprechenden Kurven, um in langen Beinen zu münden, die ich allerdings aus meiner Stellung nur bis zu den Knien sehen konnte.

Der hohe Beinausschnitt des Slips verlängerte sie noch zusätzlich, aber mein darunter hervorquellendes Schamhaar wirkte irgendwie unpassend. Wenn ich solche Wäsche tatsächlich tragen wollte, müsste ich es wohl rasieren ...

«Hallo, jemand da?»

Die Eingangstür knallte fast im gleichen Augenblick, in dem ich Elviras Stimme hörte. Ich versuchte, zu antworten und gleichzeitig so schnell wie möglich etwas überzuziehen, weil ich nicht wollte, dass irgendjemand, nicht einmal Elvira, mich so sah. Gerade stopfte ich hastig meine eigene Baumwollunterwäsche in die große Handtasche, als sie schon mit einem Ruck den Vorhang beiseiteriss und erstaunt fragte: «Was, um Himmels willen, treibst du denn schon so früh hier?»

Nach der Hitzewelle, die ich meinen Hals hoch und in meine Wangen schießen fühlte, musste ich einen hochroten Kopf haben. Wie ein Kind, das man bei etwas Verbotenem erwischt hat, dachte ich. Elvira erfasste die Situation mit einem Blick und umarmte mich beiläufig. Nur der herzhafte Druck unterschied ihre morgendliche Begrüßung von der anderer Tage.

«Du musst doch nicht extra früher kommen, wenn du dir etwas aussuchen möchtest», meinte sie kopfschüttelnd. «Dir gehört die halbe Herrlichkeit – nimm, was dir gefällt. Es freut mich, dass du endlich aus deinem Schneckenhaus herauskommst.»

Damit war das Thema erledigt. Ich gewöhnte mir an, Teile, die mir gefielen, zum Anprobieren mit nach Hause zu nehmen, und einige davon behielt ich. Es bereitete mir eine Art perverses Vergnügen, im Französischkurs unregelmäßige Verben zu deklinieren und als Einzige zu wissen, dass ich unter dem züchtigen tannengrünen Rollkragenpullover so exquisite wie gewagte Unterwäsche in petrolfarbener Seide trug.

Zu mehr reichte mein Mut oder auch mein Unternehmungsgeist nicht.

Elvira hatte dann versucht, die Metamorphose weiter voranzutreiben, indem sie mich als Nächstes zum besten Optiker der Stadt geschleppt hatte, um mir dort eine schicke Brille verpassen zu lassen.

«Wann hast du dir das letzte Mal eine neue anpassen lassen? Hinter diesen potthässlichen Petrischalen kommen deine Augen doch überhaupt nicht zur Geltung.»

Erst nachdem ich ihr das Versprechen abgerungen hatte, mich danach mit ihren Verbesserungsvorschlägen in Ruhe zu lassen, ging ich mit und registrierte erstaunt, dass in den letzten Jahren eine Art Revolution stattgefunden hatte: Die Gläser waren unglaublich dünn und unglaublich teuer geworden. Aber sie waren ihren Preis wert!

Das musste ich zugeben, als wir meine neue Brille abholten.

Hinter den alten, dicken Kunststoffgläsern hatten meine Augen immer winzig gewirkt. Schweinsäuglein, wie meine wenig zartfühlenden Klassenkameradinnen sagten.

Mit diesem neuen, dezent schimmernden Metallgestell, das genau dem Bogen meiner Brauen zu folgen schien, fiel die Brille dagegen gar nicht auf.

Angenehm überrascht registrierte ich, dass ich mich nicht mehr entstellt fühlte.

«Sehr elegant, und sie unterstreicht ihre Gesichtsform genau richtig», befand der Optiker und lächelte mir professionell ermutigend zu.

Ich lächelte spröde, sagte: «Das kann man bei dem

Preis auch erwarten!», und zog meine Kreditkarte aus dem Portemonnaie.

«Wieso hast du ihn abblitzen lassen?», fragte Elvira verständnislos, als wir wieder draußen waren. «Einen gutaussehenden Kerl wie den hätte ich nicht von der Bettkante geschubst!»

«Du meinst, er hätte sich für mich interessiert?»

«Natürlich! Bist du blind? So, wie er dich mit den Augen verschlungen hat, war es doch nicht zu übersehen.» Elvira schüttelte empört die schwarzen Locken.

«Bildest du dir das nicht nur ein? Ich fand ihn einfach nur so höflich, wie es für einen Geschäftsmann mit Konkurrenz in der Nachbarschaft ratsam ist», sagte ich nüchtern.

Natürlich war mir nichts Derartiges aufgefallen. Vermutlich sah Elvira das, was sie zu sehen wünschte. Ihre beharrlichen Versuche, mich zu einem Leben, wie sie es führte, zu bekehren, stießen bei mir auf wenig Gegenliebe.

Für meine unmittelbaren Bedürfnisse zog ich den Duschkopf und den silbernen Vibrator, den Elvira mir mit spöttischem Grinsen am letzten Valentinstag auf den Schreibtisch gelegt hatte, echten Männern aus Fleisch und Blut vor. Beide Gegenstände bescherten mir zuverlässige, unkomplizierte Orgasmen, ohne mir je Unannehmlichkeiten oder gar Peinlichkeiten zu bereiten.

Nur sehr selten – in letzter Zeit allerdings ein wenig häufiger – fragte ich mich, ob ich nicht doch etwas versäumte und das später bereuen würde. Später – wenn es zu spät wäre …

Paris bot mir eine Chance, die weit über Französischkurse oder verschämte Annoncen hinausging. Anonym in der Hauptstadt der Liebe – was zögerte ich noch?

«Du hast recht», sagte ich also energisch nickend. «Selbstverständlich fahre ich, wenn es sein muss.»
Elvira schüttelte in übertriebener Verzweiflung den Kopf und seufzte: «Du bist der einzige Mensch, den ich kenne, den man dazu überreden muss, nach Paris zu fahren. Warte ab, du wirst dich großartig amüsieren!»

Keines meiner Kostüme war auch nur annähernd für Paris geeignet, stellte ich zwei Stunden später deprimiert fest und erleichterte mir die Auswahl, indem ich solche Qualitätsmerkmale wie «knitterfrei» oder «fleckunempfindlich» berücksichtigte.

Das Marineblaue aus Merinowolle würde ich anziehen, das Vanillefarbene mitnehmen. Zu beiden passend ein paar dünne Pullover mit Schildkrötkragen – das musste gehen. Nichts, was eventuell aufgebügelt werden musste.

Ich würde nur das Nötigste einpacken. Wozu fuhr ich nach Paris? Vielleicht ergab sich die Gelegenheit zu einem kleinen Einkaufsbummel.

Rigoros klappte ich den Kofferdeckel zu, ehe ich der Versuchung nachgeben konnte, noch rasch die bequemen Sneakers dazuzulegen, und stellte meine Sonntagspumps bereit.

Kapitel 2
Nachtzug nach Paris

Eigentlich hatte ich mir den Beginn meiner Abenteuerreise etwas würdevoller vorgestellt. Aber das Unvorhersehbare hatte machtvoll zugeschlagen: Ich stand bereits in der Tür, warf nur einen letzten Blick zurück, ob alle Lichter ausgeschaltet und die Zimmerlinde auch wirklich an ihre Wasserversorgung angeschlossen war, da läutete das Telefon.

Obwohl ich mich zu ungewöhnlicher Schroffheit durchrang – bis ich den Hausmeister abgewimmelt hatte, der in seiner gewohnt umständlichen Art eigentlich nur von mir wissen wollte, ob ich mit der Terminierung beabsichtigter Reparaturarbeiten einverstanden sei, war mein Zeitpolster dahingeschmolzen.

Der Taxifahrer erwies sich als eines der extrem seltenen Exemplare, die langsam und vorsichtig fuhren und die Rotphase der Ampeln voll ausnutzten.

So kam es, dass ich keuchend auf den Bahnsteig hetzte und mich mit letzter Kraftanstrengung in den Wagen warf, als der Schaffner bereits in die Trillerpfeife geblasen hatte.

Er betrachtete mich halb mitfühlend, halb amüsiert, während ich auf dem Notsitz im Gang hockte und keuchend nach Luft rang.

Geduldig wartete er, während ich in meiner unübersichtlichen Umhängetasche nach Fahrschein und Reservierungsbestätigung für das Schlafwagen-Einzelabteil suchte. Als ich sie ihm reichte, nickte er, griff nach meinem Koffer und bat mich, ihm zu folgen.

Meine Erfahrung mit Schlafwagenabteilen beschränkte sich auf diverse Filme. Natürlich war mir klar, dass ich hier nicht im Orient-Express reiste, aber die Enge im Abteil überraschte mich doch ein wenig.

«Wenn Sie noch eine Kleinigkeit essen wollen – der Speisewagen ist bis halb zwölf geöffnet, aber ich bringe Ihnen gerne auch ein Sandwich ins Abteil», bot er an. Als ich dankend ablehnte, fuhr er fort: «Wenn Sie irgendetwas brauchen – hier ist die Klingel», und wies auf einen roten Knopf neben der Schiebetür. «Zum Frühstück Tee oder Kaffee?»

Ich entschied mich für Tee, und nach einem kurzen *«Bonne nuit»*, war ich mir selbst überlassen.

Neugierig schaute ich mich um. Über dem schmalen Bett, auf dem ich saß, gab es noch zwei ausklappbare. Drei Leute übereinander – wie in der Jugendherberge. Und genau wie dort gab es auch die kluge Vorrichtung der Schutzbügel, die einen vor einem Sturz aus den oberen Betten bewahren sollten.

Mir gegenüber, neben dem Fenster, war ein Waschbecken mit Spiegel installiert und eine Art Garderobe. Der Zwischenraum zwischen Betten und gegenüberliegender Wand war allerdings so schmal bemessen, dass zwei dickere Menschen nicht gleichzeitig dort stehen konnten.

Die Wolldecke, auf der ich saß, trug das Emblem DB und schien aus der gleichen Quelle zu stammen wie die Exemplare, die man als Bundeswehr-Ausschussware preiswert angeboten bekommt. Die Bettwäsche allerdings war zu meiner Erleichterung blütenweiß und steif gestärkt. Nicht einmal meine Mutter hätte etwas daran aussetzen können.

Auch wenn meine Müdigkeit stärker gewesen wäre als meine momentane Nervosität – die Ruckelei des Zuges schien einen normalen Schlaf nicht zuzulassen. So überdreht, wie ich war, musste ich mir ein wenig Bewegung verschaffen.

Der Gang war menschenleer und nur notdürftig erleuchtet. Brachten die anderen Reisenden es tatsächlich fertig zu schlafen?

Ich schlenderte im Zug bis zum Speisewagen, begnügte mich aber mit einem kurzen Blick auf den beim Gläserpolieren ungeniert gähnenden Steward und trat den Rückzug an.

Zwei Waggons von meinem entfernt lag ein schmaler Lichtstreifen wie eine Barriere im Weg. Automatisch schaute ich ins Abteil, angezogen von der Lichtquelle. Noch heute weiß ich nicht, was mich überkam. Wieso ich nicht sofort meinen Blick abwandte und meinen Weg fortsetzte.

Die Anonymität, die in ihrer Monotonie aufreizenden Bewegungen des Zuges, meine Überdrehtheit – vermutlich war es eine Mischung aus allem. Jedenfalls starrte ich gebannt auf die gutbeleuchtete Szene.

Der männliche Teil des Paars war ausgesprochen sportlich gebaut, das verbarg auch der helle Leinenanzug nicht. Sonst konnte ich von ihm nur sein kurzgeschnittenes dunkles Haar sehen, denn er wandte mir den Rücken zu.

Obwohl ich von ihm nur die Hinterseite und von der auf seinem Schoß sitzenden Frau die langen schlanken Beine sah, fesselte mich die Leidenschaft, die von ihnen ausging. Als wäre Rodins «Kuss» zum Leben erwacht.

Die kleinen Hände der Frau fuhren hektisch über seine Schultern, glitten in sein Haar, gruben sich hinein, lösten sich und begannen erneut ihren Tanz, als wollte sie sich vergewissern, dass jeder Zentimeter von ihm tatsächlich vorhanden war. Ihre Finger wirkten noch zierlicher durch fünf auffällige Ringe und die an Raubtierkrallen erinnernden blutrot lackierten langen Fingernägel.

Schließlich packte er ihre Schultern und drängte sie ein Stück von sich fort. Jetzt konnte ich sie sehen: eine honigblonde Porzellanpuppe mit auffälligem Augen-Make-up in einem schwarzen Pullover mit gewagtem Ausschnitt. Eine Schulter lag bereits frei, und ihre weiße Haut stach gegen das Schwarz ab, als leuchte sie von innen heraus.

Seine dunkel gebräunte Hand streichelte zärtlich mit zwei Fingern ihre Halsseite, fuhr dann langsam zum Ausschnittrand und zog ihn weiter nach unten, bis eine erstaunlich große Brust heraussprang. Sie warf den Kopf nach hinten, und er legte eine Hand darunter, um sie wie in einer Schale zu halten. Ein kräftiger Daumen strich über die rosige Brustwarze, eine langsame Liebkosung.

Als er den Kopf senkte, um ihren zurückgebogenen Hals ausgiebig zu küssen, begann sie, unruhig die Schenkel gegeneinanderzureiben, und ich tat es ihr nach. In meinem Unterleib krampfte sich alles fast schmerzhaft zusammen, und im Schoß pochte spürbar das Blut.

Es war dumm, mich so zu quälen, aber ich brachte es einfach nicht fertig, mich von dem Geschehen zu lösen.

Er schien etwas zu ihr zu sagen, denn sie lachte auf und glitt langsam zwischen seine Knie, bis sie zwischen seinen Schenkeln kniete. Ihre Finger strichen neckend über die deutliche Beule vorne an seiner Hose. Ungeduldig öffnete er selbst die Hose und lehnte sich träge lächelnd zurück. Sein Gesicht war genauso dunkel wie seine Hände, glattrasiert mit einem südländisch anmutenden Adlerprofil. Ein zeitloser Typ – genauso gut wie im Anzug hätte man ihn sich in der Toga eines arroganten römischen Konsuls vorstellen können.

Die leuchtend roten Krallen gruben sich in den Stoff der Hose, schoben ihn beiseite, zerrten am Gummibund des Slips und legten sich schließlich besitzergreifend um den steifen Penis, der sich stolz zwischen ihren Händen erhob.

Purpurrot und geschwollen wirkte er, als ob er jeden Moment platzen wollte. Fasziniert starrte ich auf den beeindruckenden Körperteil. Wie er sich wohl anfühlen mochte?

Ohne zu zögern, senkte die Frau den Kopf, und ihre Haare fielen um ihr Gesicht wie ein Vorhang, der sich zwar mit ihren Kopfbewegungen auf und ab bewegte, aber blickdicht schloss.

Ich wandte meine Aufmerksamkeit wieder seinem Gesicht zu und verfolgte, wie aus genießerischem Lächeln angespannte Konzentration wurde. Die Augen geschlossen, die Zähne zusammengepresst, dass die Haut über den Wangenknochen spannte, wirkte er beängstigend finster.

Unvermittelt griffen seine Hände in ihr Haar, zogen ihren Kopf langsam zu seinem Gesicht hoch, bis sie über ihn gebeugt dastand. Für Augenblicke schienen die beiden wie erstarrt, dann löste er seinen Griff aus ihren Haaren und packte ihre beiden Oberschenkel. Bereitwillig glitt sie in einer geschmeidigen Bewegung rittlings auf seine Knie, wobei ihr enger Rock bis fast zu den Hüften hochrutschte.

Sie trug Strapse, schwarze Strapse, die wie das Schwarz des Pullovers ihre weiße Haut durchscheinend wirken ließen.

Braune Finger gruben sich tief in das helle Fleisch, kneteten die prallen Pobacken, zwangen sie in die Höhe und zogen sie dann mit einem Ruck nach unten, spießten sie auf. Halb über ihn gebeugt, halb auf dem Bett kniend, musste sie sich an seinen Schultern festklammern, um von seinen heftigen Stößen nicht abgeworfen zu werden. Ihre nackte Brust hing unmittelbar vor seinem Gesicht und nahm den wilden Rhythmus auf.

Als er sich vorbeugte und nach ihrer Brustwarze schnappte, zuckte ich zurück. Im gleichen Moment bäumte sie sich auf und sackte auf seiner Brust zusammen. Ihr schlaffer Körper wurde zwei-, dreimal hochgeschleudert, während er sich in sie grub. Dann warf er den Kopf zurück, und die Anspannung wich aus seinen Zügen. Die Hände auf ihren Hüften lockerten sich, streichelten zärtlich über ihren Rücken, und seine dunklen Augen öffneten sich. Sie waren wirklich fast schwarz, und sie schauten geradewegs in meine.

O Gott, musste ich mich auch noch erwischen lassen! Entsetzliche Szenarien rasten an meinem inneren Auge vorbei – der kleine rote Knopf würde sofort den Schaffner alarmieren, ich wäre als Spannerin bloßgestellt ...

Der gleichgültige Blick schien durch mich hindurchzusehen. Ohne jede Spur von Hast streckte der Mann einen langen Arm aus und zog den Vorhang ganz zu.

Erleichtert stieß ich den angehaltenen Atem aus. Das Adrenalin tobte durch meinen Körper und ließ das Blut in meinen Ohren rauschen. Als ich mit zitternden Knien mein Abteil erreicht und die Tür fest hinter mir geschlossen hatte, sank ich auf meine Bettbank und starrte auf mein unscharf wiedergegebenes Gesicht im Spiegel.

Das Gesicht, wie es vermutlich der dunkle Liebhaber wahrgenommen hatte. Ängstliche braune Augen, stets bereit, den Blick zu senken oder abzuwenden, um nur ja nicht herausfordernd zu wirken. An der Nase war nichts auszusetzen – ich hatte sie noch nicht so viel gerümpft, dass sich Spuren davon hätten eingraben können. Der Mund, groß und breit, wie geschaffen zum Lachen, verzog sich meist nur zu einem eher schüchternen Lächeln. Doch um das in seiner Wirkung zu verstärken, zeigten sich dabei deutliche Grübchen. Der altjüngferliche Haarknoten gehörte inzwischen zu meinem offiziellen Erscheinungsbild. Manchmal versuchte ich, mir vorzustellen, wie ich wohl in dreißig Jahren aussehen würde. Dass mit Ausnahme des ergrauten Haars der Unterschied nicht allzu groß sein würde, erschreckte mich.

Es war nicht meine Schuld, dass das Leben an mir vorbeiglitt wie an einer Unbeteiligten und dass ich für interessantere Männer unsichtbar zu sein schien.

Der Französischkurs, den ich, wild entschlossen, endlich etwas vom Leben abzubekommen, kurz nach unserer Geschäftseröffnung belegt hatte, war ein Riesenreinfall gewesen. Zufällig hatte ich in der Hauptstelle auf dem Flur einen überaus netten, gutaussehenden jungen Mann getroffen, der sich mir als Dozent für Französisch vorstellte. Ich gab mir einen Stoß, meldete mich in seinem Kurs an – und musste nach einigen Wochen, in denen ich ihn feige von ferne angehimmelt hatte, zusehen, wie er nach der Stunde von einem überaus zärtlichen Geschlechtsgenossen abgeholt wurde. Mehr als Sprachübungen waren aus diesem Kurs nicht herauszuholen. Die einzigen beiden Männer unter sieben Frauen waren dem Rentenalter näher als meinem.

Von etwas Vergleichbarem wie dem, was gerade im Nachbarwaggon stattgefunden hatte, konnte ich nur träumen. Fast trotzig wühlte ich mit fahrigen Händen nach meinem kleinen Freund, den ich in letzter Minute kurzentschlossen in den Koffer hatte gleiten lassen.

Sein leises Summen würde in dem allgemeinen Geräuschpegel untergehen.

Während ich ungewöhnlich achtlos den kostbaren champagnerfarbenen Spitzenslip abstreifte und mich bemühte, die Beine auf der engen Liege möglichst weit zu spreizen, dachte ich sehnsüchtig, wie es sich wohl anfühlen mochte, wenn ein so prachtvoll gebauter Mann wie der römische Konsul in mich eindringen würde.

Erschauernd bei dem bloßen Gedanken an seine muskulöse Gestalt und die überwältigende Leidenschaft, die er ausgestrahlt hatte, fühlte ich die Feuchtigkeit aus meiner Scheide sickern.

Ein leises Stöhnen entfuhr mir, als ich zwei Finger hineinschob, mit der anderen Hand geübt den Vibrator anstellte und mit ihm meine Klitoris zu streicheln begann.

Seitdem ich einmal gelesen hatte, dass die Klitoris keineswegs auf die kleine, sichtbare Perle beschränkt ist, sondern ihr lustspendendes Nervengeflecht sich in zwei Ausläufern bis in den Venushügel hinein erstreckt, hatte ich begonnen, diesen ebenfalls mit den kräftigen Reizen des bis zum Anschlag aufgedrehten Vibrators zu massieren. Und es war tatsächlich ein ganz spezielles Gefühl, das sich dann dort drinnen ausbreitete!

Mein ganzer Unterleib erwachte. Forderte den Höhepunkt mit einer Dringlichkeit, dass es mich größte Mühe kostete, ihn ein paarmal hinauszuzögern. Als ich meiner Scheide endlich gestattete, sich heftig zusammenzuziehen und sich in den Orgasmus zu pumpen, hatte ich kleine Schweißperlen auf der Oberlippe.

Erschöpft öffnete ich die Augen wieder. Es dauerte einige Zeit, bis ich mich dazu aufraffte, mich ganz auszukleiden und zwischen die weißen Laken zu schlüpfen.

Trotz der Fahrgeräusche, des Ruckelns, wenn der Zug über eine Weiche fuhr, schlief ich erstaunlich gut in der bretthart gestärkten Bettwäsche. Erst das energische Klopfen an der Abteiltür, begleitet von der lauten Ankündigung «Ihr Tee, Madame», riss mich aus wilden Träumen.

«Einen Moment, bitte», bat ich und öffnete, nachdem ich entschieden hatte, dass mein Schlaf-T-Shirt mich ausreichend bedeckte, die Tür so weit, dass ich das Tablett entgegennehmen konnte.

Der Tee schmeckte wie erwartet: einfach schrecklich. Wenigstens war er einigermaßen heiß, und ich trank die braune Brühe in kleinen Schlucken, während ich versuchte, die Namen auf den Bahnhofsschildern, an denen wir vorbeirasten, zu erkennen. Ein Blick auf die Uhr trieb mich zur Eile. Laut Fahrplan müssten wir in einer halben Stunde am Gare de l'Est ankommen.

Der monumentale Bau in seiner wirklichen Erscheinung unterschied sich gewaltig von den weichgezeichneten Darstellungen der Impressionisten. Fasziniert versuchte ich, in dem Gewimmel eine Ordnung zu entdecken, und wäre um ein Haar die Waggonstufen hinuntergefallen.

Eine kräftige Hand hielt mich am Ellenbogen, und eine sonore Stimme sagte in gepflegtem Französisch: «Nicht so hastig, Madame.»

Da einem die guten Formulierungen nie einfallen, wenn man sie braucht, begnügte ich mich mit einem vor Schreck noch etwas atemlosen *«Merci bien»* und sah hochblickend genau in die höflich desinteressierten Züge des arroganten Konsuls. Noch ehe ich rot werden konnte, hatte er sich bereits abgewandt und griff nach der Reisetasche seiner Begleiterin.

Der Augenblick hatte genügt, um mir mein Erscheinungsbild bewusstzumachen. Wer sollte sich auch für eine verhuschte Person mit ungeschickt hochgesteckten Haaren und einem biederen Schneiderkostüm interessieren?

Mit einem Seufzer konzentrierte ich mich darauf, den Weg zur Metro zu finden. Taxis benutzte ich nie und schrak davor zurück, ausgerechnet in Paris damit zu beginnen.

Welch ein Fehler diese Entscheidung war, ging mir spätestens im überfüllten Metrowaggon auf: Ich war mitten in den Berufsverkehr geraten und wäre nun gerne in ein Taxi geflüchtet – wenn ich es aus dem Waggon geschafft hätte!

Es half nichts, ich musste in meiner Ecke ausharren, bis sich auf einen Schlag der Wagen leerte. Die letzten beiden Stationen saß ich mit meinem Köfferchen allein und begann mich zu sorgen, ob dieses «Hôtel de Duc» wohl völlig außerhalb lag.

Der Aufstieg aus der Unterwelt bot mir die angenehme Überraschung, in einem gutbürgerlichen Viertel ans Tageslicht zu kommen. Die Platanen begannen gerade auszutreiben, und ihr frisches Hellgrün verbreitete Frühlingsflair auf dem kleinen quadratischen Platz um die Reiterstatue aus patinierter Bronze. Vermutlich der Duc.

Schräg gegenüber leuchtete eine blau-weiß gestreifte Markise mit der Aufschrift «Hôtel de Duc», und ich strebte erleichtert darauf zu.

An der Rezeption thronte eine ausgesprochen üppige Duchesse und beäugte mich kritisch. Ich sammelte mich und begann auf Französisch zu erklären, dass ich das Zimmer für Madame Burgmeister nehmen würde, sie hätte vorgestern mit mir telefoniert ...

«*Ah, oui, oui, oui* – natürlich erinnere ich mich. So ein Pech für Madame Burgmeister –, aber des einen Schaden ist des anderen Glück, *non*?»

Automatisch allem zustimmend, was sich an Lebensweisheit über mich ergoss, füllte ich die Anmeldung aus und nahm den Zimmerschlüssel entgegen sowie einen kleineren für die Haustür. «Die Rezeption ist nicht die ganze Nacht besetzt. Madame Burgmeister hat immer einen Schlüssel mitgenommen», versicherte sie mir augenzwinkernd.

Mein Zimmer lag im ersten Stock nach hinten hinaus, wie ich erleichtert feststellte. Schön ruhig, hübsch eingerichtet, nur – das war doch ein Doppelbett, ein *grand lit*! Das musste ein Irrtum sein.

Mein Versuch, die Verwechslung aufzuklären, erwies sich als unerwartet schwierig. Die Dame zog ihre dünngezupften Augenbrauen hoch und versicherte mir befremdet, dass kein Buchungsfehler vorliege. Es sei dasselbe

Zimmer wie letztes Jahr, und Madame Burgmeister sei *sehr* zufrieden damit gewesen. Ob es mir denn etwa nicht gefalle?

Sie suchte mir sogar das Fax heraus. Ja, Elvira hatte tatsächlich explizit dieses Zimmer bestellt. Was hatte sie sich nur dabei gedacht?

Ich entschuldigte mich bei Madame, ich müsse wohl etwas falsch verstanden haben, und nutzte die Gelegenheit, eine Ortskundige zu fragen, wie ich am besten zum Messegelände käme.

Das große Badezimmer unterschied sich angenehm vom spartanischen Handwaschbecken im Nachtzug. In der rundum verglasten Duschkabine hatte man einen gänzlich anderen Weg gewählt als in anderen Häusern, wo, um den Diebstahl von Brauseköpfen zu verhindern, bloß aus der Wand ragende Düsen zur Verfügung standen, die entweder kochend heißes oder eiskaltes Wasser ausspuckten.

Ich vergnügte mich ausgiebig damit, die verschiedenen Massagedüsen einzustellen, bis ich in einem Zylinder wirbelnden, angenehm warmen Wassers stand. So stehen bleiben …

Die dicken Dampfschwaden erinnerten mich daran, dass ich keine Zeit hatte, den Vormittag hier zu vertrödeln. Bedauernd öffnete ich das Fenster, um sie abziehen zu lassen, und machte mich daran, mein Äußeres bestmöglich herzurichten.

Das vanillegelbe Kostüm stand mir besser als das spröde blaue. Der zarte Farbton zauberte rötliche Lichter in meine widerspenstigen Locken und ließ mich insgesamt nicht so nüchtern und geschäftsmäßig wirken.

In einem Anflug von Verspieltheit zog ich einzelne Strähnen aus dem Chignon, die mein Gesicht umspielten. Ich war in Paris, und die Atmosphäre wirkte auf mich ansteckend, auch wenn sie hauptsächlich auf den Vorstellungen beruhte, die man nun einmal mit dieser Metropole verbindet.

Das Geläut einer naheliegenden Kirche mahnte mich zur Eile. Nach Madame Seignaults hilfreichen Tipps würde ich zwar relativ bequem zur Messe gelangen, aber für die Fahrt quer durch Paris auch viel Zeit brauchen.

Kapitel 3
Toujours Dessous

Toujours Dessous überwältigte mich. Bereits die monumentalen Hallen, in denen der Geräuschpegel durch die kathedralenähnliche Architektur auf einem erstaunlich niedrigen Niveau gehalten wurde, beeindruckten mich zutiefst. Ich war noch nie auf einer Messe gewesen. Mein jährlicher Plan, dieses Jahr aber wirklich die Frankfurter Buchmesse zu besuchen, war mit deprimierender Zuverlässigkeit jedes Mal ins Wasser gefallen, und so war ich auf die geradezu majestätischen Ausmaße nicht vorbereitet. Die Messeberichte im Fernsehen konnten nicht annähernd einen Eindruck vermitteln.

Die anderen Besucher nahmen ihre Umgebung gar nicht mehr wahr. Außer mir sah ich niemanden mit in den Nacken gelegtem Kopf die Dachkonstruktion bewundern.

Erste verwunderte Blicke streiften mich. Es würde nicht mehr lange dauern, und ein besorgter Zeitgenosse würde mich fragen, ob mit mir alles in Ordnung sei.

Mit einem entschuldigenden Lächeln trat ich zur Seite und versuchte, mich zu orientieren. Der Lageplan war uns vor drei Wochen zugeschickt worden, und ich hatte versucht, mich mit ihm vertraut zu machen. Alle Firmenstände, die für uns relevant waren oder die sie für interessant hielt, hatte Elvira mit einem roten Filzstift gekennzeichnet.

Auf dem Papier wirkte das Ganze ausgesprochen übersichtlich.

Die Fläche wurde in rechtwinklig zueinander verlaufende Gänge unterteilt, in Nord-Süd-Richtung durchnummeriert von 1 bis 37, in West-Ost-Richtung mit dem Alphabet. Wollte ich also zum Stand einer Firma mit den Koordinaten 23K, musste ich nur den Gang Nummer 23 so lange entlanggehen, bis ich zum Stand mit dem Buchstaben K kam.

Das war mir ausgesprochen simpel erschienen. Nun stand ich an einer Ecke dieses Labyrinths und versuchte, meinen Standort im Koordinatensystem auszumachen.

Eine Frage wurde mir sofort beantwortet, nämlich die nach der schier unglaublichen Anzahl Stände. Wie der Imbissstand genau mir gegenüber, wobei «Imbiss» fast beleidigend wirkte bei der üppigen Auswahl an Lachsbrötchen, Crevettenbaguettes und diverser kulinarischer Raffinessen, hatten sich alle möglichen Branchen angeschlossen.

Speziell die Außenbezirke boten eine reiche Auswahl an Delikatessen. Bei diesem Anblick war es meinem Magen nicht zu verübeln, dass er lautstark sein Interesse bekundete. Das frugale Frühstück in Form einiger zerkrümelter Erdnusskekse, das ich im Hotelzimmer zu mir genommen hatte, war längst verdaut.

Der Lachs wirkte frisch, und als mich eine Duftwolke aus Dill und Zitrone erreichte, lief mir das Wasser im Mund zusammen. Mein Lachsbrötchen balancierend, beschloss ich, für den ersten Überblick das Ganze außen zu umrunden und danach eine Expedition ins Innere zu wagen.

Der Rundparcours erwies sich als ordentlicher Fußmarsch, und nicht zum letzten Mal erinnerte ich mich sehnsüchtig an meine bequemen Laufschuhe zu Hause unter dem Bett.

Sobald ich in das Gedränge in den Gängen eintauchte und mich mitschieben ließ, war jeder Gedanke an schmerzende Füße vergessen. Schon nach kurzer Zeit war mir klar, dass ich nie und nimmer einen bestimmten Stand wiederfinden würde, wenn ich mir nicht Notizen machte.

Eifrig sammelte ich Visitenkarten, auf deren Rückseite ich Hinweise kritzelte, die ich hoffentlich später entziffern könnte. Allmählich verschwammen die Eindrücke, nur vereinzelte Anbieter blieben im Vordergrund präsent, wie etwa eine spanische Firma, die mir hier ein wenig deplatziert vorkam. Inmitten all der leuchtenden Farben und schillernden Stoffe wirkte ihre Kollektion aus Wildleder in stumpfem Schwarz fast brutal. Offenbar war die Wirkung beabsichtigt, denn die Kostümierung der Verkäuferinnen erinnerte an Motorradgangs.

Und es wirkte: zwar weniger bei den Damen mittleren Alters, die unschwer als Einkäuferinnen größerer Konzerne zu identifizieren waren, aber ich sah einen männlichen Besucher verstohlen über das anschmiegsame Leder streichen und hinter den Ständern verschwinden, um kurz darauf mit einer dezenten Plastiktüte unter dem Arm wiederaufzutauchen.

Genau daneben befand sich eine geradezu rührende Retrospektive der unsichtbaren Hilfsmittel, die für die *haute mode* nach dem Zweiten Weltkrieg unverzichtbar waren: Zwischen Stellwänden voller Zeichnungen hingen Modelle, die ich nur aus Erzählungen und diversen alten Modeheften kannte, die meine Wohnungsnachbarin Frau Peters zeit ihres Lebens gehortet und mir vor einigen Wochen mit feierlicher Miene überreicht hatte. «Wo Sie doch auch so etwas verkaufen. Vielleicht ist es ja interessant für Sie!»

Und ob! Fasziniert und zunehmend begeistert vertiefte ich mich in die Welt vergangener Dessousmode.

Ich erkannte eine der berühmten *Guêpières*, die 1945 von Rochas erfunden und für die entsprechende Wirkung von Diors *New Look* unverzichtbar waren. Eine Light-Version des alten Korsetts, das eine schmale Taille und akzentuierte Brüste formte und gleichzeitig als Strumpfhalter diente.

Neugierig trat ich näher an den Ständer heran. Es hatte so gar nichts mit den hautfarbenen oder weißen Rüstungen gemein, die es immer noch in den hintersten Ecken der Wäscheabteilungen zu kaufen gibt. Eher dachte man an Bademode, nur der angedeutete Petticoat wäre dafür zu unpraktisch gewesen. Mit Strumpfhosen und nahtlos vorgeformten Cups aufgewachsen, brachte ich diesen altertümlichen Kleidungsstücken ein Interesse entgegen, das man – je nach persönlichem Schwerpunkt – auch Oldtimern oder historischen Gerätschaften widmen würde.

Ich hatte nie zu den Menschen gehört, deren sehnlichster Wunsch ein Leben in einer anderen Zeit war und die sich am liebsten als ägyptische Prinzessin oder Burgherrin gesehen hätten. Gegen meine Zeit hatte ich nichts einzuwenden. Sie mochte nicht perfekt sein, aber die Möglichkeit, statt als Prinzessin als Küchensklavin in dieser anderen Zeit wiedergeboren zu werden, wirkte auf mich nicht gerade verlockend. Auch die Rolle der mittelalterlichen Adligen schien mir mehr die einer Zuchtstute zu sein. Von den unschönen Alternativen abgesehen, ebenfalls nicht sehr erstrebenswert.

Aber Frau Peters' alte Illustrierte hatten es mir angetan. Etwas an der Eleganz der Linienführung, der sanften Kurven gefiel mir einfach. Gerade die verspielte Note der Tüllrüschen, Satinschleifchen und raffinierten Details sprach mich an.

Laut der alten Dame war der Siegeszug der Strumpfhose das Ende der Extravaganz.

«Ach, wissen Sie, Kindchen», hatte sie wehmütig geseufzt, «von da an ging's nur noch um Material und Preis. Je mehr der Stoff mitmacht, desto weniger muss der Schneider können, und je billiger, desto niedriger die Ansprüche.»

Sie hätte sich hier in ihre Jugend zurückversetzt gefühlt. Um ihr wenigstens alles beschreiben zu können, versuchte ich, mir die Einzelheiten einzuprägen. Die *Guêpière* schimmerte pfirsichfarben, die Körbchen waren mit Satin überzogen – die Strumpfhalter wurden fast verdeckt von der dreifachen Lage zarter Blütenspitze, die den anatomisch geformten geschwungenen Abschluss säumte. Das Ganze wirkte duftig und sehr kostbar.

«Möchten Sie es einmal anprobieren?»

Mein Interesse war nicht unbemerkt geblieben. Die winzige alte Dame, die mich verschmitzt anlächelte, zwinkerte mir zu. «Es müsste Ihnen passen – wenn mich meine Augen nicht langsam im Stich lassen. Kommen Sie, *ma petite*, gönnen Sie einer alten Frau das Vergnügen, es einmal angezogen zu sehen.» Zwitschernd geleitete sie mich in den rückwärtigen Teil hinter einen dunkelgrünen Samtvorhang.

Normalerweise vermeide ich es, mich vor anderen Menschen umzuziehen, aber ich hatte keine Ahnung, wie ein solches Kleidungsstück zu behandeln war, und nach der ersten Befangenheit fand ich es gar nicht so schlimm, als sie hinter mich trat, um die Satinbänder zu verschnüren.

«*Voilà*, es passt wie angegossen. Bis auf die Strümpfe …»

Die schwarzen Vogelaugen strahlten mich triumphierend an, während sie mir winkte, ihr vor den hohen Spiegel zu folgen. Sie hatte recht. Ich wirkte wie aus einem alten Magazin. Die hochgesteckten Haare verstärkten die Illusion, einer vergangenen Epoche anzugehören. Verzaubert starrte ich mein Spiegelbild an und versuchte, mir das Darüber vorzustellen.

Ja, ein weitschwingender Rock mit mehreren Petticoats, eine schulterfreie Bluse und ein breiter Gürtel, der die unglaublich schmal geschnürte Taille betonte, und ich sähe aus wie Audrey Hepburn in *Ein Herz und eine Krone*, einem von Mutters Lieblingsfilmen. In meinem Kleiderschrank gab es jedoch nichts, was hierzu gepasst hätte. Wer trug heutzutage noch solche Unterwäsche?

Die alte Dame schnalzte mit der Zunge und schüttelte bedauernd den Kopf: «Keine normalen Frauen» – sie sagte tatsächlich *femmes normales* –, «wir statten nur aus – Fotografen, Filmer und vor allem», dabei grinste sie ziemlich undamenhaft, «Kundschaft aus der Demimonde. Berufskleidung, verstehen Sie?»

Ich verstand und konnte kaum abwarten, bis sie die ganzen Schnüre wieder gelöst hatte.

Aber ich empfand dabei ein leises Bedauern, dass all dieser Luxus unwiderruflich der Vergangenheit angehörte – jedenfalls für *«femmes normales»*.

Nach vier Stunden sank ich erleichtert auf einen der weißen Klappstühle am Stand einer bekannten amerikanischen Dessousfirma, wo in zehn Minuten die nächste Show beginnen sollte, wie die Lautsprecher auch für Taube hörbar hinausschrien.

Ich hatte mich tapfer bemüht, Gang für Gang abzuschreiten, musste mir aber selber eingestehen, dass zum Schluss nur noch Farben an mir vorbeigerauscht waren: Bleu und Weiß, Creme- und Kupferfarben, Camouflage, Tierfellmuster, Rot und Schwarz – es war einfach zu viel, um das alles aufnehmen zu können.

Sollte ich es wagen, unauffällig aus meinen Schuhen zu schlüpfen? Die Gefahr war groß, dass ich danach meine geschwollenen Füße nur noch mit Gewalt hineinbekäme, aber ich konnte nicht anders als der Versuchung nachgeben. Gerade seufzte ich wohlig in mich hinein, genoss das herrliche Gefühl, dass nichts drückte, wackelte mit den befreiten Zehen, als sich mit einer angedeuteten Verbeugung und einem gemurmelten *«Bonjour»*, jemand neben mich setzte.

Verdammt! Es gab doch noch genug freie Plätze, oder? Erst als ich mich umsah, bemerkte ich, dass sich die Stuhlreihen bis auf den letzten Platz gefüllt hatten.

Hektisch angelte ich mit den Zehen nach meinen Pumps, peinlich berührt von der Tatsache, dass eine feine Geruchsfahne nach feuchtem, warmem Leder von ihnen ausging. Meine Zehenspitzen schlüpften hinein, kühl und zu eng fühlte es sich an, sobald der Schuh wieder den Fuß umschloss, aber mir waren das verstohlene Schnuppern und der genießerische Ausdruck im Gesicht meines Sitznachbarn unheimlich. Ich hatte einmal von Fußfetischisten gelesen, die mit Vorliebe ihren Champagner aus getragenen Damenschuhen schlürften, und es für reine Erfindung gehalten. Es klang zu bizarr, aber wenn mein Nachbar tatsächlich ein solches Exemplar sein sollte, wollte ich ihn keinesfalls ermutigen, mich um meine Schuhe zu bitten.

Vorsichtig schielte ich zu ihm hinüber. Er wirkte völlig normal, vielleicht ein bisschen übertrieben elegant, mit seiner Kamelienblüte im Knopfloch und dem Schlangenledertäschchen am Handgelenk, aber keinesfalls so, wie man sich einen Fetischisten vorstellt.

Ach, und woher willst du wissen, wie ein Fetischist aussieht?, stichelte Elviras amüsierte Stimme in meinem Hinterkopf.

Mein Bemühen, mich auf das Geschehen auf der Bühne zu konzentrieren, wurde anfangs durch die Darbietungen unterstützt. Die Truppe tanzte absolut fantastisch. In ihrer militaristisch anmutenden Aufmachung steigerte sie das Tempo und wirbelte herum, bis ich nur noch ein wildes Durcheinander von Armen und Beinen und spärlich bedeckten Körpern wahrnahm. Alle trugen sie Unterwäsche in Camouflage-Farben und diverse Helme.

Wenn die Vorführung beweisen sollte, dass die Wäsche auch unter extremer Belastung ausgezeichnet saß, war sie ein voller Erfolg – allerdings wäre es bei dem Tempo schwierig gewesen, einen verrutschten Träger überhaupt zu bemerken.

Kaum hatten die schweratmenden Mitglieder der Truppe die Bühne verlassen, als sich mit warmem Licht in Rot- und Orangetönen und Tangorhythmen ein Wechsel der Atmosphäre ankündigte.

Eine Tänzerin in dunkelvioletter Korsage, Spitzenstrümpfen und Stilettos wirbelte vor ihrem Partner dermaßen schwungvoll in die Mitte der Bühne, dass ich einen Moment zweifelte, ob sie punktgenau stehen bleiben könne. Sie konnte, und der junge Mann senkte den Kopf und küsste ihr die Hand, die in einem Abendhandschuh steckte, als trüge er einen Abendanzug – nicht bloß einen Chippendales-Kragen und ein Paar hautenger Retro-Pants in Magenta.

Das Paar strahlte eine solche Intensität aus, dass alles wie gebannt darauf wartete, dass sie zu tanzen anfingen. Als wahre Meister ihrer Kunst standen sie lange Sekunden unbewegt, um dann unvermittelt in geschmeidiger Anmut über die Bühne zu gleiten – anders könnte ich ihre Art, sich zu bewegen, wirklich nicht nennen.

Es war faszinierend, wie ihre Körper zu Figuren verschmolzen und Anziehung, Koketterie, beleidigten Stolz darstellten. Bei allem sprühten geradezu Funken. Es mochte zur Tanzfigur gehören, dass seine Hand lasziv ihren Oberschenkel hinaufstrich, den sie um seine Hüfte geschlungen hatte, aber mir wurde die Sache zu aufdringlich und deutlich, sodass meine Augen auf der Suche nach einem unverfänglicheren Fixpunkt an meinem unruhigen Nachbarn hängenblieben.

Dabei bemerkte ich, zuerst befremdet, dann peinlich

berührt, dass er unter der Plastiktüte und der kleinen Schlangenledertasche eifrig beschäftigt war.

Es dauerte einige Sekunden, bis ich erkannte, dass er den Reißverschluss seiner Hose geöffnet hatte und das helle Ding in seiner Hand sein Penis war, den er eifrig rieb.

Das durfte doch nicht wahr sein!

Ich versuchte, ein Stück abzurücken, was jedoch nicht möglich war, da die Stuhlbeine aneinander befestigt schienen. Also begnügte ich mich damit, auf dem Sitz so weit wie möglich nach außen zu rutschen, und konzentrierte mich mit brennenden Wangen wieder auf die Tänzer.

Solcherart zwischen Skylla und Charybdis hin- und hergerissen, konnte ich mich der Faszination der Zwiesprache ihrer Körper nicht entziehen und starrte wie alle anderen atemlos auf das Paar.

Bilder vom Konsul und seiner Begleiterin im Nachtzug schossen mir durch den Kopf. Genau wie dort schämte ich mich meiner Rolle als Voyeurin und brachte doch die Kraft nicht auf, meine Augen von dem Bild zu lösen, das in mir ein wahres Feuerwerk in Gang setzte. Schon die Musik löste ein ziehendes Gefühl in meinem Unterleib aus, und ich musste das Bedürfnis unterdrücken, auf der Sitzfläche umherzurutschen.

Der aufreizende Anblick der sich umschlingenden, lockenden Körper, die einander so vertraut schienen, so intim, als säßen nicht ein paar Meter weiter Zuschauer, die jede Bewegung verfolgten, weckte den glühenden Wunsch in mir, einmal, nur ein einziges Mal, auch so tanzen zu können. Ich beneidete sie mit einer glühenden Intensität, die alles andere verbrannte: die Peinlichkeit, die ich empfunden hatte, als ich erkannte, was mein Nachbar gerade trieb, die schmerzenden Füße, die Sorge, dem Kommenden nicht gewachsen zu sein, die Erschöpfung – bis auf den Wunsch, meinen steifen Körper so geschmeidig bewegen zu können.

Theoretisch hätte es mir möglich sein müssen. Die frühe Quälerei der Ballettstunden, die erst ein ernsthafter Protest meines Kinderarztes beendet hatte, waren in Gestik und Haltung noch präsent. Aber unter meiner äußeren Haut verbarg sich so etwas wie eine zweite, die mich steif hielt. Und die machte es mir einfach unmöglich, meinen Körper auf diese Art zu bewegen.

Die Musik brach mit einem lauten Crescendo ab, die Tänzerin lag graziös nach hinten gebogen im Arm ihres Partners. Einige Sekunden verstrichen, dann brach ein wahrer Beifallssturm los. Erleichtert stellte ich fest, dass mein Sitznachbar ebenfalls heftig klatschte.

Die Stuhlreihen leerten sich nur langsam, fast widerwillig.

Der leichte Dämmerzustand, in dem ich mich befand, erschwerte mir die Entscheidung, was ich als Nächstes tun sollte. So ließ ich mich in dem allgemeinen Strom zur nächsten Show mitschwemmen – nur um festzustellen, dass ich für das übliche Defilee der Kollektion einfach kein Interesse mehr aufbringen konnte.

Absolut unfair, wie ich mir selbst vorwarf, denn die Mannequins gaben sich große Mühe, den perfekten Sitz ihrer sportlich ausgerichteten Modelle mittels einer angedeuteten Turnstunde zu demonstrieren. Die Garnituren in leuchtenden Bunststiftfarben wirkten jugendlich und dennoch figurfreundlich. Normalerweise hätte ich ihnen einiges Interesse entgegengebracht, denn Frau Peters ermahnte mich immer wieder, auf die größeren Größen zu setzen: «Gut, im Schaufenster sieht 70B natürlich besser aus, aber die Frauen, die bereit sind, für das Darunter wirklich etwas auszugeben, die sind ein anderes Kaliber.»

Hier hüpften vor meinen Augen die idealen Angebote für mollige Teenager herum, bisher eine Lücke in unserem sonst breitgefächerten Angebot – und ich musste mich zur Aufmerksamkeit zwingen.

Vielleicht wäre es besser, den Tag mit einigen Standbesuchen zu beschließen. Sicherheitshalber kontrollierte ich in meinen Unterlagen, ob ich eventuell etwas Interessantes verpassen würde, aber alle für uns wichtigen Anbieter könnte ich genauso gut am folgenden Tag aufsuchen.

Auf dem Weg zu unserem amerikanischen Spezialisten für Push-ups blieb ich doch noch einmal stehen. Plätscherndes Wasser weckte meine Aufmerksamkeit, und als ich um die nächste Ecke bog, stand ich vor einem «Lost-Paradise»-Panorama. Der Wasserfall war echt, ich spürte den Nebel auf meiner Haut, noch bevor ich den Regenbogen sah, der durch geschickt platzierte Scheinwerfer hervorgerufen wurde. Aus dem künstlichen Dschungel im Hintergrund tauchten die Models einzeln zwischen den Palmenstämmen auf, manche mit Orchideenzweigen in den Händen, manche mit Lotosblumen, paradierten am vorderen Bühnenrand entlang und verschwanden wieder hinter dem Vorhang des Wasserfalls.

Die schon kitschig anmutende Kulisse passte perfekt zu den Blütenbikinis, die sie vorführten. So perfekt gefertigt hatte ich solche noch nie gesehen. Die Wirkung war ausgesprochen reizvoll.

Ein knapper Zweiteiler aus zartrosa Orchideen, kombiniert mit samtig schimmernden Maranthenblättern, hatte es mir besonders angetan.

Aber auch die Wirkung eines auffälligen Modells aus blutrot leuchtenden Mohnblüten müsste im Schaufenster spektakulär sein.

Mit Katalog und Preisliste ausgerüstet, nahm ich mir fest vor, diesen Stand unbedingt noch einmal aufzusuchen.

Unsere amerikanische Lieferantin schien gerade von einer Schar japanischer Einkäuferinnen überrannt zu werden, und so wich ich in einen ruhigeren Außenbereich aus, wo ich mich vom Kaffeeduft in eine Patisserie locken ließ.

Diese Schwäche bereute ich sofort, aber es war zu spät. Frau Netzhammer hatte mich bereits entdeckt und ins Visier genommen. Jeder Geschäftsinhaber hat vermutlich seinen «Schreckkunden», dem man am liebsten aus dem Weg ginge und der, wie um sich für diese latente Ablehnung zu rächen, besonders anhänglich ist. Mein persönlicher «Schreckkunde» war diese aufdringliche Person, die sich ihrer häufig geäußerten Überzeugung nach «in den besten Jahren der Frau» befand.

Elvira hatte ihr einmal verärgert den Spitznamen «der Bassett von Bad Balingen» verpasst, und sie erinnerte tatsächlich fatal an einen dieser unglücklichen Hunde. Die faltige Stirn, die hängenden Augenlider, zwei Doppelkinne – und statt der Schlappohren erfüllten überdimensionierte Ohrgehänge die Aufgabe, das Ganze zu umrahmen.

Sie war eine unserer «Kleinkundinnen», was bedeutete, dass ihre Bestellungen nicht sehr lukrativ für uns waren. Das hinderte sie jedoch nicht daran, zugleich eine unserer anstrengendsten Kundinnen zu sein.

Schickte man ihr wunschgemäß zwanzig Artikel, konnte man sicher sein, nach spätestens einem Monat achtzehn davon wieder als Retouren zu verbuchen. Mal war die Farbe unverkäuflich, dann das Modell. Elvira hatte schon gemurrt, sie scheine mit unserer Ware nur zu dekorieren. «Wie soll das sonst gehen, dass sie die ‹Stellas› nicht loswird? Überall verkaufen sie sich wie von selbst, nur bei ihr angeblich nicht. Da stimmt doch was nicht …»

Ohne sich um die indignierten Blicke an den umstehenden Tischen zu kümmern, winkte sie mir herrisch zu: «Kommen Sie, bei mir ist noch ein Platz frei.»

Was, um Himmels willen, tat sie hier in Paris?

In mein Schicksal ergeben, murmelte ich so höflich wie

möglich, welch nette Überraschung doch dieses Treffen sei, und ließ mich auf den Stuhl ihr gegenüber fallen.

Sie strahlte mich triumphierend an: «Gell, das hätten Sie nicht gedacht, mich hier zu treffen. Aber dem Heinz sein Neffe, der ist gut bekannt mit dem Schwager vom Konsul hier, und da habe ich zu ihm gesagt: ‹Heinz, wo du schon solche Verbindungen hast, dann müssen wir sie auch nutzen.› Wozu bin ich Geschäftsfrau? Einmal kann man ja wohl das Angenehme mit dem Nützlichen verbinden, und wozu ist ein Neffe sonst gut?»

Wer war Heinz? Verzweifelt suchte ich nach einem roten Faden, der mir ermöglichen würde, auf den Sermon zu reagieren, und erinnerte mich glücklicherweise, dass ihr Mann Heinz hieß. Ein stiller, kleiner Mann, den wir ursprünglich für den Chauffeur gehalten hatten. Ganz unrecht hatten wir wohl nicht gehabt.

Meine Sorge war unnötig gewesen, Frau Netzhammer hatte keinerlei Reaktion von mir erwartet, sie hatte bloß kurz pausiert, um eine Gabel voll Baisertorte in ihren leuchtend rot geschminkten Mund zu schieben und einen Schluck Kaffee hinterherzutrinken. Es schien sie nicht zu stören, dass ihr Lippenstift schauerliche Spuren auf dem weißen Porzellan der Tasse hinterließ.

«Das hier ist einfach phänomenal», sprach sie schon weiter, wobei sie das letzte Wort genüsslich langzog. «Das Angebot kann sich wirklich sehen lassen. Sie müssen unbedingt diesen Stand dahinten mit den Brokat-Büstenheben anschauen. Das sind Modelle!! Die müssten bei uns laufen wie geschmiert, ich wollte schon selbst eins kaufen, aber die sprechen da nur Französisch. Können Sie eigentlich Französisch …?»

Der berechnende Blick zeigte nur zu deutlich, worauf die Frage hinauslief.

Ein kleiner Aufschub wurde mir gewährt. Die Verachtung in den dunklen Augen des Kellners, als sie ihn mit einem kräftigen «Hallo, hierher, junger Mann» herbeiwinkte, wobei ihre protzigen Goldarmbänder klirrten, spürte ich beinahe körperlich. In ausgesucht höflichem Französisch bestellte ich und nahm mir fest vor, um diesen Teil der Halle in den nächsten Tagen einen großen Bogen zu machen.

«Ich fürchte, wir müssen gleich los.»

Die leise Stimme hinter mir hatte eine beachtliche Wirkung auf mein Gegenüber. Nach einem Blick auf ihre Armbanduhr schaufelte sie energisch die Reste ihrer Torte in sich hinein, kippte den Kaffee hinunter und wäre wohl mit einem beiläufigen Abschiedsgruß aufgebrochen, wenn die Stimme nicht gefragt hätte: «Sollen wir die Dame nicht mitnehmen?»

Erstaunt wandte ich den Kopf und schaute in blinzelnde Eulenaugen. «Schön, Sie hier zu treffen.» Er verneigte sich feierlich und beugte sich vor, um mir die Hand zu schütteln.

«Sie wollen doch sicher auch auf den Empfang im Konsulat! – Gestatten, Heinz Netzhammer. Sind Sie nicht eine der Damen von Hautnah? Frau Wohlgemut, nicht wahr?»

Mein Erstaunen ob seiner Gedächtnisleistung schmeichelte ihm offensichtlich. «Man wird zwar älter, aber auf mein Erinnerungsvermögen kann ich mich noch verlassen», stellte er mit unverhülltem Stolz fest.

Ein automatischer Blick auf meine Armbanduhr ließ mich die freundliche Ablehnung, die mir auf den Lippen lag, schleunigst wieder herunterschlucken. Ich hatte gar nicht bemerkt, dass es bereits so spät war. Keine Zeit mehr, um quer durch Paris auf eine Dusche ins Hotel zu hetzen.

Heinz erwies sich als bewundernswerter Fahrer. Auf dem rasch freigeräumten Rücksitz des Mercedes-Coupés genoss ich die Fahrt durch die Alleen, erhaschte hier und da sogar einen Blick auf den Eiffelturm und die Seine. Das Ehepaar war völlig mit sich selbst, oder genauer gesagt, mit Frau Netzhammers Plänen für die Abendunterhaltung beschäftigt.

Durch das geöffnete Schiebedach drang warme, benzingesättigte Frühlingsluft in den Wagen. Der dichte Feierabendverkehr um uns herum wirkte auf den ersten Blick chaotisch, jeder schien zu fahren, wie es ihm gerade einfiel.

Direkt neben uns balancierte ein junges Pärchen auf seinem Motorroller, das Mädchen in sommerlich knappem Top hingebungsvoll an den Rücken vor ihm geschmiegt. Das strahlende Lächeln, als er sich zu ihr umdrehte und etwas sagte, was sie das Gesicht abwenden und zwischen seinen Schultern vergraben ließ, hatte etwas Anrührendes.

Eine junge Liebe, noch unverletzt. Es erstaunte mich selbst, wie intensiv ich wünschte, sie möge für die beiden Bestand haben.

Unvorstellbar, dass die Netzhammers vielleicht auch irgendwann einmal ein solches Pärchen gewesen waren …

Schneller als erwartet waren wir am Ziel. Die imposante Villa mit geschwungener Freitreppe lag in einer kleinen Seitenstraße. An den kreuz und quer geparkten Nobelkarossen war unschwer ihre herausragende Bedeutung zu erkennen. Anstatt sich dem Chaos anzuschließen, war Heinz vorsichtig oder misstrauisch genug, uns aussteigen zu lassen und in sicherer Entfernung eine Parklücke zu suchen.

«Ich möchte nicht mitten in der Nacht Diskussionen mit einem Abschleppunternehmer führen», begründete er seine Entscheidung. Frau Netzhammer wartete also in königlicher Pose auf ihren Mann, während ich mich entschuldigte und, den blasierten Empfangschef umgehend, einen der weniger beschäftigt wirkenden Diener in schneeweißen Handschuhen nach der Damentoilette fragte.

«Den Gang entlang und dann gleich links», gab er Auskunft, ohne mir mehr als einen desinteressierten Blick zu schenken.

Der dicke Läufer schluckte jedes Geräusch meiner Schritte, deshalb fiel mir sofort die unterdrückt stöhnende Frauenstimme hinter einer halb offenstehenden Tür auf. Das musste die Damentoilette sein!

Gerade wollte ich die Tür aufstoßen, um ihr meine Hilfe anzubieten, als das Stöhnen plötzlich von leisem Gekicher unterbrochen wurde. Verwirrt hielt ich inne, fasste mir dann ein Herz und spähte vorsichtig in den dezent erleuchteten Raum. Dem Stöhnen nach zu urteilen, befand sich dort jemand, der sich zumindest nicht gut fühlte. Nur das amüsierte Kichern passte so überhaupt nicht dazu! Was ging dort vor sich?

Im ersten Moment sah ich nur einen Salon, in dem offensichtlich nicht benötigtes Mobiliar abgestellt wurde: zierliche Sessel mit vergoldeten Löwenfüßen, diverse Zwei- und Dreisitzer mit opulenter Polsterung in kunstvoll gewebtem moosgrünem und rubinrotem Damast, zerbrechliche Beistelltischchen, ein paar zusammengerollte Teppiche und Läufer.

Dann sah ich die beiden: die junge Frau in dem schwarzen Servierkleid und den jungen Kellner. Ihr blondes Haar lag ausgebreitet über der rechten Armlehne eines englischen Clubsessels, auf der linken stützte sie eines ihrer schlanken, schwarzbestrumpften Beine ab. Das andere ruhte auf der Schulter des vor ihr knienden Mannes, der seinen schwarzen Lockenkopf zwischen ihren Schenkeln vergraben hatte.

Beide Hände in die schimmernden Locken gekrallt, warf sie den Kopf zurück und stöhnte erneut lustvoll auf. Von meiner Position aus konnte ich erkennen, dass sie ihr Kleid bis fast unter den Busen hochgeschoben hatte und abgesehen von den halterlosen Strümpfen ab der Taille nackt war.

Ihr Partner war noch völlig korrekt bekleidet, und dieser Kontrast machte das Bild umso erregender.

Ihr Stöhnen wurde lauter. Er hob den Kopf, um ihr eine Warnung zuzuflüstern, und daraufhin presste sie eine Hand auf ihren Mund, um die intensiven Lustlaute zu dämpfen.

Ihre weißen Oberschenkel begannen vor Anspannung zu zittern, und langsam kroch eine deutliche Röte ausgehend von ihrem Dekolleté ihren Hals hinauf.

Ihre Wangen leuchteten hochrot, als sie erstickt aufkeuchte, sich aufbäumte und dann plötzlich erschlaffte. Ihr Kopf mit den geschlossenen Augen rollte zur Seite, und ihre Hände sanken herab. Die Finger ihrer rechten Hand berührten den Teppich wie ein erschöpfter Schmetterling.

Er rief leise ihren Namen und schlug sie abwechselnd leicht auf beide Wangen, bis sie die blauen Augen aufschlug, sich genüsslich räkelnd wie eine zufriedene Katze.

«Bon?», fragte er rau, fast besorgt.

Das strahlende Lächeln, das über ihr Gesicht glitt, war Antwort genug, aber sie nickte und hob eine Hand, um ihm neckend mit dem Zeigefinger über die Lippen zu fahren.

Er fing die Hand ein, erhob sich in einer flüssigen Bewegung und zog sie ebenfalls hoch. Sie schien zu wissen, was er von ihr erwartete. Verführerisch ihre Hüften wiegend, lüftete sie bewusst langsam ihr Servierkleid, beugte sich, die Unterarme auf die Sitzfläche des Sessels gestützt, nach vorne und streckte ihr wohlgeformtes Hinterteil herausfordernd in die Luft. Zwischen den leicht gespreizten Beinen war deutlich das blonde Schamhaar zu erkennen.

Der junge Mann fuhr liebevoll mit beiden Händen über die runden Halbmonde, auffallend hell vor dem dunklen Stoff, kniff leicht in das feste Fleisch, das sofort rötliche Druckstellen zeigte, und ließ dann seine eine Hand in der dunklen Spalte zwischen den Oberschenkeln verschwinden.

Als er sie wieder hervorzog, schnupperte er genießerisch daran, ehe er hastig am Hosenlatz hantierte. Aus seinem Gefängnis befreit, sprang ein dunkelroter, stahlharter Phallus hervor und ragte gierig zitternd aus den schwarzen Stofffalten steil nach oben.

Anstatt ihn sofort in sie zu rammen, strich er leicht mit ihm über die zarte Haut der Pobacken, fuhr die Spalte dazwischen nach, hinauf und hinunter, bis sie den Kopf umwandte und ihn entschieden aufforderte, endlich zur Sache zu kommen.

Das ließ er sich nicht zweimal sagen: Mit beiden Händen packte er ihre Hüften und zog sie so heftig an sich, dass sie aufkeuchte. Der Penis verschwand bis zum Heft. Einen Moment hielt er inne, den Kopf in den Nacken gelegt, und stöhnte vor Lust. Als er ihn fast widerwillig wieder zurückzog, glänzte er, von ihren Säften überzogen, wie poliert.

Mit zusammengebissenen Zähnen begann er, sie zu stoßen. Zuerst langsam, jeder Stoß pointiert, dann ließ seine Selbstbeherrschung nach, und der Rhythmus wurde schneller, bis er geradezu in ein Hämmern überging, dem sie, wenn er sie nicht weiterhin fest um die Hüften gepackt gehalten hätte, unmöglich hätte standhalten können.

Ein unterdrücktes Knurren, plötzliche Erstarrung, dann zog er mit lautem Aufstöhnen sein Glied heraus und presste es in die Spalte zwischen den Pobacken. Ein dicker Strahl weißlichen Spermas schoss heraus. Eine Fontäne, die sich auf ihre schlanke Taille ergoss und von dort in Zeitlupentempo begann, an ihren Flanken herunterzulaufen.

Ohne Hast griff er nach einem Taschentuch.

«Mathieu? – Denise?» Die Stimme eines älteren Mannes, befehlsgewohnt und deutlich verärgert. «Wie lange braucht ihr denn noch, um die paar Stühle zu stapeln!»

Erschreckt trat ich ein paar Schritte von der Tür weg und begann, weiter den Flur entlangzugehen. Die Damentoilette musste ganz in der Nähe sein. Und tatsächlich: Drei Türen weiter fand ich die deutlich gekennzeichneten Sanitärräume.

Ich öffnete gerade die Tür, diesmal die richtige, als hinter mir der junge Mann sich noch ziemlich atemlos entschuldigte, sie hätten zwischenzeitlich etwas anderes zusätzlich zu erledigen gehabt.

So konnte man es wohl auch ausdrücken!

Ein Blick auf mein Spiegelbild erschreckte mich gewaltig. Ich sah aus, als befände ich mich seit Tagen auf der Flucht. Meine Nase glänzte wie eine Speckschwarte, meine Haare standen zu Berge, als wollte ich mich für eine Rolle in «Hair» bewerben, und mitten auf dem hellen Rolli prangte ein Kaffeefleck. Da ich mich allein wähnte, erlaubte ich mir ein herzhaftes «Scheiße!».

Im Nebenraum klappte eine Tür, und eine amüsierte Stimme sagte: «Aber, aber – so schlimm ist es doch sicher nicht.» Die Sprecherin, eine rundliche Mittfünfzigerin, zwinkerte mir zu.

«Nicht verzweifeln – das bekommen wir ganz schnell wieder hin.»

Glück im Unglück – ich war der Hausherrin über den Weg gelaufen, und sie erwies sich als erstaunlich einfallsreich. «Den Rolli lassen wir einfach weg», sagte sie fröhlich.

«So sieht das Ganze doch schon viel flotter aus. Und damit Ihnen die Herren nicht zu sehr in den Ausschnitt starren, stecke ich ihn mit einer von diesen Nelken fest.» Damit griff sie rigoros in das Bukett vor der Spiegelwand und zog einen der zartgelben Blütenköpfe heraus. Sie hatte recht. Das Kostüm mit der Blüte im Ausschnitt wirkte nicht wie eine Notlösung, sondern ausgesprochen chic, fast schon kess.

Eine Schublade enthielt diverse Kosmetikartikel, und nachdem sie mit Kleenex und Puderpapier mein Gesicht bearbeitet hatte, wirkte es wieder rosig und frisch.

Zufrieden mit sich und ihrem Werk, drückte sie mir Kamm und Bürste in die Hand: «Den Rest überlasse ich Ihnen, als Friseurin tauge ich nicht viel. Wir sehen uns später.»

Das wagte ich zu bezweifeln, als ich einige Zeit später den Weg in die Empfangsräume fand, indem ich einfach dem Stimmengewirr folgte.

Wenn ich Elvira nicht versprochen hätte, mich auf dem Empfang blicken zu lassen und sie dort bei ihren Bekannten zu entschuldigen, wäre ich stehenden Fußes wieder umgekehrt. Die einschüchternden Räumlichkeiten mit ihren Marmorböden, den dunklen Samtportieren und zahllosen Spiegeln summierten sich mit den hochnäsig dreinschauenden Dienern, die auf Silbertabletts Champagnerflöten herumreichten, und der schieren Menge an selbstbewussten, gutgekleideten Menschen zu einem wahren Albtraum.

Augenblicklich kam ich mir nicht mehr chic, sondern klcin, unschcinbar und übcrflüssig vor.

Niemand schien Notiz von mir zu nehmen, nicht einmal die von Berufs wegen dazu verpflichteten Lakaien.

Mit beneidenswerter Selbstverständlichkeit griffen andere, ohne auch nur näher hinzuschauen, nach Tabletts, die aus dem Nichts auftauchten, hielten ihre leeren Gläser auffordernd in Richtung des nächsten Bediensteten, und dieser eilte prompt, sie entgegenzunehmen.

Als sich plötzlich alles in eine Richtung zu bewegen

schien, griff ich mir kurzentschlossen ein Glas vom nächsten Tablett und schlenderte hinterher. Der Sekt, oder wohl eher Champagner, schmeckte mir. Ich hatte gar nicht bemerkt, wie durstig ich gewesen war, bis das kühle Nass prickelnd meine Kehle hinunterrann. Rasch leerte ich mein Glas und tauschte es gegen ein volles. Na also, es geht doch, Marion, ermutigte ich mich stumm.

Dankenswerterweise hielt der Konsul eine wirklich kurze Ansprache. Der Vertreter der IHK erlegte sich leider weniger Zurückhaltung auf und war auch durch ostentative Ungeduld nicht zu bremsen. Da er wenig Essenzielles zu sagen hatte, versuchte ich, in der unübersichtlichen Menge ein bekanntes Gesicht zu entdecken. Mit den meisten Geschäftspartnern, die ich hier treffen sollte, hatte ich bisher nur telefonisch oder schriftlich verkehrt, aber zwei oder drei hatten persönlich bei Hautnah vorbeigeschaut, und ich hoffte, dass sie mich wiedererkennen würden.

Und tatsächlich – eine jüngere Frau in einem aufregend geschlitzten schwarzen Etuikleid, bei der ich mir unsicher war, ob ich sie schon einmal gesehen hatte, erwiderte meinen Blick und nickte mir bestätigend zu.

Die Aufzählung der Kooperationsmöglichkeiten innerhalb der EU unter spezieller Berücksichtigung der deutsch-französischen Interessen schleppte sich quälend langsam dahin. Schließlich konnte die wachsende Unruhe unter den Zuhörern nicht einmal mehr vom Vortragenden ignoriert werden, und er schloss mit der launigen Bemerkung, er habe seine Zuhörerschaft hoffentlich nicht über Gebühr strapaziert.

Noch während der mäßige Applaus verklang, kam die Frau im Etuikleid näher, und wir begrüßten uns mit dem Überschwang, den man Bekannten in wildfremder Umgebung entgegenbringt. Mit frischen Champagnergläsern ausgestattet, wechselten wir ein paar kritische Worte über den letzten Redner, und dann schaute sie sich suchend um: «Wo ist denn Elvira?»

Ich erzählte von dem Missgeschick mit dem Blinddarmdurchbruch, und mein Gegenüber, das sich als Frau Kaminski vorgestellt hatte, schüttelte ungläubig den Kopf. «Das passt so gar nicht zu ihr! Elvira und so etwas Banales …»

Aus der Menge näherte sich ein gutgekleidetes Paar, das sich suchend umblickte.

«Hallo, hier …», Frau Kaminski winkte ihnen ermutigend zu. Sie nahmen kaum von mir Notiz, während der Mann ärgerlich feststellte: «Ich möchte wissen, wo Elvira sich wieder herumtreibt. Wir sind jetzt schon zweimal herumgegangen, aber die Frau ist nicht zu finden!»

Frau Kaminski lachte nervös auf und schob mich ein Stück in seine Richtung. «Unsere liebe Elvira hatte ein Missgeschick, deshalb ist ja Frau Wohlgemut an ihrer Stelle hier.»

Blassblaue Augen glitten gleichgültig über meine Erscheinung, dann blitzten sie auf, als er sich plötzlich an seine Manieren erinnerte: «Entschuldigen Sie, ich hatte mich fest darauf verlassen, ein paar Dinge mit Elvira hier unter vier Augen regeln zu können. Und: Wie ist so Ihr erster Eindruck? Haben Sie schon die Favoriten der Saison ausgemacht?»

Glücklicherweise beherrschte er den nötigen Smalltalk bravourös, und sobald ich meine Nervosität überwunden hatte, unterhielten wir uns weniger krampfhaft, als ich befürchtet hatte. Währenddessen schwenkte mein Blick immer wieder zu den livrierten Gestalten um uns herum, unwillkürlich auf der Suche nach Denise und Mathieu. Ob ihre Kollegen hinter den durchweg blasierten Mienen ähnliche Geheimnisse verbargen?

Die beiden Frauen tauschten derweil Informationen über gemeinsame Bekannte aus. Zu unserer kleinen Gruppe stießen noch einige, die sich alle nach Elvira erkundigten. Sie schien einen großen Freundeskreis zu haben. Alle anderen kannten sich offensichtlich gut, und ich fühlte mich immer überflüssiger. Außer dem Mann mit den blassblauen Augen machte niemand sich die Mühe, mich ins Gespräch mit einzubeziehen, und als er von neu Hinzukommenden mit Beschlag belegt wurde, bewegte ich mich unauffällig an den Rand der Gruppe, wo ein aufmerksamer Lakai auf einem Tischchen ein volles Tablett deponiert hatte.

Ich nippte an meinem Champagner und fragte mich, warum Elvira so gedrängt hatte, dass ich mich hier blicken ließ. Wenn sie gehofft hatte, dass man mich an ihrer Stelle akzeptierte, dann kannte sie ihre Clique nicht!

Erleichtert entspannte ich mich ein wenig, als das Büfett für eröffnet erklärt wurde und der Strom sich in Bewegung setzte. Ich vermutete es hinter der Mauer aus Rücken und Köpfen, die mir im großen Saal jede mögliche Sicht darauf nahm.

Leises Grollen aus meinem Inneren erinnerte mich daran, dass ich noch nicht viel gegessen hatte. Vielleicht war mir deswegen leicht schwindlig. Nicht direkt unangenehm, ich ging wie auf einem sehr dicken Perserteppich, und wenn ich vorsichtig auftrat, dann einzig und allein, um nicht umzuknicken.

Erste Lücken in der Phalanx gaben den Blick auf traumhaft dekorierte Platten frei. Ein riesiger dunkelroter Hummer schwenkte in seinen Scheren Silberplatten voller Austern. Es sah so komisch aus – wie der Oberkellner in dem feinen Lokal, in das ich einmal abends mit den Französischdamen gegangen war –, dass ich kichern musste.

Langsam schob ich mich näher heran, meinen Porzellanteller wie einen Schutzschild umklammernd. Die Plünderungen waren bereits weit fortgeschritten. Teilweise zeugte nur noch die Art der Garnierung von den ursprünglichen Angeboten. Das letzte Stück Roastbeef schnappte mir ein massiver Arm in dunkelblauem Kaschmir vor der Nase weg.

Beim Anblick des grässlich starrenden Oktopus, der mit seinen Fangarmen die Schüsseln voll kulinarischer Köstlichkeiten aus seinen Artgenossen anbot, musste ich energisch schlucken und schob mich möglichst schnell an ihm vorbei.

Mit einer Portion gefüllter Artischockenherzen, Obst und etwas Käse suchte ich mir ein ruhiges Eckchen.

«Ach, hier haben Sie sich versteckt, wir haben Sie schon gesucht.»

Frau Netzhammers imposante Gestalt baute sich vor mir auf. Hatte sie kein anderes Opfer gefunden? Plötzlich stieg eine explosive Welle der Abneigung in mir hoch. Nein, ich wollte jetzt nicht ihr dummes Geschwätz ertragen. Ich war so müde, dass ich meine Augen nur noch mit schierer Willenskraft offen hielt, und ich verspürte den seltsamen Wunsch, in Tränen auszubrechen.

Statt dem Wunsch nachzugeben, sagte ich abweisend: «Ich war gerade im Begriff zu gehen. Gute Nacht.»

«Sie haben noch etwas vor?» Die Frage war harmlos genug, das anzügliche Funkeln in den Augen nicht.

«Ja, es ist ziemlich öde hier, nicht wahr? Nicht gerade das ‹Crazy Horse›», sagte ich und bleckte die Zähne zu einer Art Lächeln.

«Entschuldigen Sie», sagte eine leise Stimme neben mir. «Darf ich Ihnen ein Taxi rufen?» Heinz Netzhammer hatte sich unbemerkt neben mich geschoben. In seinen hellbraunen Augen unter den hängenden Lidern glitzerte etwas, das mir unangenehm war.

Hastig trat ich ein paar Schritte von ihm weg. «Sehr lieb von Ihnen, danke, aber der Portier wird das erledigen.»

Mit einem unbestimmten Gefühl der Erleichterung ließ ich die beiden stehen.

Kapitel 4
Thierry

An die nächtliche Fahrt durch Paris kann ich mich nur noch vage erinnern. Jedenfalls war ich noch nicht eingeschlafen, als das Taxi vor dem Hotel hielt und der Fahrer eine erstaunlich moderate Summe nannte.

Inzwischen war mir ein wenig übel. So wie er um die Kurven gebogen war, durchaus verständlich.

Im spärlichen Licht der durch das frische Blattwerk verdeckten Straßenlaterne wühlte ich nach dem Haustürschlüssel. Im Hotel selbst schien allein die Nachtbeleuchtung dafür zu sorgen, dass späte Gäste sich notdürftig orientieren konnten. Madame Seignault überließ Nachtschwärmer offensichtlich lieber sich selbst.

Die letzten Meter humpelte ich nur noch auf meine Zimmertür zu und schleuderte die Schuhe von den Füßen, sobald ich die Tür aufgeschlossen hatte. Komisch, es sah mir eigentlich nicht ähnlich, das Licht brennen zu lassen. Aber es war angenehm, dem Lichtstrahl aus dem Spalt der Badezimmertür zu folgen. Im Zimmer selbst war es stockdunkel.

Das Licht über dem Frisierspiegel schien mir unangenehm hell in die Augen. Ich kniff sie zusammen und versuchte, mich im Spiegel zu betrachten. Irgendwie bereitete es mir Schwierigkeiten, meine Blickrichtung zu fixieren, also putzte ich die Zähne mit geschlossenen Augen, bespritzte mein Gesicht mit kaltem Wasser und streifte meine Kleider auf dem Weg zum Bett ab.

Herzhaft gähnend wollte ich gerade unter die glatten Laken schlüpfen, als eine männliche Stimme verführerisch murmelte: «Wo warst du denn so lange, *chérie*?»

Ich erstarrte. Hatte ich mich derart betrunken, dass ich schon unter Halluzinationen litt?

Eine warme Hand zog mich in mein Bett und an einen warmen, zweifellos männlichen Körper.

Es war seltsam, schockierend, aber es war auch so schön, dass ich keinen Grund sah, wieso ich etwas dagegen unternehmen sollte.

Er roch gut. Ich vergrub meine Nase in der kleinen Kuhle in der Mitte seiner glatten Brust und sog tief den Duft nach jungem Mann und einem sehr exklusiven Aftershave ein. Er weckte Assoziationen an einen sonnigen Tag am Strand, samt frischer Meeresbrise und einem Hauch Thymian aus dem Hinterland.

Genüsslich fuhr meine Hand über die Haut, die sich so glatt und seidig anfühlte. Über den flachen Bauch, folgte der seidigen Haarspur weiter hinunter, bis sie an etwas stieß, das mich sehnsüchtig aufstöhnen ließ.

Heiß und hart pochte sein Penis an meiner Hand, und als ich behutsam die Finger darum schloss, zog er scharf den Atem ein. Ich konnte nicht widerstehen, begann, das pralle Glied zu liebkosen und genoss das Machtgefühl, ihn zucken zu fühlen.

Vermutlich lag es doch am französischen Champagner, dass ich mit einer Kühnheit, die ich sonst niemals aufgebracht hätte, begann, den Körper des Fremden, der wie ein Geschenk des Himmels in meinem Bett gelandet war, zu erforschen.

In der fast absoluten Finsternis sahen wir beide so gut wie nichts. Umso wichtiger wurden unsere Hände. In unausgesprochenem Einverständnis schwiegen wir, während er mich sanft auf den Rücken drückte und zarte Küsse auf Kehle, Hals, Schultern und Oberarme hauchte.

Ich seufzte wohlig auf, als sein warmer Atem langsam, sehr langsam, nach unten wanderte.

Und erschauerte, als sich seine Lippen fest um meine Brustwarze schlossen und zuerst leicht, dann kräftiger an ihr saugten.

Mein Rücken bog sich beinahe von selbst durch und reckte sich den Liebkosungen entgegen.

In mir begann die Gier zu wachsen, ein überwältigender Hunger nach mehr – mehr von diesem irren Gefühl, das meine Brüste prickeln ließ bis in ihr Innerstes und meinen Unterleib dazu brachte, sich wollüstig gegen den harten Männerkörper zu pressen.

Er lachte leise auf, und dann verließen seine Lippen meine Nippel, suchten sich ihren Weg über meinen zitternden Bauch, bliesen sanft gegen den Haarbusch auf meinem Venushügel.

Ich zuckte zusammen. Natürlich hatte ich darüber gelesen, aber es jetzt am eigenen Leib zu spüren, war doch etwas ganz anderes.

Staunend, mit der Scheu eines unerfahrenen Mädchens, überließ ich mich seinen geschickten Händen, die meine Beine spreizten; mich anleiteten, die Knie hochzuziehen, und schließlich behutsam meine Schamlippen spreizten. Fast hätte ich aufgeschrien, als seine Zungenspitze zärtlich durch meine Spalte fuhr, sich zwischen die geschwollenen, pochenden Lippen drängte und endlich die Klitoris fand.

Seine Finger zupften neckend an meinem Schamhaar, massierten leicht das nasse Fleisch um meine Öffnung, drangen spielerisch ein – nur um sich augenblicklich wieder zurückzuziehen, kaum dass ich Gefallen daran gefunden hatte, meine Scheide um sie herum anzuspannen.

Gleichzeitig tanzte seine Zunge um meine Klitoris, mal hauchzart, mal etwas kräftiger, in einem Rhythmus, der langsam, aber sicher seine Wirkung auf mein Innerstes nicht verfehlte.

Dort baute sich eine Spannung auf, die mich zittern und laut stöhnen ließ, weil sie kaum auszuhalten war, obwohl sie sich so wundervoll anfühlte.

Alles an mir war nur noch Erwartung, mein Körper war gespannt wie ein Bogen, als er mich endlich, mit einem letzten Zungenstrich, erlöste.

Ich glaube, ich wurde so etwas wie ohnmächtig, denn das Nächste, was ich wahrnahm, war mein eigener Geruch an seinen Lippen, als er mir einen sanften Kuss auf den Mund drückte und murmelte: «Schlaf jetzt, *chérie*!»

Überwältigt von dem eben erlebten Erdbeben in mir, konnte ich mir nicht vorstellen, einfach einzuschlafen, aber kaum hatte ich meinen Kopf bequemer an seiner Schulter zurechtgelegt, musste ich herzhaft gähnen – der Tag war doch ausgesprochen anstrengend gewesen – und war tatsächlich eingeschlafen.

Das Erwachen war unangenehm. Nur äußerst widerwillig tauchte ich aus einem betäubungsähnlichen Schlaf auf. Meine Zunge fühlte sich groß und pelzig an, und ich schmeckte mit Ekel den Alkohol vom Vorabend. In meinem Kopf schien etwas beständig zu hämmern und zu klopfen und meine Augäpfel aus dem Kopf drücken zu wollen. Stöhnend griff ich mir an die Stirn, um zu fühlen, ob ich Fieber hätte. So schrecklich hatte ich mich das letzte Mal bei einer echten Grippe gefühlt.

«Na komm, *chérie*, versuch das zu schlucken. Das wird dir guttun.»

Eine kräftige Hand hob meinen Kopf an, hielt ein Glas mit kalter Flüssigkeit an meine Lippen. War ich in einem Krankenhaus? Aber wieso sagte der Pfleger «*chérie*» zu mir?

Egal – im Moment war mir alles egal bis auf dieses schreckliche Hämmern.

Gierig trank ich – es schmeckte leicht bitter und hatte

einen seltsamen Nachgeschmack, aber ich hätte alles getrunken, damit dieses Hämmern aufhörte. Er flößte mir noch ein Glas normales Wasser ein, und ich schlief wieder ein.

Als ich das nächste Mal aufwachte, fühlte ich mich bedeutend besser, fast schon einigermaßen normal. Nicht gerade topfit, aber im Vollbesitz meiner geistigen Kräfte. Meine Augen schienen im Kopf verbleiben zu wollen, und so traute ich mich, sie zu öffnen.

Mit dem Vollbesitz war ich wohl ein wenig voreilig gewesen, denn auf meiner Bettkante saß ein bildhübscher junger Mann im Adamskostüm und strahlte mich an.

Ich schloss die Augen also wieder und blinzelte einige Male kräftig, um eventuelle Trugbilder auszuschließen.

Er saß immer noch da. Nackt. Ein sehr junger David: Das klassisch geschnittene Gesicht strahlte etwas Unfertiges, Unschuldiges aus. Wenn die letzten Spuren der Jungenhaftigkeit verschwunden sein würden, würde es vermutlich kantig und streng wirken.

Das beneidenswert dichte dunkelbraune Haar stand in alle Himmelsrichtungen ab. Seine glatten Wangen trugen keinen dunklen Schatten. Bis auf vereinzelte Brusthaare schien er unbehaart.

«Guten Morgen, *chérie*. Fühlst du dich jetzt besser?»

Er hatte eine samtige Stimme, weich und doch kräftig. Und sie klang ein wenig besorgt.

«Ja, danke, es geht mir wieder ganz gut», erwiderte ich verlegen. In meinen verrücktesten Träumen hätte ich mir nicht vorgestellt, in einem Pariser Hotelzimmer zu erwachen und nach Geschehnissen, bei denen ich mir nicht ganz sicher war, ob ich sie nur geträumt hatte oder ob sie wirklich stattgefunden hatten, mit einem nackten jungen Mann meinen Gesundheitszustand zu erörtern. Wenigstens schien er absolut harmlos zu sein.

«*Bon*», er lächelte mich an, «dann werde ich jetzt ein Frühstück für dich bestellen. Tee oder Kaffee?»

«Tee, bitte», antwortete ich automatisch, während ich verzweifelt mein Gedächtnis durchforstete, welche Verrücktheiten ich gestern Abend noch begangen haben könnte, die dazu geführt hatten, dass dieser Adonis nun auf meinem Bett saß, als gehöre er von Rechts wegen dorthin.

Er ratterte unverständlich schnell die Bestellung für den Zimmerservice herunter, legte dann den Hörer auf und musterte mich mit schräggelegtem Kopf.

«Bist du sicher, dass du okay bist, oder hast du irgendwelche Drogen genommen? Du wirkst immer noch ziemlich mitgenommen. Ach, übrigens, ich bin Thierry. Roger ist gerade in Cannes, aber Seline meinte, ich könne für ihn einspringen. Geht doch klar, oder?»

Verwirrt schüttelte ich den Kopf. Ich konnte das Gefühl nicht loswerden, in einem verrückten Traum zu stecken, in dem nichts, aber auch gar nichts einen vernünftigen Sinn ergab. Zwar verstand ich die Worte, nicht aber ihre Bedeutung.

Auch Thierry schien verwirrt, als er mich ungläubig fragte: «Ich gefalle dir nicht? Aber wieso? – Bisher waren alle Damen zufrieden. Auch du warst gestern Nacht sehr zufrieden!», fügte er offensichtlich gekränkt hinzu.

«Entschuldigung, so habe ich das nicht gemeint», beeilte ich mich zu sagen. «Aber es ist alles so verrückt, ich verstehe überhaupt nichts mehr …»

Ein Teil meines Gehirns registrierte ehrlich erstaunt, dass ich die Situation nicht im Geringsten schrecklich fand, sondern dass sie mir zunehmend gefiel. Vielleicht lag es daran, dass dieser junge Mann so überwältigend zutraulich und freundlich wie ein Hundewelpe schien. Man musste ihn einfach mögen.

Thierry runzelte die Stirn. «Seline sagte mir, Elvira würde bestimmt einverstanden sein … Und Madame Seignault hat mir ganz sicher diese Zimmernummer genannt.» Leise Panik flackerte in seinem Blick.

Endlich fiel bei mir der Groschen, wenigstens teilweise. Er hatte also irgendetwas mit Elvira zu tun. Erleichtert setzte ich mich auf, zog das Betttuch um mich herum hoch und suchte nach den richtigen Worten: «Das zumindest kann ich erklären. Frau Burgmeister ist plötzlich erkrankt. Ich bin ihre Vertretung, Marion Wohlgemut. Aber von einer Seline weiß ich nichts.»

An der Tür klopfte der Zimmerservice, und Thierry erhob sich mit geschmeidiger Anmut, um das Tablett in Empfang zu nehmen. Ich starrte auf seine festen, kleinen Hinterbacken, die Muskeln auf seinem Rücken und fragte mich, wie seine Haut sich wohl anfühlen mochte. Ertappt senkte ich den Blick auf meine Bettdecke, als er sich plötzlich umdrehte und mit dem Frühstück zum Bett zurückkehrte. In einer Momentaufnahme sah ich auch seine Vorderseite. Der kleine Penis, der unter dem dunkelbraunen Haarbüschel baumelte, animierte meine Vorstellungskraft zu diversen Fantasiebildern. Dunkel erinnerte ich mich, wie er sich in meiner Hand angefühlt hatte: hart, mit einer samtweichen Oberfläche. Würde er in erigiertem Zustand purpurfarben schimmern? Oder würde er nur eine leichte Röte aufweisen?

Ob man die Ader, deren hartes Pochen ich noch in mei ner Handfläche zu spüren meinte, ebenso deutlich sah?

Irgendwie war ich überzeugt davon, dass er ebenso schön anzusehen wie anzufassen wäre.

Marion!, ermahnte ich mich selbst, leicht schockiert über meine ungewohnt frivolen Gedanken. Aber es juckte mir in den Fingern, ihn zu berühren.

Er stellte seine Last auf der Bettkante ab und schlüpfte rasch in schwarzseidene Boxershorts, ehe er sich wieder auf meinem Fußende niederließ und nach der Jumbotasse Café au Lait griff, die er sich bestellt hatte.

«*Alors*, so wie es aussieht, hat Elvira weder dich noch Seline informiert», fasste er in munterem Ton zusammen. «Und ich habe nicht gleich Bescheid gewusst, weil ich Elvira nicht persönlich kenne. Ich habe dich für sie gehalten ...»

Ich hielt mich an den einen Namen, der schon einmal gefallen war, und fiel ihm ins Wort: «Wer ist eigentlich diese Seline, und wie hängt sie mit Ihnen und Elvira zusammen?»

Er grinste spitzbübisch: «Du kannst ruhig Thierry zu mir sagen, das tun alle. Und du weißt wirklich nicht, wer Seline ist?»

Ungläubig den Kopf schüttelnd, reckte er sich zu seiner über einen Sessel geworfenen Jeans hinüber und kramte eine Geschäftskarte aus der Gesäßtasche: «Seline» stand da in gestanzten Goldlettern auf dickem, wenn auch etwas verdrücktem Büttenpapier. Und eine Telefonnummer, weiter nichts.

Verständnislos starrte ich ihn an: «Ja, und?»

Er starrte zurück und murmelte: «Ich kann mir einfach nicht vorstellen, dass sie dir nichts gesagt hat. Sie hat sich doch denken können ...»

«Ich glaube nicht, dass sie viel gedacht hat», warf ich ein. «Als ich sie das letzte Mal sah, stand sie noch unter starken Schmerzmitteln. Vielleicht hat sie es einfach vergessen?»

Er sah mich an, als hätte ich etwas absolut Blödsinniges geäußert, entschied sich dann aber doch, mir ernsthaft zu antworten.

«Ein Date von Seline vergisst man nicht.»

«Wieso? Man kann eine Verabredung schon einmal vergessen.»

Thierry schüttelte wieder den Kopf. «Unsere nicht. Dafür sind wir zu teuer.»

In meinem Hinterkopf klingelte etwas, und ich fragte neugierig nach: «Du hast vorhin etwas von einem Roger gesagt, für den du eingesprungen bist. Bedeutet das, dass Elvira – hm, wie soll ich es ausdrücken? – nicht zum ersten Mal mit Seline zu tun hat?»

Amüsiert dachte ich, dass es Elvira ähnlich sähe, sich in Paris einen Callboy kommen zu lassen. In ihren Erzählungen hatte sie diese Kleinigkeit allerdings verschwiegen. Vermutlich war ihre Erschöpfung nach dem letzten Messebesuch nicht nur auf die anstrengenden Geschäftskontakte zurückzuführen gewesen!

Er kniff die vollen Lippen zusammen und sah mich abweisend an: «Normalerweise sind Gespräche über andere Kunden tabu. Wenn wir nicht in einem solchen Durcheinander festsäßen, wäre mir das nicht passiert. Frag bitte nicht weiter nach. Was machen wir jetzt?»

Er wirkte so ratlos, dass ich mein leises Bedauern darüber, nicht seine Kundin zu sein, unterdrückte und aufmunternd vorschlug: «Du könntest deiner Chefin doch einfach alles erklären und dir von ihr einen neuen Termin geben lassen – oder wie man das nennt.»

Er seufzte auf und fuhr sich mit den Händen durch die zerzausten Haare.

«Du hast gut reden! Sie wird mich sofort fragen, wieso ich das nicht schon gestern Abend geklärt habe. Seline hasst Unzuverlässigkeit. Da ist man schneller abserviert, als man sich entschuldigen kann. Und für mich geht es um meine Miete und die Raten für ...» Er brach ab und fixierte mich so intensiv, dass mir seltsam warm wurde. So viel geballte Aufmerksamkeit brachten mir Männer sonst nicht entgegen.

«Könntest du dir nicht vorstellen, einfach an Elviras

Stelle zu treten? Seline muss ja nicht erfahren, mit wem ich wirklich die drei Tage verbringe. Und ich gefalle dir doch …»

Große haselnussbraune Augen öffneten sich weit, und er biss sich nervös auf die Unterlippe, während er wortlos um eine positive Antwort bat.

Nein zu sagen war mir schon immer schwergefallen. Und dieser Thierry hatte etwas an sich, dass man ihn einfach gern haben musste. Nein zu sagen zu etwas, was man wahnsinnig gerne haben wollte, war noch schwerer. Und wieso auch?

Es war höchste Zeit, dass ich mir endlich meinen Teil vom Leben holte! Wenn es noch mehr von der Sorte wie gestern Nacht zu bieten hatte, hatte ich schon viel zu lange gezögert!

Thierry schien mein Zögern zu beunruhigen: «Ich bin mein Geld wirklich wert», versicherte er mit geradezu rührendem Stolz. «Du wirst es nicht bereuen …»

Nein, das denke ich auch nicht, dachte ich und erschauerte in Gedanken an die überwältigende Lust, die er mir verschafft hatte. Und ich war durchaus begierig auf Wiederholungen dieser oder anderer Art.

Aber teils aus alter Gewohnheit, teils um mein Gesicht zu wahren, sagte ich: «Versteh mich bitte nicht falsch, aber wie läuft das ab, wenn man dich bucht – oder wie man das auch immer nennt? Das würde ich gerne vorher wissen.»

Ein mutwilliges Grinsen breitete sich auf seinen Zügen aus: «Das kommt ganz darauf an, was du bestellst, *chérie*! Für diesen Auftrag war ich voll gebucht: Das heißt, ich stehe rund um die Uhr zur Verfügung – ganz zu Ihren Diensten, Madame!» Er verbeugte sich so geläufig-elegant, als trüge er nicht nur schwarzseidene Boxershorts, sondern einen Abendanzug.

«Das hält doch kein Mensch durch», entfuhr es mir

halb ungläubig, halb entsetzt. Nicht einmal Elvira konnte so unersättlich sein!

«*Mais non!*» Thierry gluckste leise vor Erheiterung über meine Naivität. «Nicht nur für *faire l'amour* – ich bin auch ein versierter Einkaufsbegleiter; ich weiß immer, was gerade angesagt ist und wo man abends gerade am besten isst.»

Wie dämlich von mir. Ich fühlte, wie ich leicht errötete und fragte rasch, um meine Verlegenheit zu überspielen: «Wüsstest du, wo ich mich neu einkleiden kann, ohne mich zu ruinieren?»

«*Mais oui* – ich kenne alle guten Secondhandläden und weiß, wo man die Sachen der letzten Saison billiger bekommt. Soll ich einen Einkaufsbummel für dich arrangieren?»

Vor meinem inneren Auge erstand ein Bild: eine elegante Marion, modisch und weltläufig, wie ich es mir immer insgeheim erträumt und nie zugegeben hätte. «Möchten hätt ich schon wollen, aber dürfen hab ich mich nicht getraut.» So oder ähnlich hatte das der kluge Karl Valentin ausgedrückt, als hätte er mich persönlich gekannt.

O ja, und ob ich nun wollte!

Zudem wollte ich auf keinen Fall, dass Thierry, den mir das Schicksal so beiläufig in den Weg gestellt hatte, einfach wieder aus meinem Umfeld verschwand. Ich war in Paris, kein Mensch kannte mich (bis auf die Netzhammers, aber denen würde ich hoffentlich aus dem Weg gehen können), und die Versuchung war einfach unwiderstehlich.

«*D'accord*, machen wir es so», entschied ich kurzentschlossen und strich in einer Art Besitzerstolz über seine muskulöse, nackte Brust. Warm fühlte sie sich an. Weich – und doch ließen harte Muskelstränge unter der Haut ahnen, dass Thierry sich fleißig in Form hielt.

«Am besten treffen wir uns um, sagen wir …» Ich warf

einen Blick auf meine Armbanduhr und rechnete blitzschnell aus, wie viel Zeit ich für die wichtigen Standbesuche benötigen würde. «Um drei am Haupteingang.»

Thierry stieß erleichtert die angehaltene Luft aus, packte unzeremoniell meine Schultern und küsste mich herzhaft auf beide Wangen: «Danke, *chérie*! Du wirst es nicht bereuen.»

Mit einem strahlenden Lächeln verschwand er.

Während der Metrofahrt hatte ich ausreichend Zeit, an meinem Geisteszustand zu zweifeln. Ohne Thierrys elektrisierende Anwesenheit kamen mir schwere Bedenken. Sollte ich nicht doch lieber alles rückgängig machen?

Aber was war denn schon dabei? Ich würde mir von Thierry die Geheimtipps der Ortsansässigen zeigen lassen, mit ihm essen gehen. Und die Aussicht auf die dann folgenden Stunden ließ kleine Schauer der Vorfreude auf meiner Haut prickeln.

Sein Gesicht schob sich in meine Gedanken, während ich um den Blütenzauber-Stand, wie ich ihn für mich genannt hatte, schlich wie Eva um den Baum der Erkenntnis. Der Bikini aus zartrosa Cattleyablüten – wie würde er an mir aussehen?

An den Ständern hingen nur wenige Modelle. Offensichtlich gehörte die Firma zu der kleinen Gruppe der Aussteller, die nicht verkauften, sondern nur Bestellungen entgegennahmen.

Ganz hinten hing der Bikini, der mich gestern so begeistert hatte. Behutsam berührte ich die wachsähnlichen Blüten und fühlte ihre überraschende Elastizität. Das Material verband die Erscheinung zerbrechlicher Konsistenz mit anschmiegsamer Festigkeit.

Solch fantastische Imitationen hatte ich noch nie gesehen, nicht einmal an Kunstblumen, die rein zu dekorativen Zwecken hergestellt worden waren.

«Sie mögen unsere Kollektion?»

Ich fuhr zusammen und drehte mich zu der Stimme hinter mir um. Der kleine, untersetzte Herr mit dem grauen Schnurrbart deutete eine Verbeugung an und fuhr fort: «Darf ich sagen, dass dies spezielle Modell Ihnen ausgezeichnet stehen würde?»

Und mit den Worten «Möchten Sie es nicht einmal anprobieren?» hielt er mir auffordernd den Bügel hin, während er mit dem Kopf in die Standecke hinter mir deutete.

Überrumpelt griff ich zu und stand in der kleinen Kabine. Bei diesen beengten Verhältnissen war es nicht ganz einfach, und ich musste ein wenig mit den ungewohnten Verschlüssen kämpfen, aber ein Blick in den Spiegel lohnte jede Mühe. Der Bikini saß wie eine zweite Haut. Die Blüten waren auf einem Geflecht befestigt, das vermutlich Lianen nachempfunden war. Relativ grobmaschig, aber die Einzelblumen verdeckten wie zufällig platziert Brustwarzen und Venushügel. Als ich über meine Schulter schaute, um einen Blick auf meine Rückenansicht zu werfen, errötete ich. Die Lianen ließen den größten Teil der Hinterbacken frei, und die einzelne Cattleya, die lila-rosa auf meinem Steißbein leuchtete wie ein Signal, betonte die Nacktheit noch.

«So kannst du dich nicht in der Öffentlichkeit zeigen» war mein erster Gedanke. «Eigentlich schade» mein zweiter. Mit verdrehtem Hals wechselte ich ein paarmal das Standbein und bewunderte die festen Halbkugeln, die nicht zu mir zu gehören schienen. Ich hob die Arme und wiegte mich in den Hüften, um den Effekt zu beobachten.

Hinter meinen halbgeschlossenen Lidern entstand ein weißer Sandstrand. Unwirklich blauer Himmel über Palmen, die Wellen brachen sich am Strand, leckten an meinen Zehen, der feine Sand kribbelte, und ein leichter Seewind blies mir einzelne Haarsträhnen ins Gesicht.

Plötzlich legten sich von hinten zwei große Hände auf

meine Schultern, fuhren zärtlich die Konturen von Hals und Schultern nach. Ich bog den Kopf rückwärts, schmiegte ihn an eine glatte Männerbrust und genoss die Berührung, die Wärme des kompakten Körpers hinter mir. Seine Hände glitten ohne Hast tiefer, streichelten ausgiebig meinen flachen Bauch und wanderten zielstrebig zwischen meine Schenkel. Sein Atem blies mir ins Ohr, während geschickte Finger meine glitschigen Schamlippen teilten, spielerisch zupften, meine Klitoris umkreisten. Mein Becken begann ganz von allein zu kreisen, die Bewegungen unkontrolliert. Die Hand drückte fest gegen meinen Venushügel, grub sich in die feuchte Wärme, und ich konnte ein sehnsüchtiges Stöhnen nicht mehr unterdrücken.

Leises Räuspern vor dem Vorhang schreckte mich aus meinen Südseeträumen.

«Alles in Ordnung, Madame? Brauchen Sie Hilfe mit den Verschlüssen?»

Ich beeilte mich, der unbekannten weiblichen Stimme zu versichern, dass alles bestens und ich sofort fertig sei.

Der ältere Herr erwartete mich verschmitzt lächelnd an den Ständern. «Ich sehe schon, Sie möchten ihn nicht mehr hergeben.» Mit diesen Worten hielt er mir eine unauffällige weiße Plastiktüte hin.

Obwohl ich als Einkäuferin sicher nicht zu den interessanten Kunden gehörte – derart hochpreisige Ware konnte ich nur sehr zurückhaltend ordern und dabei hoffen, dass die Kundschaft den roten Mohn auf der schimmernden Seide nicht nur bewundern, sondern auch kaufen würde –, verliefen meine ersten Schritte in diesem Metier ermutigend erfolgreich. In harmonischer Atmosphäre wickelten wir meinen kleinen Auftrag ab, und als ich am Ende nach dem Preis für meinen Bikini fragte, schüttelte er den Kopf und bat mich, ihn als Geschäftspräsent zu betrachten.

Meinen Protest im Keim erstickend, drückte er mir die

Tüte wieder in die Hand und sagte: «Machen Sie einem alten Mann die Freude und nehmen Sie es an. Ich erlebe es selten, dass eine meiner Kreationen so perfekt zu ihrer Trägerin passt. Sie erinnern mich an Orchideen: versteckte Schönheit und unter der Zerbrechlichkeit so unglaublich viel Lebenshunger ...»

Er sah mich nachdenklich, fast ein wenig traurig an: «Versprechen Sie mir nur, ihn auch zu tragen.»

Die übrigen Termine hielten wenige Überraschungen bereit: Alles alte Geschäftspartner mit im Grunde vertrautem Angebot. Als ich mich allerdings dem Stand von Lush Beauty näherte, unserem amerikanischen Spezialisten für Push-ups und XXL-Größen, war ich doch leicht überrascht. Er hatte nicht einfach nur die Farben gewechselt!

Das schon von weitem leuchtende Königsblau und Gold seiner Garnituren prangte dieses Jahr auf außergewöhnlichen Models!

Das Erste, was mir auffiel, war die auffallend große Menschenmenge, die den Laufsteg umlagerte. Das Blitzlichtgewitter der Fotografen bezeugte das überraschend große Interesse der Presse. Als ich näher kam, traute ich im ersten Moment meinen Augen kaum: Man glaubte sich in ein Gemälde von Rubens versetzt.

Die Bühne war mit einem schwarzen Vorhang, schwarzweißem Mosaikfußboden und zwei riesigen Blumenarran gements im Stil alter flämischer Meister zurückhaltend dekoriert. Aber es war nicht die Dekoration, die für ein solches Aufsehen sorgte.

Gerade trat eines der Models hinter dem Vorhang vor und schritt, eine Tulpe in der Hand, würdevoll – man konnte es schon fast majestätisch nennen – über die Bühne, das aufgeregte Getuschel der Zuschauer ignorierend.

An und für sich wäre die Szene alles andere als bemerkenswert gewesen, wenn das Modell nicht so ausgesprochen ungewöhnlich gewesen wäre. Kein Wunder, dass die Reporter sich gegenseitig die besten Plätze streitig machten!

Neben den überdurchschnittlich großen, unterdurchschnittlich dünnen Models, an die man sich mit der Zeit gewöhnt und als normal empfindet, fiel dieses hier aus dem Rahmen wie eine Exotin. Genauso bestaunt, genauso ungewohnt.

Die kräftigen Schenkel dieser Frau gingen in ebenso wohlgerundete Pobacken über. Ohne die fleischigen Oberarme und die breiten Hüften hätten die riesigen Brüste vermutlich wie Fremdkörper gewirkt. Aber an dieser Frau war alles harmonisch aufeinander abgestimmt, und diese Wirkung faszinierte nicht nur mich.

Nach dem ersten Schock empfand ich das rahmweiße Fleisch, von dem das leuchtende Blau des Bikinis in perfektem Kontrast abstach, als unerwartet attraktiv.

Bei jedem der langsamen Tanzschritte zu einem Flötenmenuett aus verborgenen Lautsprechern, mit denen sie den Laufsteg überquerte, wogten üppige Fleischmassen – eine Allegorie des Überflusses!

Blitzartig verstand ich, wieso die Menschen früherer Zeiten so von Leibesfülle angezogen waren: Beim Anblick dieser Frau dachte man automatisch an Festessen, luxuriöse Betten, an schieren, puren Genuss.

In den Gesichtern der meisten Männer stand unverhüllt die Frage, wie es sich wohl anfühlen mochte, in diese verkörperte Großzügigkeit einzutauchen, von ihr umhüllt zu werden. Wo man auch hingriff: überall Weichheit, Nachgiebigkeit.

Ein Mann, passend in der dunklen Tracht dieser Zeit gekleidet, tauchte auf, verneigte sich zeremoniell, und die beiden begannen einen langsamen Paartanz, bei dem sie immer wieder mit erhobenen Armen komplizierte Figuren ausführten.

Der Mann verschmolz beinahe mit dem schwarzen Vorhang des Hintergrunds. Vermutlich war das beabsichtigt, um die Aufmerksamkeit nicht von dem weiblichen Model abzulenken, aber der Regisseur hätte sich darüber keine Gedanken machen müssen.

Unser aller Augen hingen wie gebannt an der hellen Form, die sich deutlich von dem Schwarz abhob, als er zum Schluss ihren Haarknoten löste und das hellbraune, leicht gewellte Haar bis auf ihre breiten Hüften fiel. Keiner rührte sich, niemand konnte sich losreißen von der unterschwelligen Erotik, dem altertümlichen Charme, den die Szene ausstrahlte.

«Beachten Sie bitte, wie der Träger bei jeder Bewegung mitgeht. Kein Hochrutschen der Körbchen – ein Supermodell bis 100 F, unerreicht in Passform und Bequemlichkeit», quäkte eine Stimme mit amerikanischem Akzent, die Flötenmusik übertönend, und riss uns aus unserer Verzauberung.

Frenetisches Klatschen, dann stürmten die vorderen Reihen los, auf der Jagd nach einem Interview. Morgen würde man vermutlich in jeder Pariser Zeitung einen Artikel über diese Show lesen können. Ein genialer Werbeschachzug.

Unauffällig drückte ich mich seitlich an den Männern vorbei und suchte Mr. Zeisig, mit dem ich bisher noch keinen persönlichen Kontakt gehabt hatte. Wir waren alte Kunden. Auch ohne aufsehenerregendes Marketing waren die Dessous von Lush Beauty tatsächlich die mit Abstand gefragtesten bei unseren Kundinnen mit großen Konfektionsgrößen.

Selber nicht übermäßig üppig ausgestattet, hatte ich mir früher nie bewusst gemacht, wie wichtig Qualität sowohl für die Bequemlichkeit als auch für die Optik ist. Dass dieses Model eben so großartig ausgesehen hatte, war hauptsächlich darauf zurückzuführen.

Mit Körbchen aus billiger Polyamid-Spitze, Spaghettiträgern, die tief in die Schultern einschnitten, und notgedrungen hängendem Busen wäre der soeben erzeugte Effekt nicht möglich gewesen.

Genau aus diesem Grund führten wir ab Körbchengröße C nur noch Firmen, die darauf achteten, dass ihre Modelle auch größeren Umfängen gerecht wurden.

«Mit A kannst du praktisch alles tragen – da brauchst du nicht viel Halt! Ab C trennt sich die Spreu vom Weizen – und der Weizen hat seinen Preis», hatte Elvira verkündet, als ich einmal in unserer Anfangszeit einzuwenden wagte, dass die BHs zu teuer wären, und lässig den Pullover nach oben geschoben. «Was glaubst du, wie ich aussähe, in solch einem Nichts wie dem, das du bestellen möchtest?»

Elviras prächtiger Busen präsentierte sich damals auf schwarzen Halbschalen aus Samt und wirkte überaus kostbar. Ich versuchte, ihn mir in dem mädchenhaften Modell vorzustellen, auf das sie gewiesen hatte, und musste ihr recht geben.

Ein paar Gänge weiter zog der Stand einer japanischen Firma meine Aufmerksamkeit auf sich. Vielleicht, weil sie ebenfalls mit dem Schwarz-Weiß-Kontrast arbeitete, allerdings mit einem völlig anderen Effekt.

Die kindlich-grazilen Frauen in den schwarzen und weißen Wäschegarnituren, die dort über den Laufsteg trippelten, erinnerten in ihrer Schlichtheit an Scherenschnitte. Eine Insel der Ruhe inmitten der Verkaufshektik.

Ich blieb kurz stehen und gönnte meinen Augen eine Erholungspause. Der Architekt oder wer auch immer für dies Design verantwortlich war, hatte sich auf das Essenzielle beschränkt: weiße Wände, schwarze Holzbalken als Boden, um eine niedrige Hausform anzudeuten. Der einzige Schmuck bestand in einer Dreierreihe japanischer Schriftzeichen, die wie beiläufig mit Tusche in eine Ecke geschrieben waren.

Um eine größere Gruppe Messebesucher passieren zu lassen, trat ich ein Stück in den Stand und verschob versehentlich einen der schweren Vorhänge, die den hinteren Teil abtrennnten. Gerade wollte ich ihn wieder zurechtzupfen, da wurde mein Blick von einer Bewegung im Hintergrund angezogen.

Vor einem Spiegel stand eine der Frauen und wusch sich. Nicht auf eine mir vertraute Art, sondern mit einer Technik, die mir sehr seltsam erschien: Auf dem Boden stand ein voluminöser Kessel mit einem Deckel. Den hob sie mit einem Haken hoch, Dampfschwaden stiegen auf, aus denen sie mit einer Bambusgabel ein schneeweißes Stoffpaket fischte. Eine geübte Bewegung des Handgelenks warf es in die Luft, wobei es sich entfaltete, und sie fing es geschickt wieder auf. Mit spitzen Fingern presste sie es sich auf die Stirn, wischte sich damit über Gesicht und Hals und drückte es schließlich auf ihr Dekolleté und die spitzen kleinen Brüste. Als sie damit über den flachen Bauch strich, hatte die elfenbeinfarbene Haut sich zart gerötet, und unerwartet große Brustwarzen prangten auf den Hügeln.

Langsam zog sie es zwischen ihren Beinen durch und ließ es dann nachlässig in eine große Schale neben dem Kessel fallen, um nach einem frischen Tuch zu angeln.

Noch während sie den Trick mit dem Hochwerfen ausführte, glitt eine zweite Frau neben sie und sagte einige Worte in neckendem Tonfall, die passend erwidert wurden. Diesmal zog sie das Tuch gleich zwischen ihre Beine, die neu Hinzugekommene stellte sich hinter sie, griff nach dem einen Ende, und beide begannen, es rhythmisch hin- und herzuziehen.

Eine bellende männliche Stimme ließ sie schuldbewusst zusammenzucken. Aus einer Schiebetür trat ein Japaner im Kimono und musterte die beiden mit gerunzelter Stirn. Die Frauen, mit dem Rücken zu mir, verbeugten sich ehrerbietig, wobei sie ihre kleinen elfenbeinfarbenen Hinterteile aufreizend in die Luft streckten.

Einige Sekunden lang hielt das unangenehme Schweigen an, dann sagte er ein paar Worte, woraufhin eine der Frauen sich eilig durch eine zweite Schiebetür entfernte, die andere sich ihm zögernd näherte.

Mit dem Fuß zog er einen niedrigen Hocker heran und ließ sich darauf nieder. Sein Kimono öffnete sich, und ich sah zu meiner Überraschung, dass er darunter völlig nackt war. Mit einer beiläufigen Selbstverständlichkeit, die auf langjährige Vertrautheit – oder auf Schamlosigkeit – schließen ließ, streifte er das knöchellange Kleidungsstück ab und ließ es hinter sich zu Boden fallen.

Fast im gleichen Moment näherte die Frau sich in unterwürfiger Haltung mit einem Holzbottich und begann, ihn sorgfältig abzuwaschen. Am Hals beginnend, arbeitete sie sich weiter vor, bis sie bei seinem Unterleib angekommen war.

Auf einmal zögerte sie merklich und ließ die Hände mit dem Schwamm sinken. Er zischte ein paar Worte, worauf sie stumm nickte und sich über seinen Schoß neigte.

Die regelmäßigen Bewegungen, mit denen ihr Kopf sich hob und senkte, behielten ihren gleichmäßigen Rhythmus bei, bis er mit einer Hand in ihr kurzgeschnittenes schwarzes Haar griff und sie mit festem Griff stoppte. Sie zuckte sichtbar zusammen, gab aber keinen Laut von sich und blieb so reglos, wie er es zu fordern schien.

Neugierig versuchte ich, in seiner Miene zu lesen. Was

hatte er vor? Den unbewegten Zügen war keine Absicht zu entnehmen.

Er atmete absolut ruhig.

Aber als er völlig beherrscht ihren Kopf anhob, bis sie sich aufrecht gegenübersaßen, staunte ich über den riesigen Penis, der sich vor seinem harten, muskulösen Bauch zitternd in die Höhe reckte.

Er nickte ihr zu, und sie erhob sich, drehte ihm den Rücken zu, beide Hände vor sich auf dem Boden. In dieser Stellung ragte ihr kleiner, fester Hintern provozierend in die Höhe.

Unbewegt stand sie so, während er sich langsam erhob und dann unvermittelt nach dem Handtuch griff, das neben ihm lag. Es klatschte kaum hörbar, als er sie damit quer über beide Pobacken schlug. Sie gab immer noch keinen Laut von sich, nur ein Zittern überlief die helle Haut der Halbmonde, die sich überraschend schnell gerötet hatten.

Das dumpfe Klatschen wurde nicht lauter, während er die Geschwindigkeit steigerte, in der der nasse Stoff auf ihre allmählich feuerrot leuchtende Kehrseite niedersauste.

Schließlich ließ er das Handtuch neben sich zu Boden fallen und fuhr fast liebevoll mit beiden Händen über die heiße Haut des in die Höhe gestreckten Hinterteils. Seine Handflächen in das weiche Fleisch gegraben, zwang er sie, so weit es ging, auseinander, legte das kleine Loch frei.

Darunter prangte wie eine überreife Pflaume ihr dunkelrotes, angeschwollenes Geschlecht, leicht schimmernd von den Säften, die bereits reichlich aus ihr sickerten.

Mit einer schnellen Bewegung ging er in die Knie, presste seinen dicken Schwanz zwischen ihre nassen Schamlippen und zog ihn ein paarmal durch die angesammelte Feuchtigkeit. Es schmatzte leise, als sein Penis dazwischen hin- und herrutschte. Die Frau begann kaum merklich mit den Bewegungen mitzugehen, aber als sie ein leises Stöhnen von sich gab, zog er sich abrupt zurück und setzte die Eichel genau auf das kleine Loch. Sekundenlang standen sie so, ohne sich zu rühren. Dann atmete er langsam aus und begann, die dunkelrot glänzende Eichel in ihren Anus zu drücken. Zentimeter für Zentimeter verschwand in ihrem Körperinneren. Sobald die Eichel gänzlich in ihr steckte, hielt er kurz inne, um zwischen zusammengepressten Zähnen ein paar unverständliche Worte zu murmeln, ehe er sich ohne Hast, aber auch ohne Zögern weiter in sie versenkte.

Erst als er fast mit dem gesamten Penis eingedrungen war, schien er zufrieden.

Die Frau vor ihm bewegte sich leicht, um ihre enge Passage dem dicken Eindringling anzupassen. Eine Zeitlang duldete er es, dann jedoch gab er ihr einen scharfen Schlag mit der Handfläche auf eine brennende Pobacke und zischte einen Befehl.

Augenblicklich erstarrte sie wieder in statuenhafter Unbeweglichkeit, während er begann, sein Glied in ihr vor und zurück zu ziehen. Nicht viel, vielleicht ein paar Zentimeter.

Gleichzeitig fasste er mit einer Hand um sie herum, zwängte eine Hand zwischen ihre zusammengepressten Oberschenkel und begann, sie dort zu massieren.

Zu Beginn versuchte sie noch, ihre Lustlaute zu unterdrücken, aber schnell wurden sie so intensiv, dass sie mit Sicherheit durch die dünnen Papierwände drangen.

Gewandt griff der Mann nach dem vorhin so achtlos zu Boden geworfenen Handtuch und reichte es ihr, damit sie es sich vor den Mund drückte.

Gleich darauf wurden seine Bewegungen schneller, hastiger. Einen Moment, bevor sie erschauerte, erstarrte er mit einem leisen Keuchen. Beide atmeten heftig, rührten sich aber nicht. Schließlich begann er fast widerwillig, sich aus ihr zurückzuziehen. Das Bild in dem Moment, in dem die immer noch glänzend rote Eichel das winzige Loch verließ, das sich hinter ihr augenblicklich wieder schloss, hatte etwas seltsam Mystisches.

Während der Mann zu seinem Kimono hinüberging und ihn sich überstreifte, sank die Frau auf dem Boden zusammen und blieb erschöpft liegen, kaum dass sie sich das nasse Handtuch zwischen den Beinen durchgezogen hatte.

Ich wartete nicht ab, wie es weiterging. Hier auf der Messe beim Spannen ertappt zu werden – das wäre schon extrem peinlich. So frivol die Dessous auch sein mochten, man hatte immer den Eindruck, dass zumindest unter den Anbietern eine unausgesprochene Übereinstimmung darüber herrschte, der Ware zum Trotz geradezu peinlich genau auf Sitte und Anstand zu achten.

Ein Blick auf die Uhr zwang mich zu der Entscheidung, ob ich für heute als Letztes die holländische Firma, die ökologisch einwandfreie Baumwolle und Naturfarben propagierte, oder einen Hersteller aus Lyon, dessen Spezialität elastische Spitze war, aufsuchen sollte. Im Hinblick auf den geplanten Nachmittag fiel mir die Wahl nicht schwer.

Zwar hatte ich dank Hautnah inzwischen nur noch Unterwäsche, die meine Mutter als «unanständig» bezeichnet hätte, aber die Gelegenheit, mir für den Einkaufsbummel noch ein, zwei Garnituren zuzulegen, war einfach zu günstig.

Hardy & Pichard erfüllten wieder einmal alle Erwartungen. Die neuesten Kreationen waren aus mehrfarbiger Spitze in Paisleymustern geschneidert. Monsieur Pichard erklärte mir stolz, dass seine dabei erreichte Qualität die Konkurrenz weit hinter sich lasse. Unsere Erfahrungen mit ihm waren gut, die Order so problemlos, wie ich gehofft hatte, und so stand ich wieder einmal vor einem Spiegel und schwankte zwischen einem Set in Pastellfarben und einem in kräftigem Magenta. Der Schnitt des helleren ließ einen großen Teil der Brust unbedeckt, ideal für ein tiefes Dekolleté. Der dunkelrote BH dagegen setzte auf den Kontrast. Seine flammenähnlichen Spitzen umzüngelten den dunklen Warzenhof und wurden von diesem Zentrum aus immer durchscheinender, ließen immer mehr helle Haut durchschimmern.

Die dunkelrote Spitze schmiegte sich an meine Haut, ein hauchfeines und dabei festes Netz, das jeder Bewegung folgte. Ich hob die Arme so hoch wie möglich über meinen Kopf und senkte sie wieder. Viele BHs rutschen bei dieser Bewegung hoch, aber nicht wieder hinunter – wobei ich unwillkürlich an das Model der Rubens-Inszenierung dachte, das vorhin haargenau die gleichen Bewegungen ausgeführt hatte, um die Qualität der Dessous zu demonstrieren.

Dieser bestand den Test. Außerdem passte er perfekt zu meinen nicht allzu großen Brüsten. Glücklicherweise brauchten sie nicht viel Stütze, den Bleistifttest, von dem ich in einer Zeitschrift beim Zahnarzt gelesen hatte, bestand ich leicht. Aber ich fühlte mich wohler, wenn ich einen BH trug. Ohne ihn wäre ich mir seltsam nackt erschienen, auch wenn niemand es unter entsprechender Kleidung bemerkt hätte.

Seit ich mit der Welt der feinen Dessous in engerem Kontakt stand, hatte ich ihre Raffinesse schätzen gelernt. Statt der fantasielosen weißen oder hautfarbenen Unterwäsche, die ich lustlos nachgekauft hatte, sobald es nötig wurde, zogen Spitze und Satin mich nun magisch an.

Ungewöhnliche Farben, verspielte Schnittführung, luxuriöses Material wie beispielsweise echte Seide – ich hatte schnell gelernt, worauf besonderes Augenmerk zu legen war, um aus der Masse des Angebots die Perlen herauszufischen.

Ich würde beide Garnituren nehmen, entschied ich, und dazu noch eine in Cremeweiß, falls unter den Einkäufen extrem durchsichtige Seidenblusen sein würden. Jetzt war Thierry an der Reihe.

Kapitel 5
Metamorphose

Nervös hielt ich an der Glastür nach ihm Ausschau. Was, wenn er mich versetzt hatte? Hatte Seline ihn zu einem besserbezahlten Auftrag geschickt, und ich war ihm vielleicht nicht mehr lohnend erschienen? Erst jetzt wurde mir bewusst, wie ich mich auf den aufregenden Nachmittag in seiner Gesellschaft gefreut hatte.

Beinahe hatte ich es geschafft, mir einzureden, dass ich sicher enttäuscht werden würde, als eine männliche Gestalt neben dem hintersten Taxi in der Reihe mir heftig zuwinkte.

Thierry – er hatte Wort gehalten! Vor Erleichterung rannte ich fast. Er grinste triumphierend über das ganze Gesicht, als er verkündete, er habe alles, aber auch wirklich alles wunderbar arrangiert. Und nun müssten wir uns beeilen, sonst komme sein Zeitplan durcheinander.

Damit zog er mich ins Auto, und der Fahrer raste unter Hupen und wüsten Flüchen gegen den restlichen Verkehr mit uns quer durch die Stadt. Die unvermittelte Vollbremsung erschreckte mich zu Tode, aber sie entsprach nur dem Temperament unseres Chauffeurs.

Wir waren da.

Der erste Blick auf die Umgebung wirkte nicht sehr vertrauenerweckend. Dies war nicht gerade die Flaniermeile. Einige Geschäftsfronten hatte man sogar mit Brettern zugenagelt. Der Rest hatte bessere Zeiten erlebt. Die abgeblätterten Jugendstil-Goldlettern über kunstvoll geschmiedeten Fenstergittern zeugten von gediegenem Wohlstand in der Zeit vor den Weltkriegen. Seitdem schien er um diese Gegend einen Bogen geschlagen zu haben.

Aber erste Zeichen einer Wiederbelebung waren unverkennbar. Hier eine liebevoll renovierte Fassade, da eine frischgesetzte Regenrinne, dort ein neubepflanztes Vorgärtchen mit einem leuchtend gelb lackierten Biergartenstuhl.

«Komm schon, *chérie*, für Sightseeing haben wir keine Zeit – François wartet!», drängte Thierry mich und wies auf den Geschäftseingang, vor dem wir standen. Neben dem schwungvollen Schriftzug «François» war eine altmodische Friseurschere abgebildet. Im mit dunkelviolettem Samt ausgeschlagenen Schaufenster lagen auf glänzend polierten Kupferschalen alte Handwerksgeräte: Barbiermesser, Scheren, aufheizbare Lockenwickler aus Metall, Kreppeisen – die Ansammlung wirkte teilweise geradezu unheimlich.

Das Innere überraschte angenehm. Der helle Marmorboden und die verspiegelten Wände ließen es im ersten Moment verwirrend riesig erscheinen, bis man sich orientiert hatte und feststellte, dass nur ein einzelner junger Mann gerade die abgeschnittenen Haare des letzten Kunden zusammenfegte, nicht eine ganze Reihe in perfekter Synchronisierung.

«Salut», begrüßte er uns formlos, ohne seine Tätigkeit zu unterbrechen. «So, es kann losgehen.»

Ich wurde unzeremoniell in den einzigen Frisierstuhl geschoben und mit einem ebenfalls dunkelvioletten Plastikumhang abgedeckt. Thierry zog sich einen Hocker heran, und dann unterzogen mich zwei dunkle Augenpaare einer kritischen Musterung. François griff mit beiden Händen in mein Haar, zog die Nadeln heraus und hieß mich den Kopf kräftig schütteln.

Seine Eichhörnchenaugen suchten meine im Spiegel:

«Thierry sagte, Sie wünschten einen neuen Schnitt, einen neuen Stil sozusagen. Kurz?»

Ich nickte, und er griff ungerührt zur Schere. Für ihn war es tägliche Routine, für mich aber war es ein seltsames Gefühl: das «Ratsch» viel zu dicht am Kopf, die langen Strähnen, die sich um mich herum ansammelten. Plötzlich empfand ich es als symbolischen Akt. Alte Zöpfe wurden abgeschnitten, machten Neuem Platz.

Für den Feinschnitt mussten die Haare gewaschen werden. Normalerweise ging ich zu der Friseurin neben der Bushaltestelle, die nur weibliche Angestellte beschäftigte, deshalb verkrampfte ich mich anfangs bei dem ungewohnten Gefühl kräftiger Männerhände an meinem Kopf. Es hatte so etwas Intimes, dass ich fest die Augen schloss und mich verkrampfte.

Sei nicht albern, Marion!

Die großen Finger, die sich effektiver und zielstrebiger zu bewegen schienen, als ich es bisher gekannt hatte, übten eine seltsam beruhigende Wirkung aus. Und auf einmal genoss ich es tatsächlich.

Meine Kopfhaut prickelte von der Massage, speziell die Griffe in Nackennähe strahlten bis in die Schultern aus. Als Katze hätte ich vor Vergnügen geschnurrt.

Von mir aus hätte das ewig so weitergehen können, aber viel zu schnell wurden die Haare wieder ausgespült und mein Kopf mit einem Handtuch umwickelt.

Ich hielt die Augen auch weiterhin fest geschlossen. Ich wollte erst das fertige Ergebnis sehen. François arbeitete schweigend und konzentriert. Schließlich griff er zum Fön. Gespannt wartete ich.

«Et voilà …»

Überrascht riss ich die Augen auf und starrte auf den kessen Lockenkopf im Spiegel. Das konnte doch nicht ich sein?

Thierrys Gesicht strahlte so selbstzufrieden über meiner rechten Schulter, als hätte er dieses Wunder höchstpersönlich vollbracht.

«Na, habe ich dir zu viel versprochen?»

Ich schüttelte den Kopf. Die dunklen Locken schimmerten bei jeder Bewegung. Das langweilige Braun schien in tausend verschiedene Nuancen zu zerfließen.

Auch François wirkte zufrieden. Er zupfte einzelne Strähnen zurecht und meinte dann: «Lassen Sie es nach dem Waschen einfach trocknen. Ich habe es so geschnitten, dass es von selbst fällt.»

Den horrenden Preis, den er nannte, zahlte ich, ohne mit der Wimper zu zucken, während ich mich in der Spiegelwand hinter der Ladenkasse bewunderte.

«So, und was jetzt?»

Nach diesem erfolgreichen Auftakt konnte ich die Fortsetzung gar nicht abwarten. Thierry fuhr sich mit beiden Fingern durch die Haare, die danach abstanden wie bei einem aufgeregten Wellensittich: «Ganz in der Nähe hat eine Freundin von mir eine Boutique. Sollen wir zuerst da vorbeischauen?»

Ich hatte keine Einwände, und wir spazierten einträchtig die Straße hinunter, um einige Ecken, und standen plötzlich in einem Hinterhof, der an einen orientalischen Basar erinnerte. Ein geschickt konstruiertes Glasdach überdachte ihn und schützte die Ware, die an unzähligen Kleiderständern hing.

«Wie findet man hier bloß etwas?», entfuhr es mir.

«Ganz einfach – *ich* finde es!», verkündete eine rauchige weibliche Stimme von irgendwo aus dem Labyrinth. Und zwischen bodenlangen Wintermänteln tauchte eine winzige Person in Kittelschürze und ausgelatschten Filzpantoffeln auf. Vermutlich starrte ich sie mit offenem Mund an, denn sie kicherte, kratzte sich mit dem kleinen Finger einer

Hand überraschend anmutig am Kopf und sagte vergnügt: «*Bonjour*, Sie fragen sich jetzt sicher, ob ich die Hexe oder die gute Fee bin. Tja, das kommt darauf an.»

Sie wandte sich Thierry zu, breitete die Arme aus und ließ sich von ihm herzlich umarmen. Der Schöne und das Biest.

Er küsste sie herzhaft auf beide Wangen: «In diesem Fall sind wir auf deine Fähigkeiten als gute Fee angewiesen, Nicole. Wir bemühen uns gerade, aus Marion eine Pariserin zu machen, und ich setze auf deine Hilfe.»

Sie legte den Kopf schief, kniff die dunklen Knopfaugen zusammen und musterte mich kritisch von Kopf bis Fuß. Eine Rundum-Musterung wie beim Arzt, bevor er sagt: «Dort hinter dem Vorhang können Sie ablegen.»

«*Oui* – ich denke, ich habe einiges für Sie, *ma chère*», verkündete sie schließlich kopfnickend. «Setzt euch beide da hin und lasst mich machen.»

«Da hin» war eine abgewetzte Chaiselongue, die vor zweihundert Jahren wahrscheinlich der Gipfel der Eleganz gewesen war. Die moosgrüne Seide war inzwischen so zerschlissen, dass sie kaum die Polsterung bedeckte. Madame warf ungerührt eine Decke mit Mickymaus-Motiv über die sich abzeichnenden Sprungfedern und drückte jedem von uns eine Tasse Kaffee und ein Croissant in die Hand. «Ihr habt sicher nicht daran gedacht, etwas zu essen.»

Mit diesen Worten tauchte sie in ihr Meer ausrangierter Träume, die bei ihr eine zweite Chance bekamen.

Thierry grinste mich kauend an und schob sich so vorsichtig zurecht, wie es bei längerem Kontakt mit dieser Sitzgelegenheit ratsam war. «Keine Sorge, sie wird genau das bringen, was dir steht – du wirst überrascht sein.»

Ich schluckte rasch hinunter und fragte dann neugierig: «Du kennst sie schon lange, nicht?»

Ein winziges Zucken einer Braue, ein kaum wahrnehmbares Zurückweichen zeigten mir, dass ich eine unsichtbare Grenze überschritten hatte. Aber obwohl sein Lächeln ein paar Grad Wärme verloren hatte, antwortete er leichthin: «Nicole ist eine frühere Nachbarin. Aber ich habe dich zu ihr gebracht, weil sie das beste Auge von Paris hat. Sie war viele Jahre in großen Filmstudios für die Garderoben der Stars zuständig. Dann gab es einen Skandal, der ihr Leben völlig aus dem Gleichgewicht gebracht hat.»

Er brach ab, und ich scheute mich, weiter in ihn zu dringen. Stumm saßen wir nebeneinander, und ich versuchte angestrengt, mich an die Skandale der Filmbranche zu erinnern, die etwas mit Nicole zu tun gehabt haben könnten. Dunkel erinnerte ich mich an eine feuerrote, fette Schlagzeile in dem Zeitungskasten vor der Schule, die mich damals viel beschäftigt hatte, weil sie mir so rätselhaft erschien: «Eifersuchtsdrama hinter den Kulissen – Garderobiere entmannt Geliebten».

Was bedeutete dieses «entmannen»? Diejenigen in unserer Klasse, die sich für erfahren hielten, weil sie Wörter wie «Penis» und «Hoden» ohne rot zu werden aussprechen konnten, diskutierten das «Wie», das «Was eigentlich genau beziehungsweise wie viel» und das «Warum» mit der intellektuellen Naivität der Behüteten. Der Aufklärungsunterricht, den Großmutter mit einem verächtlichen Naserümpfen und den Worten «Wenn das etwas am Lauf der Welt ändern soll, sind sie einfältig» kommentiert hatte, half uns zur genaueren Klärung auch nicht weiter. Jetzt rächte sich, dass wir entweder vor uns hin geträumt oder es vorgezogen hatten, uns anderweitig zu beschäftigen, während der junge, ungeschlachte Biologielehrer diesen Teil des Lehrstoffs gar nicht schnell genug hinter sich hatte bringen können.

Bereits ein paar Jahre später wäre dieser Vorfall höchstwahrscheinlich in sämtlichen Einzelheiten zur Sprache gekommen, aber damals standen wir sozusagen kurz vor der Wende, und die Koalition aus öffentlich-rechtlichen Sendern und Zeitungen für kluge Köpfe ließ unvorstellbar taktvoll noch sehr vieles ungesagt. Unsere Fantasie füllte die Lücken mit wilden Spekulationen, die vermutlich die Wirklichkeit übertrafen.

Sollte diese kleine, wieselflinke Person die tragische Figur aus den damaligen Schlagzeilen sein?

Nachdenklich versuchte ich, sie zwischen den unendlichen Mengen auszumachen. Manchmal wogte es, wenn sie sich hindurchzwängte und mit dem Arm voller Kleidungsstücke auftauchte. Langsam füllte sich der leere Ständer vor uns.

Ich konnte oder wollte nicht mehr warten und trat überaus gespannt auf die Auswahl zu, die sie für mich getroffen hatte. Thierry glitt wie ein Schatten neben mich. Die Sachen trafen nicht immer meinen Geschmack, aber jedes einzelne Stück würde mir schmeicheln.

«Mit Ihrem dunklen Haar und dem goldenen Teint können Sie fast alles tragen, aber bevorzugen Sie warme Farben, sie lassen Sie strahlen, *ma petite*.»

Und ich probierte alles an, jedes Stück. Thierry, ganz Profi, blieb konzentriert. Nur sein Lümmeln signalisierte, dass er allmählich ermüdete. Erstaunt stellte ich fest, wie gut mir ein khakifarbenes Kostüm mit roten Biesen stand. Der strenge militärische Stil wurde durch den extrem kurzen, geschlitzten Rock und die Knopfleiste, die erst zwischen meinen Brüsten begann, aufgelockert.

Der Stapel, den ich mit Thierrys Unterstützung auswählte, wuchs und wuchs. Eigentlich hätte mich der nächstliegende Gedanke, nämlich der an die Rechnung, nervös machen müssen, aber ich entschied, dass ich mir diesen Luxus gönnen würde. Für das Bild, das der hohe Standspiegel mir wieder und wieder in Variationen zurückwarf, würde ich bedenkenlos tiefe Lücken in Dieters Hinterlassenschaften reißen. War es Ironie des Schicksals oder dessen unendliche Weisheit, dass ausgerechnet er mir meine neue Haut ermöglichte?

Gelassen nickte ich Thierry zur Bestätigung zu, der wortlos fragend das hautenge, in chinesischem Stil geschlitzte Kleid aus schimmerndem schwarzem Samt hochhob.

Nicole war begeistert. Kundinnen wie mich vermittelte ihr Thierry wohl nicht so oft, dachte ich und schämte mich sofort meines Zynismus, als ich ihre strahlenden Augen sah, die sprühende Lebendigkeit, die noch etwas von der jungen Nicole erahnen ließ.

Plötzlich schnalzte sie mit der Zunge, verschwand in den hinteren Räumlichkeiten und tauchte nach einigen Minuten feierlich wie eine Hohepriesterin wieder auf. Auf den Armen trug, nein, präsentierte sie ein Gedicht von einem Abendkleid. Fließendes Gold, das sämtliche Farben in seiner Umgebung wie vergoldet widerspiegelte. Die Seide war so fein plissiert, dass es erst auf den zweiten Blick zu erkennen war.

«Das stammt noch aus den wilden Zwanzigern», erklärte sie uns, ehrfurchtsvoll über die Falten streichelnd. «Damals waren diese Kleider so beliebt, dass die Herstellerfirma nicht mehr, mit den Lieferungen nachkam. Dann kam der Krieg, und als er zu Ende war, gab es die Firma nicht mehr, und niemand wusste, wie sie diese Plissierung eigentlich hinbekommen hatten. Es gab kein Patent, keine Aufzeichnungen.

Ich habe es verwahrt für jemanden, der dazu passt. Hier, probieren Sie es an. Und nehmen Sie diese Schuhe dazu – es sind Hellsterns …»

Meinen verständnislosen Blick richtig interpretierend, lächelte sie wehmütig. «Sie sind zu jung, um sie zu kennen. Schuhe von Louis Hellstern trug Josephine Baker.»

Geradezu feierlich reichte sie mir ein Paar Abendsandaletten aus handschuhweichem Glacéleder in Gold, über und über besetzt mit winzigen Glasperlen, die orientalisch anmutende Rankenmuster in verschiedenen Schattierungen bildeten.

«Dies Kleid müssen Sie ohne Unterwäsche tragen», rief sie mir noch hinterher. Mit gemischten Gefühlen befolgte ich ihre Anweisung. Rein von der Optik her hatte sie natürlich recht. Unter der hauchzarten Seide hätte sich jedes Darunter unschön abgezeichnet und den Eindruck elastischen Metalls gestört. Das schlichte Modell wurde im Nacken geschlossen und ließ den größten Teil des Oberkörpers unbedeckt. Es schmiegte sich an wie eine zweite Haut. Aber das federleichte Material gab mir das Gefühl, nackt zu sein, und das machte mich extrem nervös. Ich bückte mich, um die Fesselriemen der Sandaletten zu schließen, und sah mich im Spiegel mit den Augen eines anderen: eine junge Frau, knabenhaft schlank mit kurzem Lockenkopf und einem ängstlichen Ausdruck in den Augen.

Mit so viel Nonchalance, wie ich momentan aufbringen konnte, trat ich vor den Vorhang und wurde augenblicklich belohnt durch Thierrys überraschte Bewunderung. Er stieß einen kräftigen anerkennenden Pfiff aus, und Nicole klatschte in die Hände: «*C'est ça!* Ich habe es gewusst: Ihnen wird es stehen, und ich hatte recht – Sie sehen einfach göttlich aus!»

Das fand ich denn doch ein wenig übertrieben, aber welcher Frau hätte ein solcher Ausspruch nicht geschmeichelt?

Zufrieden drehte ich mich auf den hohen Absätzen und beobachtete, wie der Saum langsam, wie zögernd, nachschwang. Automatisch straffte ich die Schultern, glitt in die vertraute Pose aus den Ballettstunden und hob die Arme zur Grundstellung. Das feine Plissee modellierte meinen Körper bis ins Kleinste nach und bauschte sich sogar ein klein wenig über dem dichten Busch meines Schamhaars. Meine Mutter wäre zutiefst schockiert gewesen.

Aus genau diesem Grund kaufte ich das Kleid und auch die Hellstern-Schuhe. Eine kindische Reaktion und als Geste absolut verschwendet.

Schon im Taxi bereute ich den Trotzkauf. Nicht aus finanziellen Erwägungen – Nicole hatte weitaus weniger verlangt, als ich erwartet hatte, eine angenehme Überraschung. Aber ich zweifelte daran, jemals den Mut aufbringen zu können, es zu tragen.

Thierry ergriff sanft meine Hand, drückte sie und sagte ganz schlicht: «Danke.»

Im ersten Moment wollte ich zurückfragen: Wofür? Dass ich nicht nachgefragt hatte, was das für ein Skandal gewesen war? Dass ich so freigebig eingekauft hatte? Dass ich ihn nicht nach seinem Verhältnis zu Nicole fragte, obwohl ich es zu gern getan hätte?

Stattdessen erwiderte ich den Druck und fragte betont neutral: «Und was hast du als Nächstes geplant?»

Er legte mir einen Zeigefinger unter das Kinn, hob mein Gesicht hoch und küsste mich auf die Nasenspitze. Nicht wie ein Liebhaber, eher wie ein guter alter Freund.

Was würde er tun, wenn ich ihn bäte, mich hier im Taxi richtig zu küssen? Er war ein Profi, er würde sicher ohne sichtbares Zögern meiner Bitte nachkommen, aber etwas hielt mich zurück. Es war nicht vernünftig, aber in diesem Augenblick wollte ich das Gefühl, mit einem Freund zusammenzusein, nicht gegen die professionelle Zärtlichkeit eines Gigolos eintauschen.

Ehe ich weiter über meine Unvernunft nachdenken konnte, lächelte er mich beinahe zärtlich an und sagte in verschwörerischem Tonfall: «Ich weiß schon, wo du dies

Wahnsinnskleid ausführen kannst. Wir gehen nachher in Elviras Lieblingsclub, aber ein wenig Make-up solltest du dort schon tragen, *chérie*. Entschuldige, wenn ich jetzt überheblich klinge, aber irgendwie bin ich mir nicht sicher, ob du alles für ein Abend-Make-up dabei hast ...»

Mit dieser Vermutung lag er hundertprozentig richtig. Bei Dieter wäre ein kunstvolles Make-up verschwendet gewesen, und in der Zeit danach hatte ich die Dinge auch schleifen lassen. Mit dem Ergebnis, dass ich immer noch die getönte Tagescreme vom letzten Herbst aufbrauchte, wenn ich meinte, etwas zusätzliche Farbe zu benötigen, und mich ansonsten mit bräunlichem Lipgloss und etwas Wimperntusche begnügte.

Thierry nickte eine Spur amüsiert und meinte: «Ja, das habe ich mir gedacht. Also treffen wir Yvette im Hotel. Sie soll dir eine passende Kriegsbemalung verpassen.»

Obwohl der Fahrer Schleichwege fuhr, die eher Baustellen und Hinterhöfen ähnelten als öffentlichen Straßen, und wir daraufhin unerwartet schnell im Hotel eintrafen, wartete Yvette bereits im Foyer. Ich erkannte sie sofort an ihrer beruflichen Ausstrahlung und dem schwarzen Hartschalenköfferchen.

Als Profi musterte sie mich ohne Scheu, während Thierry und der Fahrer die unzähligen Tüten in mein Zimmer trugen. Ich war ziemlich sicher, dass sie zu diesem Zeitpunkt bereits entschieden hatte, welche Farben sie für mich verwenden würde.

Thierry entschuldigte sich für die nächste Stunde, um sich umzuziehen, und überließ mich den, wie er sagte, «Zauberkünsten» von Yvette.

Yvette vermittelte mir genau die Art Unbehaglichkeit, wie sie für vornehme Parfümerien so typisch ist. Ich kam mir primitiv vor, ja, ich schnupperte sogar unauffällig an einer Achsel, um sicher zu sein, dass ich nicht etwa nach

Schweiß roch. Ihr perfekter Porzellanteint und die überwältigende Duftwolke teuren Parfums wirkten absolut einschüchternd.

Aber als die kunstvolle Erscheinung sich eine Hand ins schmerzende Kreuz drückte und mir ein überraschend sympathisches Lächeln zuwarf, bei dem sichtbar wurde, dass an ihrem rechten Schneidezahn eine Ecke fehlte, war der Zauber gebrochen. Eine müde Kosmetikerin, die sich am Ende eines anstrengenden Arbeitstages noch etwas dazuverdienen wollte. Ich entspannte mich.

«Thierry wollte, dass ich Sie für eine Abendeinladung zurechtmache. Darf ich das Kleid kurz sehen?», fragte sie.

Ihre Augen weiteten sich bewundernd, als ich das goldene Kleid aus einer Tüte zog.

«Wow, ein tolles Stück – ich beneide Sie. Wo haben Sie es gekauft?»

Als ich stolz erklärte, Nicole hätte es extra für mich aus dem Fundus geholt, pfiff sie leise durch die Zähne und nickte dann. «Ja, ich verstehe. Es passt wirklich zu Ihnen. Ich werde also aus Ihnen eine goldene Göttin machen.»

Es dauerte eine mir endlos erscheinende Zeit, in der Yvette stumm und konzentriert mit Schwämmchen, Pinseln und Puderquaste hantierte. Hier und da unterbrach sie ihre Arbeit, um mir ermutigend zuzulächeln oder um mir den einen oder anderen Hinweis zur Schminktechnik zu geben. Schließlich schwebte ihre Hand mit den hellblau lackierten Fingernägeln unschlüssig über den Lippenfarben und entschied sich nach längerem Zögern für ein dunkles Cassis.

«Ein bisschen gewagt», meinte sie. «Normalerweise betont man entweder die Augen oder den Mund, sonst wirkt es zu maskenhaft. Aber ganz in Gold ist zu eintönig. Und Sie können es tragen.»

Und damit schob sie mich vor den Badezimmerspiegel,

damit ich mich betrachten konnte. Yvette hatte nicht zu viel versprochen. Mein Gesicht, nein, nicht mein Gesicht – das Gesicht einer archaischen Göttin schimmerte in allen Schattierungen von Gold.

Goldstaub glitzerte auf meinen Schultern, dem Dekolleté, den bloßen Armen – sogar in meinem Haar. Ich fühlte mich wie verzaubert. Das war nicht die hausbackene Marion Wohlgemut, die Erscheinung im Spiegel war eine Prinzessin.

Sprachlos vor Begeisterung brauchte ich einige Zeit, bis ich mich wieder so weit gefasst hatte, der vor Stolz strahlenden Yvette ihren moderaten Lohn zu zahlen. Außerdem bat ich sie darum, mir eine einigermaßen übersichtliche Produktpalette zusammenzustellen und möglichst schnell ins Hotel zu schicken. Da ich sowieso Kosmetikartikel benötigte, könnte ich von der Vorauswahl einer Spezialistin nur profitieren.

Yvette versprach es und verschwand mit dem Lächeln der Komplizin.

Auch Thierry betrachtete mich halb amüsiert, halb bewundernd. «Du hast dich schneller verändert, als ich es für möglich gehalten hätte», sagte er langsam. «Am Anfang hattest du Angst vor deiner eigenen Courage, und jetzt wirkst du schon wie eine geborene Pariserin.»

Selbstkritisch musterte ich mich im Garderobenspiegel neben der Tür. Ja, von der alten Marion Wohlgemut war nicht mehr allzu viel übrig, aber ich weinte ihr keine Träne nach.

Dieses goldene Geschöpf, das seine Erscheinung den gemeinsamen Bemühungen von François, Nicole und Yvette verdankte, gefiel mir bedeutend besser.

«Du siehst fantastisch aus!», murmelte Thierry. «Nur etwas fehlt noch zur Vollendung …»

Überrascht sah ich ihn an. «Was denn?» Ich fand meinen Aufzug perfekt.

Thierry grinste hinterhältig. «Weißt du nicht, was eine schöne Frau noch strahlender aussehen lässt …?»

Sein Schlafzimmerblick ließ keinen Zweifel daran, was er meinte. Unter seinem anzüglichen Blick wurde mir heiß, begann es zwischen meinen Schenkeln zu pochen. Wenn ich nicht gerade perfekt geschminkt aus Yvettes Händen entlassen worden wäre, hätte ich keinen Moment gezögert. Hin- und hergerissen zwischen dem Wunsch, Thierrys Körper erneut an meinem zu spüren, seine glatte Haut zu fühlen, das wundervolle Gefühl wieder zu empfinden, das mich geradezu aus meinem Körper katapultiert hatte, und dem Widerstreben, dieses Kunstwerk, zu dem ich erschaffen worden war, zu zerstören, seufzte ich unentschieden auf.

Thierry interpretierte mein Seufzen richtig. «Keine Angst», grinste er. «Erinnere dich bitte: Ich bin ein Profi – mit einer Profiausstattung!»

Er wies auf seinen ledernen Diplomatenkoffer, den er so weltläufig mit sich herumgetragen hatte, dass ich mich nur im ersten Moment gefragt hatte, welche wichtigen Dokumente er wohl enthalten mochte.

«Damit kannst du so viele Orgasmen haben, wie du willst, ohne dass du einen Finger zu rühren brauchst oder dein Make-up leidet», versicherte er so stolz, als seien die diversen Dildos, Vibratoren und Kugeln, die er mir beim Öffnen des Koffers präsentierte, seine ureigenste Erfindung.

«*Voilà*, dieser hier ist für eine G-Punkt- Massage, dieser ist besonders leise, der hier besonders stark. Diesen blauen kann man mit heißem Wasser füllen, manche mögen auch lieber zerstoßenes Eis – echt, kein Witz», versicherte er treuherzig, als ich skeptisch die Stirn runzelte. «Möchtest du es einmal ausprobieren?»

Im Prinzip hätte ich am liebsten alle ausprobiert, aber nicht hier und nicht jetzt. So entschied ich mich für den leisesten.

«*Bon*, dann leg dich einfach bequem zurück. Den Rest erledige ich!»

Dieser Aufforderung folgte ich ohne Zögern, ließ mich rücklings aufs Bett sinken und wartete gespannt.

Geschickt rückte Thierry mich so zurecht, dass er mir die Beine spreizen konnte, und schob meinen Rock behutsam über meine Schenkel hinauf.

Seine Hände, die mir mit der Selbstverständlichkeit des Fachmanns den Slip abstreiften und die halterlosen Strümpfe herunterrollten, ehe er alle drei Kleidungsstücke sorgfältig über die Stuhllehne drapierte, waren warm.

Instinktiv schloss ich die Augen, weil die Situation so seltsam war, dass ich mich äußerst befangen fühlte. Der Anblick von uns beiden im Spiegel, vollständig bekleidet, war so befremdend, dass ich die Sache am liebsten abgeblasen hätte.

Thierry dagegen schien nicht im Entferntesten befangen. Zärtlich pustete er mir seinen warmen Atem zwischen die Beine, griff dann nach dem Vibrator und führte ihn langsam über die Innenseiten meiner Oberschenkel, streichelte sie mit der Spitze, die winzige Vibrationen unter meine Haut sandte. Unerklärlicherweise fühlte es sich ganz anders an, als wenn ich mich selber mit meinem Vibrator streichelte.

Viel aufregender. Vielleicht, weil ich nie wusste, welche Bewegung als nächste folgen würde?

Er ließ mir Zeit, mich zu entspannen, zu reagieren. Als er schließlich mit dem leise summenden Gerät zart über meine Schamlippen fuhr, zog sich etwas in mir zusammen und ließ mich meine Schenkel weiter spreizen, um ihm zu verstehen zu geben, dass ich bereit für mehr war.

Die vibrierende Spitze tauchte zwischen meine feuchten Schamlippen, fuhr die geschwollenen Umrisse nach, umkreiste neckend meine glitschige Öffnung, aus der bereits reichlich Flüssigkeit sickerte, und tauchte schließlich ein wenig darin ein. Kreiste ein paarmal, tanzte nach rechts und nach links.

Ich stöhnte begeistert auf: Es fühlte sich herrlich an!

Meine Hände krallten sich in die Tagesdecke, und mein Becken begann wie von selbst zu rollen. Thierry war wirklich ein Profi: Selber hatte ich nie die Disziplin aufgebracht, so lange zu verzögern. Ich war immer viel zu schnell fertig gewesen.

Er dagegen war überaus raffiniert darin, im richtigen Moment die Stimulation abzubrechen, den sich abzeichnenden Orgasmus hinauszuschieben, indem er den Vibrator von meiner Klitoris zu meinem Anus hinabwandern ließ.

Wenn ich nicht am Nachmittag das japanische Paar beobachtet hätte, wäre die Wirkung vermutlich nicht so stark gewesen. So aber drängten sich unwillkürlich die Bilder von dem zarten, geröteten Hinterteil in meine Vorstellung, von dem dicken Eichelkopf, der sich unaufhaltsam in das winzige Loch bohrte.

Neuartige Wünsche und Fantasien durchzuckten mich. Und Thierry schien sie zu erahnen. Jedenfalls fühlte ich plötzlich an meinem Anus etwas Kleines, Festes, das den Platz des Vibrators einnahm und zart über den verkrampften Muskel strich, bis ich mich entspannte.

In dem Moment drang es ein. Zwar zog der Schließmuskel sich augenblicklich fest zusammen, aber der Fremdkörper rührte sich nicht.

«Keine Panik, es ist nur mein kleiner Finger», murmelte Thierry beruhigend und umkreiste mit dem Vibrator meine Klitoris.

Sobald er spürte, dass ich wieder lockerer wurde, begann er, mit dem kleinen Finger mein kleines Loch behutsam zu dehnen, darin zu kreisen. Ich war überrascht von der Intensität der Lustgefühle, die er erzeugte. Wenn schon sein Finger solche Wirkung hatte, wie viel mehr musste das Eindringen eines ganzen Penis bewirken?

Unbewusst schob ich mich weiter nach vorne, schraubte mich praktisch auf seinen Finger, bis er ganz aufgenommen war und ich spüren konnte, wie er sich tief in mir krümmte, mit geschickten Bewegungen die empfindlichen Nervenenden stimulierte.

Ich stöhnte lustvoll auf, während ich mir vorzustellen versuchte, statt des Fingers ein dickes Glied in mir zu haben, das sich in mich schob, mich dehnte bis zum Äußersten, füllte bis zum Bersten, und mein ganzes geschwollenes Geschlecht zuckte und pumpte wie verrückt.

Überrascht zuckte ich zusammen, als Thierry seinen Daumen in meine Vagina schob und begann, ihn abwechselnd mit dem kleinen Finger zu krümmen und zu strecken. Atemlos glaubte ich zu fühlen, wie Daumen und Finger sich berührten, nur durch eine dünne Haut getrennt.

Es brauchte kaum noch die Vibrationswellen an meiner Klitoris, um mich mit einem unwillkürlichen Aufschrei kommen zu lassen.

Kapitel 6
Der Club

Thierry hatte nicht zu viel versprochen: Ungläubig starrte ich mein Spiegelbild an, vor dem ich eine Spur unsicher auf den hohen Absätzen stand.

Ich hatte mich tatsächlich dazu durchgerungen, keine Unterwäsche zu tragen, und fühlte mich schrecklich verrucht und aufregend. Meine Augen glänzten, die leichte Röte auf meinen Wangen war nicht auf Yvettes Künste zurückzuführen, und mein Mund – o, là, là!

Der Mund einer Kurtisane: leicht geschminkt nur, aber die sinnliche Üppigkeit der Lippen zog die Aufmerksamkeit unwillkürlich auf sich. Verspielt öffnete ich sie ein wenig und fuhr mit der Zungenspitze über meine Unterlippe. Es sah absolut dekadent aus. Absolut dekadent und absolut erotisch.

«Bist du so weit?» Thierrys Stimme riss mich aus meiner Versunkenheit.

«Komme sofort», rief ich zurück und drehte mich ein letztes Mal, um meine Kehrseite zu bewundern.

Thierrys scharfer Blick glitt über mich, etwas wie Bewunderung blitzte in den dunklen Augen unter den dichten Wimpern auf.

«*Magnifique* ...», hauchte er, kam auf mich zu und beugte sich mit unerwartet altmodischer Galanterie über meine Hand. «Du siehst fantastisch aus! Ich freue mich schon darauf, von allen anderen Männern beneidet zu werden.»

Mir lag eine ironische Erwiderung auf der Zunge, in der Art, dass er seine Rolle nicht übertreiben müsse, aber ich schwieg. Thierrys Überschwang hatte so etwas Unschuldiges, dass eine Erinnerung an die eher geschäftlichen Grundlagen unserer Beziehung grob und unfreundlich erschienen wäre.

Thierry sah ebenfalls großartig aus. Insgeheim war ich mir sicher, dass mindestens neunzig Prozent der im Club weilenden Frauen mir neidische Blicke zuwerfen würden. Er trug einen Abendanzug, der wirkte, als sei er ihm auf den Leib geschneidert worden, so gleichgültig, als sei er darin aufgewachsen. Diese Lässigkeit hatte nichts Künstliches, wie man es bei vielen Männern sieht, die nicht zugeben wollen, dass sie sich eigentlich in dieser Art Kleidung nicht wohl fühlen.

«Zufrieden?» Ein amüsiertes Lächeln spielte um seine Lippen und verriet, dass ihm meine kritische Musterung nicht entgangen war.

Ich nickte. Wir beide boten einen aufsehenerregenden Anblick: ein Paar aus einem Gesellschaftsmagazin, elegant und teuer. Das tiefe Schwarz von Thierrys Abendgarderobe hob meine goldene Erscheinung hervor, bot genau den Hintergrund, vor dem ich noch auffälliger abstach.

«Nun, Prinzessin, darf ich Sie ausführen?», fragte er feierlich, verbeugte sich und bot mir galant den Arm, während er ganz prosaisch hinzufügte: «Ich habe inzwischen einen Bärenhunger!»

Ich musste lachen, griff nach dem leichten Cape, das Nicole mir fürsorglich «für kältere Nächte» ausgesucht hatte, und ließ mich zum wartenden Taxi führen.

Unter «Club» hätte ich mir alles Mögliche vorgestellt, wenn ich mir die Zeit genommen hätte, darüber nachzudenken – ganz sicher aber nicht dies Château, zu dem sich gut drei Meter hohe schmiedeeiserne Torflügel öffneten. Ich starrte einen Moment sprachlos auf die erhellte Fassade, den weitläufigen Park und packte zitternd vor Nervosität den Ärmel neben mir.

«Du musst irgendetwas missverstanden haben», flüsterte ich hektisch, weil ich nicht wollte, dass der Fahrer alles hörte. «Es kann nicht sein, dass Elvira in solch einem Schloss verkehrt.» Aber noch während ich die Worte aussprach, keimten erste Zweifel in mir auf. Was wusste ich denn schon von ihr?

Vorhin hatte ich vergeblich versucht, sie im Krankenhaus anzurufen, um ihr Vorhaltungen wegen des Hotels und der Geschichte mit Thierry zu machen, aber eine mürrisch klingende Krankenschwester hatte mich barsch abgefertigt. Frau Burgmeister sei nicht zu sprechen. Nein, sie könne nicht sagen, wann das wieder möglich sei, und am Telefon dürfe sie sowieso keine Auskunft geben. Datenschutz, das müsse ich doch wissen.

Frustriert hatte ich beschlossen, mein Glück morgen zu versuchen, wenn die Schicht gewechselt hätte. Vielleicht würde eine andere Schwester hilfsbereiter sein.

Wenn ich ehrlich war, passte es zu Elviras Überspanntheiten, solche Bekanntschaften zu pflegen. Eine warme Hand legte sich beruhigend über meine verkrampfte, löste die Finger vom feinen Stoff und hielt sie fest.

«Kein Grund, meinen besten Anzug zu ruinieren, *chérie*. Entspann dich. Du wirst sehen, es hat alles seine Richtigkeit.»

Ich versuchte, seinem Rat zu folgen, aber der weinrote Teppich auf den Steinstufen, die zum Portal hinaufführten, der Portier in seiner Kostümierung als barocker Haushofmeister und die Kristalllüster, die die Eingangshalle taghell erleuchteten, schüchterten mich so ein, dass ich am liebsten sofort umgekehrt wäre.

Als hätte er meine Absicht gespürt, hatte Thierry meinen rechten Arm in seine linke Armbeuge gezogen und hielt ihn dort eisern fest. «Contenance, Prinzessin, Contenance!», mahnte er und zog mich unaufhaltsam auf eine ausgesprochen herrisch wirkende ältere Dame zu. Dass sie sich als eine Art Empfangsdame erwies, überraschte mich. So wie sie sich gab, hätte ich ihr ohne Zögern die Rolle der Hausherrin zugesprochen.

Die beiden begrüßten sich wie alte Bekannte. Ich durfte flüchtig die Fingerspitzen der schwarzen Satin-Abendhandschuhe berühren, ehe sie sich in einem kleinen ledergebundenen Gästebuch vergewisserte, dass für heute Abend tatsächlich ein Tisch für Frau Burgmeister und Begleitung reserviert worden war.

«Einen schönen Abend, Frau Burgmeister. *Au revoir*, Thierry», flötete sie und wandte sich dem älteren Paar zu, das hinter uns wartete.

«Warum hast du ihr nicht gesagt, dass ich an Elviras Stelle hier bin?», fragte ich stirnrunzelnd.

«Stört es dich, dass du für jemand anderen gehalten wirst?», fragte er zurück. «Weißt du, ich dachte, es macht alles so unnötig kompliziert. Das Einfachste wäre schon, du würdest hier als deine Freundin auftreten.»

Ich dachte kurz darüber nach. Eine falsche Identität könnte sich als vorteilhaft erweisen.

Was ich auch tun würde, ich wäre ja Elvira. Marion im Schutz der Maske von Elvira – nur gerecht, wenn man bedachte, wie sie mich in diese Sache hatte stolpern lassen!

Als Elvira beabsichtigte ich jedenfalls, mich so richtig zu amüsieren.

«Nein, ich bin gerne Elvira. Jedenfalls für heute Abend.» Übermütig stieß ich Thierry meinen Ellenbogen in die Seite. «Wo ist hier denn nun der Speisesaal versteckt?»

Die weitläufigen Gänge bildeten eine Art Labyrinth. Auf unserem Weg zum Speisesaal kamen wir an mindestens fünf Treppenaufgängen vorbei und kreuzten zahllose

Korridore, wobei der Ausdruck Korridor den Fluchten nicht gerecht wurde. Sie waren alle mindestens sechs Meter breit, die Marmorböden mit geknüpften Teppichen belegt, die jeden Schritt bis zur Lautlosigkeit dämpften. An den Wänden wechselten kunstvolle Wandmalereien mit goldgerahmten Spiegeln. Aus halbgeöffneten Türen drang Stimmengewirr und hin und wieder ein Hauch Fliederduft.

Staunend überließ ich mich Thierrys Führung. Auf einmal roch ich ganz deutlich Bratenduft, und mir lief das Wasser im Munde zusammen. Hoffentlich knurrte mein Magen nicht zu laut, dachte ich noch, dann öffnete sich eine Flügeltür in den Speisesaal.

Im ersten Moment schrak ich zurück, weil die Ausmaße wirklich monströs erschienen. Auf den zweiten Blick bemerkte ich die geschickt eingearbeiteten Spiegelwände, die den Eindruck von Unendlichkeit vorgaukelten. Vier parallele Reihen kleiner Tische lagen wie Inselgruppen im Meer aus kostbarem Parkett, auf dem geschäftige Kellner hin und her eilten. Völlig normal – bis auf die Tatsache, dass sie keine Hosen trugen.

Ich sprang zurück und schnappte nach Luft, als einer dieser Zweigeteilten an mir vorbeirauschte. Der obere Teil korrekt bis zur frischgebundenen Fliege, der untere Teil nackt bis auf ein Paar dezente dunkle Schuhe.

«Schau nicht so entsetzt, *chérie*, wir fallen sonst noch auf.» Thierrys übermütiges Grinsen verriet, dass er mich absichtlich nicht vorgewarnt hatte. Ich hatte gute Lust, ihm mit einem meiner spitzen Absätze kräftig auf den Fuß zu treten, unterdrückte die undamenhafte Regung jedoch, weil ein Kellner auf uns zukam und höflich fragte, auf welchen Namen wir reserviert hätten.

Während ich mich bemühte, nicht auf seine dunkel behaarten Beine, die kräftigen Oberschenkel und das, was vom Vorderteil des Fracks nicht verdeckt wurde, zu schielen, war ich wirklich froh, hier nur als Frau Elvira Burgmeister bekannt zu sein. Elvira würde sich vor Lachen schütteln, wenn sie mich in einer solchen Situation sähe, weil es ihr selbst absolut nichts ausmachte. Da war ich mir sicher. Elvira würde keine Hemmungen haben, sich die einzelnen Exponate genauer anzusehen und zu kommentieren.

Und wieso auch nicht? Dafür waren sie ja wohl auch gedacht.

Trotzdem war es gemein von Thierry, mich so unvorbereitet damit zu konfrontieren. Er stoppte mich in meiner Empörung, indem er gutmütig grinsend beide Hände hob und um Gnade bat. «Lass uns zuerst bestellen, dann erkläre ich dir alles. Einverstanden?»

Und damit reichte er mir eine Speisekarte, die es in sich hatte. Natürlich hatten wir uns während des Sprachkurses in einer Lektion mit französischem Essen beschäftigt. Dieses Opus aber ließ mich hilfesuchend zu meinem Begleiter schauen. Ich hatte nicht die geringste Ahnung, was sich hinter diversen *«à la»* verbarg.

Ohne von seiner Karte aufzuschauen, sagte er: «Isst du gerne Lamm? Die Lammfilets hier sind ein Gedicht. Es ist natürlich Geschmackssache, ob man sie mag. *À la Duchesse de Montebello* sind sie in einer Sahnesoße mit echtem Büffelmozzarella überbacken, *à la Abd el Kader* ist die algerische Variante mit Couscous.»

Lamm klang gut. Ich klappte meine Karte zu und erklärte, mich seiner Wahl anschließen zu wollen. Um seine Mundwinkel zuckte es, während er eine Bestellung aufgab, die mein Französisch überforderte. Dann faltete er die Hände locker vor sich auf dem Tisch und begann im übertrieben imitierten Tonfall eines Fremdenführers: «Du befindest dich hier im exklusivsten Club von Paris. Hier verkehren zu dürfen ist ein Privileg, für das viele morden würden. Nur würde ihnen das auch nicht weiterhelfen», fügte er trocken hinzu. «Hier kommt man einzig und allein über Bürgen herein, und der öffentliche Ruf muss tadellos sein.»

Er betonte «öffentliche» in einer Art, die deutlich sagte, dass es auch noch einen privaten Ruf gab, für den dies nicht galt.

«Geld ist natürlich auch hilfreich. Wer weder Schönheit noch Esprit zu bieten hat, sollte eine Menge davon haben. Kennst du den Spruch ‹Geld macht schön›?» Er rümpfte verächtlich die Nase und fuhr fort: «Auf dem Weg hierher sind wir an den diversen Spielsälen vorbeigekommen. Es gibt Leute, die nur dafür herkommen, deshalb liegen sie in vorderster Linie. Nichts für Normalsterbliche. Die Einsätze sind hoch genug, um alle abzuschrecken, die nicht gerade in Reichtümern ersticken.»

Sein Blick schweifte zu einem geradezu monströsen Dicken schräg neben uns. Seine Aufmerksamkeit galt ausschließlich den Servierplatten vor sich. Die Szene hätte Hieronymus Bosch sicher inspiriert. Selbstvergessen schob der Mann sich riesige Fleischstücke in den Mund, kaute wie eine Maschine, trank Rotwein nach, als sei er halb verdurstet, und säbelte sich sofort das nächste Stück ab. Auf dem feinen Kristall des Glases zeichneten sich fettige Abdrücke seiner Wurstfinger ab, und der Rand war rundum verschmiert.

Thierry hob die Schultern in einer Pose der Resignation und sagte bedauernd: «Leider sind solche Mitglieder aus finanziellen Gründen nicht zu vermeiden.»

Er bückte sich und rückte einen der Kübel, in denen meterhohe blühende Mimosen Riviera-Flair verbreiteten, ein Stückchen weiter, sodass er den unschönen Anblick verdeckte. «Nach dem Essen werde ich dir den Kulturflügel und den Wellness-Bereich zeigen. Ich verspreche dir: Du wirst begeistert sein!»

Ein anderer Kellner – dieser hatte relativ dünne Beine und sehnige Oberschenkel – servierte den Champagner. Ich schielte seitwärts aus dem Augenwinkel, um seinen Penis betrachten zu können. Wenn ich genug Exemplare gesehen hatte, würde ich mich vielleicht daran gewöhnen, dass sie so verschieden waren ...

«Auf dich, Prinzessin», Thierry hob den Kelch, «und auf deine wundersame Verwandlung!»

Sein unverschämtes Grinsen gab mir zu verstehen, dass er meinen verstohlenen Seitenblick sehr wohl mitbekommen hatte.

«Hier ist übrigens noch mehr zu sehen.» Er nickte zu einem Paar zwei Tische weiter, das ich bisher kaum wahrgenommen hatte. Sie schienen bereits beim Dessert angelangt, dachte ich, und blinzelte dann ungläubig, als ich das Dessert fixierte. Die Frau trug ein ähnliches Kleid wie ich, nur bestand es aus so hauchdünnem Musselin, dass es faktisch mehr als Schleier anzusehen war. Sie saß ein wenig nach vorne geneigt am Tisch. Ihre üppigen Brüste hatte sie aus dem Ausschnitt befreit, und sie lagen nun auf einer Silberplatte, wo sie von ihrem Partner liebevoll mit Sahne betupft und mit Schokoladenstreuseln dekoriert wurden. Er beendete gerade sein Werk, indem er versuchte, über jeden Nippel eine Erdbeere zu stülpen, die er maßgenau mittels eines Löffelchens aushöhlte.

«Wenn er fertig ist, wird er alles ablecken», erläuterte Thierry.

Ich schluckte. Der Mann wirkte völlig normal. Gerade schaute er von seiner Arbeit auf, lächelte seine Partnerin an und sagte etwas zu ihr, das sie zu einem Lachanfall animierte. Die Sahne auf ihren Brüsten zitterte und begann zu rutschen. Raschentschlossen ließ er Erdbeere und Löffelchen fallen und beugte sich über sein Dessert. Fasziniert beobachtete ich seine Zungenspitze, die sich mühte, den Erdrutsch aufzuhalten, aber da war nichts mehr zu halten. Grinsend begann er, in systematischen Strichen das Ganze abzulecken.

Unser Salat und kleine Sherrygläser mit einer dubiosen Flüssigkeit lenkten meine Aufmerksamkeit zurück auf unser ursprüngliches Anliegen. In den Gläsern schwammen winzige Fettaugen und Kräuter. Als ich nach einem griff, um es näher zu ziehen, bemerkte ich, dass der Inhalt heiß war. Misstrauisch beäugte ich diesen Aperitif.

«Das ist eine spezielle Brühe, kräftigend und appetitanregend.» Thierry trank schon in genießerischen kleinen Schlucken. Es schmeckte wirklich sehr gut. Wieso nur konnten sie es nicht in vernünftigen großen Suppenschalen servieren? Sehnsüchtig verfolgte ich die dampfenden Servierplatten auf ihren verschlungenen Wegen, während ich in meinem Salat stocherte.

Ich machte mir nichts aus Chicorée, und bei der Artischockenblüte wusste ich nicht genau, wie man sie aß. Diese Spezialität kannte ich nur als Artischockenboden, essfertig aus der Dose. Thierry grinste in sich hinein, zupfte ein Blättchen ab, tunkte es in die weißliche Sauce und hielt es mir an die Lippen. «Probier einmal.»

Seine Fingerspitzen streiften meine Lippen, als ich versuchte, das winzige Stück Artischockenfleisch abzubeißen.

«Nicht so!» Thierry schüttelte den Kopf. «Schau, ich mach's dir vor.» Seine Zähne blitzten, während er mir die richtige Technik demonstrierte.

Der kulinarische Reiz erschloss sich mir auch nach einiger Übung nicht. So viel Umstand für so wenig Essbares, dessen Eigengeschmack allenfalls mit «unaufdringlich» zu beschreiben war, schien mir verlorene Liebesmüh.

Etwas gänzlich anderes war das Vergnügen, Thierry bei dieser Zeremonie zuzusehen. Von der öligen Sauce glänzten seine vollen Lippen bei jeder Mundbewegung, und ich wartete ungeduldig auf den Moment, wenn sie sich teilten, weiße, ebenmäßige Zähne sich behutsam um das graugrüne Gemüseteil schlossen, zubissen und den weichen Teil abschälten. Es schien ihn nicht zu stören, dass ich ihn so intensiv beobachtete. Im Gegenteil, er posierte geradezu.

Er fuhr mit einer rosigen Zungenspitze über den Fettfilm auf seiner Unterlippe und fragte dann ganz unschuldig: «Magst du deine nicht mehr?»

Um ehrlich zu sein, ich hatte sie total vergessen.

Sicher lag es wieder am Champagner, dass ich meinen Blick nicht von Thierrys Mund losreißen konnte. Französischer Champagner schien eine sehr seltsame Wirkung auf mich zu haben. Bilder schoben sich in den Hintergrund meiner Gedanken, Bilder von diesem wohlgeformten Mund, der sich langsam auf meinen senkte, mit ihm verschmolz. Zwischen meinen Beinen begann es zu pochen, und verräterische Wärme breitete sich aus. In panischem Schrecken erinnerte ich mich daran, dass ich keine Unterwäsche trug. Wenn ich jetzt so feucht wurde, wie es den Anschein hatte, dann wäre ich beim Aufstehen in einer unangenehmen Lage.

Das unschuldige Lamm rettete mich. Die Ankunft der köstlich duftenden Platten lenkte meine Gedanken von den verführerischen Traumbildern ab. Aber nicht für lange. Thierrys Hände erwiesen sich für meine Vorstellungskraft als noch gefährlicher.

Für Männerhände schienen sie mir ziemlich schmal, die langen Finger feingliedrig und gelenkig. Nicht für schwere Arbeit geschaffen, aber perfekt, um einen Frauenkörper sanft zu streicheln. Die Sehnen auf dem Handrücken, die sich bei manchen Bewegungen abzeichneten, warnten davor, ihre Kraft zu unterschätzen. Sie hätten gut zu einem Fechter gepasst: eher elegant als muskulös, aber von tödlicher Präzision und Schnelligkeit.

Gerade beschrieb er mir im Detail, wie seine Großmutter früher das traditionelle Osterlamm zubereitet hatte, als er plötzlich die Stirn runzelte und meinte: «Da geht aber jemand zu weit.»

Automatisch sah ich in seine Blickrichtung und bemerkte zuerst nichts Auffälliges. Erst die indignierten Gesichter der Gäste in der Nähe, die sich auf einen Tisch zu konzentrieren schienen, deuteten auf die Urheber der allgegenwärtigen Empörung.

Der Mann trug einen bodenlangen Brokatmorgenmantel, wie ihn etwa die Hälfte der anwesenden Herren trugen. Dieser allerdings lag weit zurückgeschlagen auf den Armlehnen des Sessels, in dem sein Träger sich räkelte. Nackt bis auf das Goldkreuz an der schweren Goldkette, das zwischen seinen behaarten, schwabbeligen Brüsten hing.

Den Kopf mit dem schütteren graumelierten Haar nach hinten geworfen, rieb er mit beiden Händen eine rötliche Substanz in seinen Penis, der dabei in Sekundenschnelle anschwoll und sich zitternd zwischen seinen Fingern erhob. Ächzend wischte er sich die Hände an einer Leinenserviette ab, wobei er achtlos hässliche orangerote Flecken in dem fein gestärkten Stoff hinterließ.

«Na los, mach schon, Baby!», knurrte er in breitestem Amerikanisch.

Seine Begleiterin, eine Wasserstoffblondine mit ihrem jedem Gesetz der Statik trotzenden Silikonbusen, beeilte sich nicht übermäßig. Träge griff sie in die Wasserkaraffe, fischte ein Stück Eis heraus und ließ es zwischen ihren feuerrot geschminkten Lippen verschwinden. Sie erhob sich im Zeitlupentempo, griff nach einer Serviette und raffte vorsichtig ihr Goldlamé-Kleid, bevor sie zwischen seinen Beinen niederkniete.

Ungläubig beobachtete ich sie, wie sie, immer noch das Eisstückchen lutschend, ihren perfekt geschminkten Mund öffnete und auf seinen hin und her schwankenden, glühenden Penis senkte.

Außer seinem tierisch anmutenden gutturalen Stöhnen hörte man keinen Laut. Die übrigen Gäste schienen vor Schock geradezu erstarrt zu sein.

Mit einem wilden Schrei, der mich zusammenzucken ließ, bäumte er sich unvermittelt auf und sackte in sich zusammen.

Unbeeindruckt spuckte sie in die Serviette, die sie die ganze Zeit in der Hand gehalten hatte, und wischte sich den Mund ab, gleichgültig gegenüber den blutroten Spuren, die sich unheimlich von dem strahlenden Weiß abhoben. Sobald sie wieder auf ihrem Platz saß, zog sie sofort einen Handspiegel und einen Lippenstift aus ihrem Abendtäschchen und begann, ungerührt von dem empörten Getuschel um sich herum, ihre Lippen nachzuschminken.

Zu spät stürmte eine Gruppe schwarzgekleideter, martialisch wirkender Gestalten in den Speisesaal. Die Kellner deuteten nur hilflos auf den Mann, der immer noch so provokativ in seinem Sessel lümmelte. Es ging alles so schnell, dass ich nachher gar nicht mehr hätte sagen können, was genau geschah.

Drei der Männer zogen ihn hoch und rollten ihn in eine Art Matte, hoben das Paket hoch und trugen ihn im Laufschritt hinaus. Der Anführer nickte dem Oberkellner zu und sagte laut: «*Mesdames, Messieurs*, ich bitte vielmals um Entschuldigung für diesen unglücklichen Vorfall. Wir werden alles tun, dass sich so etwas nicht wiederholt. Bitte versuchen Sie trotzdem, Ihren Besuch zu genießen»

Sich nach allen Richtungen verneigend, bot er der gelangweilt schauenden Blondine höflich den Arm und geleitete sie zur Tür. Eine Schar Kellner stürzte sich auf den Tisch der beiden, und in Sekundenschnelle war alles verschwunden, was an die Amerikaner erinnert hätte.

Fassungslos suchte ich Thierrys Blick. «Was sollte das?»

Er hob verächtlich die Brauen: «Manche Leute haben kein Gefühl für Grenzen. Es passiert leider immer wieder, dass die gewisse Großzügigkeit hier mit Schamlosigkeit verwechselt wird. Für solche Aktivitäten wie diese Nummer eben ist der Speisesaal tabu.»

Mir schien es wirklich ein wenig schwierig mit den Grenzen. Was war mit dem Dessert-Liebhaber?

Thierry lächelte herablassend: «Das kannst du doch nicht vergleichen. Das hatte Stil!»

Verwirrt widmete ich mich wieder unserer Mahlzeit. Plötzlich stieß er mich leicht mit dem Fuß unter dem Tisch an, und als ich fragend aufblickte, flüsterte er mir spitzbübisch grinsend zu: «Soll ich für uns auch das Spezialdessert bestellen?»

Die bloße Vorstellung, meinen bloßen Busen auf ein kaltes Silbertablett zu legen, erregte mich. Wie würde es sich anfühlen, wenn seine Zunge meine Nippel umspielte, die Sahne von der weichen Haut leckte?

Es gab so viele Empfindungen, auf die ich neugierig war.

Aber der Gedanke an Zuschauer ließ mich zurückschrecken. Ich schüttelte den Kopf.

Thierrys Augen hielten meine fest. «Du bist noch nicht so weit, hm?»

Er lehnte sich zurück, musterte mich unter hängenden Lidern und sah so unverschämt begehrenswert aus, dass alles in mir danach drängte, ihn zu berühren, zu küssen, ihn zu schmecken …

Nicht nur der Gedanke an die anderen Gäste hielt mich zurück. Ich wagte nicht vorauszusagen, wie ich reagieren würde, wenn Thierry mich liebkoste. Würde ich mich beherrschen können oder eine ähnlich peinliche Situation verursachen wie die, deren Zeugen wir gerade geworden waren?

Zu meinem Entsetzen spürte ich die Wärme zwischen meinen Schenkeln, die sich beim bloßen Gedanken an diesen schrecklichen Auftritt ausbreitete. Tief in mir beneidete ich den Mann um seine animalische Unbekümmertheit, seine unverhohlene Triebhaftigkeit. Er erinnerte mich an die Paviane, deren seltsames Treiben ich als Kind so fasziniert verfolgt hatte, dass meine Mutter mich schleunigst an dem Gehege vorbeigezerrt hatte. Auch sie hatten sich keinen Deut um die Menschen und ihre Ansichten gekümmert.

Ich grub meine Zähne in die Unterlippe und beeilte mich, an möglichst öde Themen zu denken. Aber nicht einmal die Erinnerung an die noch zu überprüfende Nebenkostenabrechnung meines Vermieters zu Hause half. Als hätte jemand sämtliche Schleusen geöffnet, brach es aus mir heraus. Vorsichtig rieb ich meine Oberschenkel aneinander. Meine Schamlippen waren so geschwollen, dass ich fühlen konnte, wie das drahtige Haar gegen die empfindliche Haut drückte. Die Nässe sickerte unaufhaltsam, und der hauchdünne Stoff war nicht dazu gemacht, sie unsichtbar aufzunehmen.

«Du siehst so verzweifelt aus. Was ist nicht in Ordnung, *chérie*?»

Mein Gott, wie sollte ich ihm meine peinliche Situation erklären? Wie hatte ich nur so leichtsinnig sein können! Aber wie hätte ich auch mit einer solchen Reaktion meines Körpers rechnen sollen?

«Ich hätte doch besser Unterwäsche angezogen», platzte ich schließlich heraus.

In seinen Augen glomm ein amüsiertes Funkeln auf, sein Gesicht jedoch blieb völlig ernst, als er mitfühlend versprach: «Keine Sorge, das haben wir gleich. Erschrick nicht.»

Mit diesen Worten stieß er mein Sektglas haargenau in meine Richtung, sodass sich der Inhalt in meinen Schoß ergoss. Die unerwartete Kälte ließ mich nach Luft schnappen, während Thierry in überlaute Entschuldigungen ausbrach, nach einem Handtuch rief und ein ziemliches Theater veranstaltete.

«Glücklicherweise trocknet Seide schnell, und Champagner hinterlässt keine Flecken.» Er zwinkerte mir verschwörerisch zu. «Soll ich noch eine Flasche kommen lassen, oder gehen wir weiter im Programm?»

Kein Champagner mehr. Außerdem war ich inzwischen neugierig auf die angekündigten Attraktionen des Hauses.

«Denk daran, die Rechnung mit Burgmeister zu unterschreiben», erinnerte er mich im letzten Moment, als ich ansetzte, das Papier, das der Kellner dezent auf einem Tellerchen und bedeckt mit einer Damastserviette vor mich hingestellt hatte, mit «Marion Wohlgemut» abzuzeichnen. «Es wird von ihrem Konto hier abgebucht. Besser, ihr einigt euch privat, als dass es hier Irritationen gibt. Das wäre Elvira nicht recht.»

Die Buchhalterin in mir protestierte gegen eine solche Ungeheuerlichkeit. Eine Unterschrift zu fälschen war kein Kavaliersdelikt, es würde mich meine Zulassung kosten, wenn es herauskäme, und dann? Ich zögerte. Dass ich so weit würde gehen müssen, war mir nicht klar gewesen, als ich leichtfertig genug eingewilligt hatte, in Elviras Haut zu schlüpfen.

Thierry begann leicht besorgt auszusehen. «Ihr seid doch befreundet, oder? Du kannst nicht auf einmal einen Rückzieher machen, *chérie*. Wenn herauskommt, dass ich dich hier unter falschem Namen eingeschmuggelt habe, kriege ich Hausverbot. Das wäre mein Ruin – und ich hätte Glück, wenn ich so billig davonkäme. Die Truppe, die du eben in Aktion gesehen hast, ist bekannt dafür, nicht zimperlich zu sein mit Denkzetteln ...»

Mir lag auf der Zunge, ihn darauf hinzuweisen, dass er eher daran hätte denken sollen, aber sein hübsches Gesicht verzog sich so überzeugend ängstlich, dass ich schwieg. Elvira würde mir niemals schaden, und wenn ich, was ich selbstverständlich tun würde, ihr die Ausgaben ersetzte, käme niemals heraus, dass ich an ihrer Stelle diesen Abend hier verbracht hatte.

Rascher, als ich jemals für möglich gehalten hatte, hatte ich mich selbst davon überzeugt, dass die gefälschte Unterschrift eigentlich kein Problem sei – eine reine Formsache, um die Dinge nicht unnötig zu komplizieren.

Thierry stieß erleichtert den Atem aus, als ich nach dem Stift griff und eine überzeugende «E.-Burgmeister»-Signatur unter die Zahlenkolonne setzte.

«Entschuldige, ich habe das einfach nicht so wichtig genommen. Roger und ich machen das ständig», erklärte er ungeniert und griff nach meiner Rechten, um mit meinen Fingern zu spielen. «Wonach steht dir jetzt der Sinn: Kino oder Varieté?»

«Was kommt denn heute für ein Film?», fragte ich überaus naiv, wie mir in dem Moment aufging, als Thierry spitzbübisch grinste.

«Na ja, es sind mehr Kurzfilme», erläuterte er. «Wer wirklich an einem Film interessiert ist, schaut ihn sich in einem normalen Kino an. Hier laufen nur Sonderanfertigungen.»

«Pornos?», fragte ich kühn, meine Neugierde war geweckt.

Thierry wiegte nachdenklich den Kopf hin und her: «Ja

und nein – am besten siehst du selbst.» Mit diesen geheimnisvollen Worten zog er mich hoch und bot mir seinen Arm. Wir schlenderten erneut endlose Gänge entlang, wobei wir einzelnen Paaren begegneten, denen man höflich distanziert zunickte, aber kein Wort mit ihnen wechselte. Nach einer Biegung führte eine Prunktreppe in das nächste Stockwerk, und hier oben hielten sich bedeutend mehr Gäste auf. Ganze Gruppen schienen nur darauf zu warten, dass raumhohe Flügeltüren sich öffneten.

Sobald sie, von unsichtbaren Händen geführt, lautlos aufschwangen, strömte alles in das Halbdunkel des kleinen Kinosaals. Die mit rotem Plüsch bezogenen Sitzreihen, der leise knarzende Parkettboden, die Fetzen der leisen Unterhaltungen in unserer Nähe – die Atmosphäre erinnerte eher an ein Theater als an ein Kino. Erstaunlich schnell füllte sich der kleine Saal, und ich war Thierry dankbar, dass er uns am Ende einer vorderen Reihe platziert hatte. Inmitten einer Menschenmenge fühle ich mich äußerst unwohl. Nicht, dass ich unter Klaustrophobie litte, aber die bloße Vorstellung, im Falle einer eventuellen Panik eingekesselt zu sein, zertrampelt zu werden, erzeugt bei mir Gänsehaut.

Neugierig wartete ich, dass der schwere dunkelblaue Samtvorhang sich teilte und die Leinwand freigab.

Die Musik, zu der leise rauschend endlich der dicke Stoff zur Seite glitt, kam mir vage bekannt vor. Und sobald die Kamera langsam auf ein weißes Herrenhaus mit einer großzügigen Säulenveranda zufuhr, wusste ich sofort: Das konnte nur Tara sein.

Verwirrt wandte ich mich Thierry zu, aber der lächelte nur und legte den Finger an die Lippen. «Warte ab», formte er lautlos.

Es schien mir der Originalfilm mit Vivien Leigh und Clark Gable zu sein. Hatte man einfach nur das Stück mit der angeblich erotischen Szene herausgeschnitten? Ich hatte mich immer gefragt, was daran so toll sein sollte, dass er sie die Treppe hinaufträgt.

Welche Enttäuschung: ein Sammelsurium diverser Filmausschnitte!

Gelangweilt lehnte ich mich zurück, um die anderen Zuschauer zu betrachten, während sich auf der Leinwand Scarlett und Rhett wieder zankten, dass die Fetzen flogen.

In die Bewunderung eines aufregenden schwarzen Abendkleids versunken, registrierte ich erst auf Thierrys leichten Ellenbogenstoß, dass die Kamera nicht vor der Tür blieb, sondern den beiden Darstellern ins Schlafzimmer folgte. Das war doch nicht möglich!

Aber mit meinen eigenen Augen sah ich sie aus einem langen Kuss auftauchen, Clark Gables geschickte Hände Scarletts Mieder aufschnüren und ihre bauschigen Röcke schürzen, unter denen die zeitgemäßen zweigeteilten Unterhosen auftauchten und einen schneeweißen, wohlgerundeten Hintern freigaben. Seine dunkel behaarten Finger kneteten die Halbkugeln, schoben die weitgeschnittenen Batistbeinlinge auseinander, packten einen Schenkel und hielten ihn so hoch, dass man die andere Hand sah, die ihren Schoß streichelte. Vivien Leigh klammerte sich an seine breiten Schultern, warf den schönen Kopf zurück und stöhnte hemmungslos.

«Du liebe Güte, wo haben sie das denn her?», hauchte ich entgeistert.

«Toll gemacht, nicht? Man merkt keinen Unterschied.» Thierry starrte begeistert auf die Szene. «Ich möchte nicht wissen, was diese Software gekostet hat. Sie ist fantastisch!»

Mir war klar, dass er nicht die Darstellerin meinte, die offensichtlich von einem modernen Zauberkünstler in Vivien Leigh verwandelt worden war.

Warum hatte ich nicht gleich daran gedacht? Trotzdem konnte ich mich der Illusion nicht entziehen, im echten Film zu sitzen. Alles war so perfekt eingepasst, sogar die Körperbewegungen wirkten so absolut authentisch, dass ich neben der technischen Meisterleistung auch das schauspielerische Talent bewundern musste.

Zu meiner Erleichterung verzichtete der Film auf monströse Großaufnahmen und Einzeldarstellungen. Die Entkleidungsszene hatte das nicht nötig, sie wirkte auch so – wie man bei einem unauffälligen Blick in die Runde feststellen konnte. Als Rhett mit einer entschlossenen Handbewegung seine Hose abstreifte, war die Spannung geradezu greifbar. Würde man einen Blick auf seine Vorderseite werfen können?

Man konnte. Doch er hielt uns hin: Während er Scarletts hellen Körper zum Bett trug, verdeckte er größtenteils die Sicht. Endlich, als er sie aufs Bett gelegt hatte, richtete er sich kurz auf, beide Hände in die Seiten gestemmt, und präsentierte einen stolz aufragenden Penis. Einige Momente verharrte er bewegungslos, dann glitt er in die ausgestreckten Arme seiner Partnerin und begann, ihren Körper vom Hals bis zu den Kniekehlen zu küssen, unterbrochen von zärtlichen Bissen.

Ich saß wie erstarrt. Fühlte seine Lippen über *meine* Haut streichen, zuckte unter seinen Zähnen zusammen und musste mir fest auf die Unterlippe beißen, um nicht ebenfalls laut aufzustöhnen, als er sich zwischen ihre Schenkel schob und langsam in sie eindrang.

In meinem Unterleib zog sich etwas zusammen, so heftig, dass ich über meine eigenen Reaktionen erschrak. Der Wunsch, mich zu berühren, wenigstens eine Hand auf die pochende Stelle zwischen meinen Schenkeln zu legen, wurde beinahe übermächtig.

Sicher war ich wieder nass. Überrascht konstatierte

ich, dass diese Vermutung mich relativ gleichgültig ließ. Ein Blick in die Runde zeigte, dass sie einen Fleck kaum bemerken und, wenn doch, sich ganz sicher nicht dafür interessieren würden.

Die Frau im schwarzen Abendkleid, die mir bereits vorhin aufgefallen war, packte ungeniert die Hand ihres Begleiters und drückte sie auffordernd auf eine kaum noch bedeckte Brust, deren Nippel sich aufreizend unter dem dünnen Stoff wölbten. Er schob gehorsam, allerdings leicht abwesend, die Hand in ihren Ausschnitt und begann, daran herumzuspielen.

Er wirkte nicht ganz bei der Sache. Ob er eine ähnliche, geradezu kindliche Begeisterung wie Thierry für diese mir rätselhaft erscheinende Computertechnik aufbrachte?

Mir war völlig gleichgültig, wie es gemacht worden war. Ich genoss ohne Hinterfragen die opulente Ausstattung, die schönen Körper und ihre aufregenden Bewegungen.

Die Selbstverständlichkeit, mit der die Gesellschaft um mich herum sich vergnügte, erleichterte es mir. Ich war kein verstohlener Voyeur, der in dunklen Eisenbahngängen die Entdeckung fürchten musste. Niemand schien hier auch nur die leiseste Scham zu empfinden, und je länger ich mich unter ihnen aufhielt, desto mehr legte ich von meiner anfänglichen Scheu ab.

Unter vereinzeltem Beifallsklatschen glitten die Samtportieren über einer sich lasziv räkelnden Scarlett zusammen. Stühle scharrten, die Zuschauer erhoben sich langsam und unwillig. Thierry nahm meinen Arm und zog mich neben sich. «Schade, dass sie immer nur einen Film zeigen! Letzten Monat hatten sie diese tolle Strandszene aus *Verdammt in alle Ewigkeit*. Weißt du, welche ich meine?» Er wartete meine Antwort nicht ab, sondern fuhr fort: «Lass uns kurz im Kabarett vorbeischauen, und dann steigen wir in die Katakomben …»

Ich muss etwas erschreckt ausgesehen haben, denn er lachte auf, gab mir einen leichten Nasenstüber und erklärte: «Das sagen wir hier bloß so! Keine Angst, ich habe nicht vor, dich in den Pariser Untergrund zu zerren – obwohl der auch ganz interessant ist. Badest du gerne?»

Und wie! Eine Badewanne voll heißen, duftenden Wassers hatte mich immer trösten und aufmuntern können.

«Die Thermen hier im Untergeschoss sind die schönsten, die es weit und breit gibt. Sie sind den Caracalla-Thermen nachempfunden. Wenn sie öffentlich zugänglich wären, stünden sie in jedem Reiseführer. Sie werden dich begeistern», versprach er augenzwinkernd.

Vor dem kleinen Kino wartete bereits die nächste Gruppe. Bekannte tauschten kurze Grüße, für Momente vermischten sich die Gruppen, um dann auseinanderzudriften. Ein Teil verschwand im Halbdunkel, unser Teil schritt mit einer Gemächlichkeit, die auf die hohen Absätze der Damen Rücksicht nahm, einige Türen weiter in eine Art Nachtclub.

Jeweils zu viert nahmen wir auf kleinen gepolsterten Stühlen um runde Tische Platz. Auf den Tischen standen Champagner auf Eis, Gläser und ansprechend dekorierte Obstschalen.

Wir teilten unseren Tisch mit der Dame in Schwarz und ihrem Kavalier. Aus der Nähe betrachtet, fand ich sie geradezu einschüchternd schön – einer dieser Menschen, die man anschaut und es dabei bedauert, dass sie nicht aus Marmor oder Bronze sind, weil diese vollkommene Schönheit naturgemäß nur für ein paar Jahre Bestand haben kann. Thierry musste meine Bewunderung gespürt haben, denn er beugte sich zu meinem Ohr und flüsterte im Schutz der einsetzenden Musik: «Schau nicht zu genau hin, sonst denkt sie, man sieht die Nähte, und wird sauer. Sie hat den Spitznamen ‹Galionsfigur der Schönheitschirurgie›.»

Natürlich – ich hätte mir denken können, dass solche Perfektion nicht echt sein konnte. Wirkte sie deshalb so kalt, dass ich intuitiv an Stein und Metall als geeignetes Material gedacht hatte?

Ja, wenn ich genauer hinsah, fiel auch mir auf, dass die Haut sich ein wenig zu straff über den zarten Jochbögen spannte, die Brüste zu unnatürlich prall aus dem Dekolleté quollen. Aber ich bedauerte, dass Thierry mir die Illusion der Perfektion genommen hatte.

Sobald es dunkel wurde, konzentrierte sich die allgemeine Aufmerksamkeit auf die Bühne, an deren Rand ein Pianist im Frack auf einem sehr teuer wirkenden Flügel schwermütige Musette-Walzer spielte.

Ein seitlicher Vorhang bauschte sich. Unvermittelt ging der Pianist zu einem spritzigen Cancan über. In einer Reihe fegten drei Tänzerinnen in klassischen Cancan-Kostümen auf die Bühne und wirbelten wild durcheinander. Vor lauter Rüschen und Falbeln sah man zuerst nur wogende Stoffmassen, aus denen hier und da ein Stück nackter Oberschenkel blitzte. Sie hüpften auf einem Bein, das zweite im Kniegelenk schlenkernd, und dabei konnte man erahnen, dass sie keine Unterhosen trugen.

Nur an den geröteten Wangen und dem heftigen Atmen war abzulesen, wie anstrengend dieses Tempo war. Zur Schlusssequenz sprangen sie nicht in einen Spagat, sondern wandten dem Publikum ihre Rückseiten zu, beugten sich weit nach vorne und schleuderten ihre gesamten Unterröcke nach vorne über den Kopf.

Der überraschende Anblick wurde mit schallendem Gelächter gewürdigt: Sie hatten ihre Kehrseiten in den französischen Farben bemalt, und so sahen wir zwischen duftig weißen Unterröcken einen blauen, einen roten und einen weißen Hintern hoch in die Luft gestreckt. Nackt und doch nicht nackt. Wer darauf gewartet hatte, die Kehrseiten der Damen bewundern zu dürfen, wurde enttäuscht. Die Körperfarbe verfremdete sie derart, dass ich eher an fremdartige Riesenblüten als an menschliche Körperteile dachte.

Die Einlage lockerte die Stimmung merklich auf. Sogar unsere Marmorschönheit lächelte verhalten, während ihr Begleiter sich heftig auf die Schenkel schlug und einem Mann einige Tische weiter eine hämische Bemerkung zurief. Die Erwiderung verstand ich nicht, aber er runzelte finster die Brauen, was seine Begleiterin dazu bewog, ihn beruhigend im Schritt zu tätscheln.

Kaum war der fröhliche Beifall verrauscht, da trat Juliette Greco in den gedämpften Scheinwerferkegel auf der ansonsten unbeleuchteten Bühne und verbeugte sich mit einer geschmeidigen Anmut, die mich ungläubig «Wie hat sie sich nur so toll gehalten? Sie muss doch inzwischen uralt sein!» murmeln ließ.

Thierry kicherte unterdrückt, beugte sich zu meinem Ohr und flüsterte: «Das ist sie natürlich nicht ‹in echt›. Das ist ein Transvestit, der sie persifliert!»

«Nein!»

Ich wollte es nicht glauben, dass ein Mann, egal wie, eine solche Weiblichkeit ausstrahlen konnte. Die Geste, mit der sie nach dem Mikrofon griff, mit der anderen Hand beiläufig eine Haarsträhne zurückstreichend, wirkte hundertprozentig feminin. Femininer als die Körpersprache zahlreicher Frauen.

Die dunkle Stimme der Chansonsängerin erfüllte den Raum, aber nur das Mikrofon erinnerte daran, dass es kein Live-Auftritt war. Ja, dass es in Wahrheit nicht einmal die echte Juliette war.

Die Illusion war perfekt, bis sie sich dankend verneigte und, das Klatschen mühelos übertönend, mit einem rauen Bariton sagte: «*Merci, merci bien* – und als Kontrast zu der wunderbaren Juliette folgt jetzt ein Lied von Aznavour …»

Fasziniert verfolgte ich, wie er die Gestik und Haltung beibehielt. Die unzweifelhaft männliche Stimme, die jetzt live aus dem Mund der Chansonsängerin erklang, passte so überhaupt nicht zu dem Bild, das die Augen einem vermittelten, dass man nicht anders konnte, als gebannt an diesem Mund zu hängen.

«Es ist unglaublich», hauchte ich kopfschüttelnd, als er sich erneut verneigte, sich mit einer theatralischen Geste die Perücke vom kahlgeschorenen Kopf riss und sie schwenkte wie eine Trophäe.

«Ja, er ist wirklich fantastisch. Früher ist er öfter aufgetreten, aber seit ein paar Jahren ist er exklusiv nur noch hier zu sehen», sagte Thierry stolz und verfolgte mit den Augen den Abgang. Ich verstand sofort, weshalb die Blicke sämtlicher Zuschauer am schmalen Rücken des Künstlers hingen: Der Gang war absolut aufreizend. Sie – oder er – konnte mit den Hüften schwingen, dass er mit Marilyn Monroe hätte konkurrieren können.

Fröhlich mit den falschen Haaren winkend, verschwand der Künstler im Dunkel der Kulissen.

Ein Martinshorn ließ uns alle zusammenzucken, während die Bühne schlagartig von Scheinwerfern hell erleuchtet wurde, Getrappel ertönte, und dann schob ein Polizist in Uniform eine entrüstete Dame im Chanel-Kostüm, samt Perlenkette und Hütchen, sowie ihren protestierenden Begleiter in Regenmantel und Bowler in den angedeuteten Verhörraum.

Gespannt wartete ich, wie es weiterging.

Der Polizist ließ sich als Erstes die Papiere aushändigen, danach bat er, den Inhalt sämtlicher Taschen auf den großen Holztisch in der Mitte zu leeren.

Lautes Gelächter brandete auf, als aus der feinen Chanel-Handtasche ein leuchtend pinkfarbener Dildo und unter dem Regenmantel eine zusammengefaltete aufblasbare Liebespuppe zum Vorschein kamen. Der Polizist untersuchte die Gegenstände mit akribischer Neugier. Der pinkfarbene Dildo begann zu blinken und «Strangers in the Night» zu summen, sobald man ihn einschaltete.

«Was es alles gibt!», hörte ich unseren Tischnachbarn bewundernd sagen.

Während das Gerät summte und blinkte wie eine nervöse Hummel, breitete der Mann ungerührt die Puppe auf der Tischplatte aus und zupfte, stocherte und fingerte so lange daran herum, bis sie sich auf einmal mit einem lauten Zischen mit Luft zu füllen begann. Offensichtlich hatte er endlich das richtige Ventil gefunden.

Die Puppe wuchs und wuchs. Atemlos starrten wir alle auf die Form, die sich immer deutlicher entwickelte.

War es zu Beginn nur eine entfernt menschenähnliche Form gewesen, so reckten sich nach kurzer Zeit pralle Riesenbrüste mit unnatürlich dicken Nippeln in die Höhe. Der Polizist kniff in eine und sprang erschreckt zurück, als die Puppe leise aufstöhnte.

Er drehte sie auf die Seite, betrachtete interessiert den weitaufgerissenen Mund, steckte versuchsweise den Finger hinein und riss ihn übertrieben entsetzt wieder zurück, als prompt deutlich hörbar saugendes Schmatzen aus dem Inneren der Form ertönte.

Der Besitzer des Spielzeugs trat nervös von einem Fuß auf den anderen und bat darum, seine «Chou-chou» in Ruhe zu lassen.

Das kam nicht gut an.

Finster zogen sich die Brauen des Polizisten zusammen.

Er richtete sich zu seiner ganzen gewaltigen Körpergröße von geschätzten einssiebenundsechzig auf und bellte: «Ausziehen! Körpervisitation!»

Die beiden erstarrten zu Salzsäulen. Erst als er drohend näher kam, begannen sie zögerlich, den Mantel und die Kostümjacke aufzuknöpfen und sorgfältig zusammen gelegt auf das eine Tischende zu legen.

«Bis auf die Unterwäsche, bitte!» Sich gegenseitig den Rücken zukehrend, gehorchten sie.

Unter allgemeinem Gejohle sammelten sich auf dem Stapel des Puppenbesitzers ein Paar Golfschuhe, eine karierte Golfhose, eine Strickweste mit schwarz-blauem Rautenmuster, ein weißes Polohemd und Boxershorts, auf denen sich jede Menge Bunnys tummelten.

Den Stringtanga darunter, aus imitiertem Schlangenleder, behielt er, die «Ausziehn, Ausziehn»-Rufe aus dem Publikum ignorierend, an.

Unter dem grauen Chanel-Kostüm mit der fliederfarbenen Seidenbluse kamen ein BH aus schwarzer Spitze, der die Brustwarzen frei ließ, und eine Strumpfhose mit offenem Schritt zum Vorschein.

Laute Pfiffe aus dem Publikum kommentierten die Dessous.

Der Polizist schüttelte den Kopf und schob einen Finger prüfend zwischen ihre Oberschenkel, als ob er seinen Augen nicht traute. Als er die Finger wieder hervorzog und die Hand wie schockiert ein Stück von sich weghielt, tropfte eine auffällig irisierende Flüssigkeit auf den Boden, wo die einzelnen Tropfen jedes Mal in einem zischenden Funkenregen verpufften.

Erschrocken versuchte er automatisch, seine Hand am Hosenboden abzuwischen, was aber den unerwünschten Effekt nach sich zog, dass das Minifeuerwerk nunmehr von seiner Kehrseite ausging.

Die akrobatische Einlage, mit der er daraufhin versuchte, die Chemikalie, die für diesen humoristischen Einfall benutzt wurde, wieder loszuwerden, zog wahre Beifallsstürme nach sich.

Man hatte die Scheinwerfer ausgeschaltet, und im Dunkeln wirbelte der bunte Funkenregen bei seinen Flickflacks und Pirouetten in psychedelischen Mustern.

Sobald das Licht wieder angegangen war, zog er energisch seine Uniform zurecht und umkreiste die Frau einige Male, die Hände auf dem Rücken verschränkt, als habe er Angst davor, sie versehentlich zu berühren. Sie stand, ohne sich zu rühren, da, ein verächtliches Lächeln auf den Lippen.

Am Ende konnte er nicht widerstehen: Mit der Spitze seines steif ausgestreckten Zeigefingers tippte er an einen der freiliegenden Nippel. Augenblicklich schien er zu explodieren.

Mir war völlig rätselhaft, wie es technisch funktionierte, aber ich sah es mit eigenen Augen: Aus der Brustwarze stieg eine Funkenwolke auf, die unter ohrenbetäubendem Knattern zerstob und als glitzernder Staub auf den Leichtsinnigen herniederregnete.

Jetzt hatte er wirklich genug. Niesend und hustend bedeutete er ihr, sich schleunigst wieder anzuziehen und zu gehen, und wandte sich dem Mann zu.

Vorsichtiger geworden, winkte er ihn näher heran und wies anklagend auf die beeindruckende Wölbung des Schlangenleder-Tangas. «Was ist da drin?», fragte er misstrauisch. «Für den normalen Inhalt ist es viel zu groß!»

Scheinbar widerstrebend griff der Mann den Bund des Tangas und ließ den Polizisten einen Blick hineinwerfen. Der schüttelte ungläubig den Kopf und wich ein Stück zurück.

Und wie eine Schlange aus ihrem Korb folgte ihm ein

riesiger hautfarbener Penis. Natürlich war er nicht echt – das war allen Zuschauern völlig klar. Dennoch herrschte lautlose Stille, als das Gebilde begann, den Bewegungen seines Gegenübers spiegelbildlich zu folgen. Es schien zu wachsen, sowohl an Länge als auch an Umfang zuzunehmen, während es sich langsam und bedrohlich hin und her wand.

Der Polizist schien jetzt endgültig genug zu haben. Er brachte sich hinter dem Tisch in Sicherheit, griff die Puppe und warf sie dem unheimlichen Ding entgegen.

Blitzartig, tatsächlich an eine Kobra erinnernd, schoss der Kopf des Schlangenpenis darauf zu und fing sie noch in der Luft auf, indem er sich in ihre künstliche Scheide bohrte. So aufgespießt, hielt er die Puppe in der Luft in der Schwebe, balancierte mit ihr wie ein Jongleur mit seinem Gläsertablett. Währenddessen schrumpfte er, zog sich zusammen, und langsam, aber sicher näherte sie sich ihrem Besitzer, der sie schließlich erleichtert in die Arme schloss.

Der Polizist schlich sich vorsichtig näher, warf dem Paar den Regenmantel über, drückte dem Mann seine Kleidungsstücke in die freie Hand und schob das Pärchen aus der Tür.

Noch während er sich erschöpft mit einem rot-weiß karierten Taschentuch die Stirn abwischte, brandete der Beifall auf.

«Diese Truppe hat die verrücktesten Ideen», erzählte Thierry begeistert, während wir immer noch eifrig klatschten. «Ihre Tricks sind berühmt. Sie arbeiten immer mit irgendwelchen Chemikalien, die Wahnsinnseffekte erzeugen.»

Langsam schoben wir uns mit den übrigen Zuschauern aus dem Raum. Vor der Tür standen bereits einige Paare, die auf die nächste Vorstellung warteten.

«Die einzelnen Vorführungen sind kürzer als üblich», erläuterte Thierry mir, als er meinen Blick zur Uhr an meinem Handgelenk bemerkte. «Die Leute kommen ja nicht hauptsächlich deswegen, sondern es ist nur Beiwerk. Zur Auflockerung und zur Überbrückung, bis man in die Thermen geht.»

Die Thermen! Gespannt ließ ich mich von meinem Begleiter in eine Richtung führen, in die alles zu streben schien.

«Hoffentlich bekommen wir noch einen Platz im Becken», kommentierte ich ironisch die Menschenmenge, die sich inzwischen zu einem Strom verdichtet hatte.

«Natürlich!» Thierry lachte auf. «Die gehen doch nicht alle in die Thermen. Dies ist auch der Weg zu den Räumen der Privatzirkel in den ehemaligen Vorratskellern.»

«Privatzirkel? Wofür?»

Thierry zuckte gleichgültig die Achseln. «Keine Ahnung. Ich weiß auch nur, was so gemunkelt wird. Ich gehöre nicht zu dieser vornehmen Gesellschaft.»

«Und was munkelt man?»

«So ziemlich alles. Der da beispielsweise», er wies unauffällig mit dem Kopf in Richtung eines hochgewachsenen, asketisch wirkenden Herrn in teurem Abendanzug, der sich ungeduldig durch die Menge schob. «Der da soll sich eine hübsche kleine Stute halten.»

«Was bedeutet das?», fragte ich nach, weil ich die Bezeichnung «Stute» für eine Art Code hielt.

«Na, ein weibliches Pferd. Unterscheidet ihr im Deutschen nicht zwischen männlichen und weiblichen Tieren?»

«Ein Pferd? Aber das wäre doch woanders sicher praktischer.»

Thierry lachte ironisch auf.

«Kein normales Pferd. Hast du nie diese tolle Story über

Katharina von Russland gehört, die in eine nachgemachte Stute gekrochen ist, um sich von einem Hengst besteigen zu lassen?»

«Das geht doch gar nicht!»

«Natürlich nicht. Das war sicher das, was man heute ‹üble Nachrede› nennt. Aber andersherum geht es schon …»

Technisch war es natürlich möglich, aber konnte wirklich jemand so verrückt sein?

«Es wird nur gemunkelt», erinnerte Thierry mich, als er meinen nachdenklichen Blick auf den Rücken dieses Herrn bemerkte, «für den Wahrheitsgehalt würde ich mich nicht verbürgen! Genauso gut könnte er einen Termin bei seiner Domina haben oder einen schwulen Freund treffen. Bei seiner Stellung in der Öffentlichkeit muss er überaus vorsichtig sein!»

«Und diese Gerüchte dringen nie an die Öffentlichkeit?», forschte ich ungläubig nach. Ich konnte mir einfach nicht vorstellen, dass derart publikumswirksame Verdächtigungen nicht den Weg in ein skrupelloses Boulevardblatt fanden.

Thierry schüttelte den Kopf. «Nein, nichts davon dringt nach draußen. Jeder hat zu viel Angst, dass es ihm ergeht wie dem neugierigen Reporter, der sich hier vor ein paar Jahren eingeschlichen hat.»

Er schwieg bedrückt, und ich vermutete, dass ihm die Tatsache, mich unter falschem Namen hier eingeschmuggelt zu haben, allmählich Unbehagen verursachte.

Tröstend drückte ich seinen Arm.

«Keine Bange. Ich schweige wie das Grab. Kann ich eigentlich mit Elvira darüber sprechen?»

«Natürlich, sie gehört sogar zum inneren Zirkel. Aber zu niemandem sonst, es wäre zu gefährlich.»

«Jetzt hast du mich aber neugierig gemacht!», sagte ich

leichthin. «Was haben sie denn so Schreckliches mit ihm angestellt?»

Verblüfft registrierte ich den Schauder, der Thierrys Körper überlief.

«Als er ein paar Tage später wiederauftauchte, hatte jemand äußerst fachmännisch Hoden und Eichel entfernt. Der arme Kerl konnte Sex aus seinem Leben streichen. Er hat sich ein paar Monate später das Leben genommen, und die Unterlagen von der Recherche, mit der er in der Redaktion geprahlt hatte, blieben unauffindbar.»

«Und die Polizei?»

Thierry lachte verächtlich auf. «Offiziell gibt es diese Thermen samt den nichtöffentlichen Bereichen überhaupt nicht. Was es nicht gibt, kann auch nicht untersucht werden.»

Mir wurde unheimlich. Aus den Augenwinkeln beobachtete ich die heiter plaudernden, exquisit gekleideten Menschen um uns herum und konnte Überlegungen darüber nicht beiseiteschieben, was diese so harmlos wirkenden Damen und Herren hinter ihren lächelnden Gesichtern verbargen. In was hatte ich mich da hineinziehen lassen? «Wollen wir nicht lieber woanders hingehen?», schlug ich vor.

«Wieso? Gefällt es dir hier nicht?»

«Ich habe Angst, das Ganze ist so unheimlich ...», gestand ich, und schmiegte mich enger an ihn.

Verschmitzt grinsend tätschelte er mir den Arm. «Du bist wirklich leicht hinters Licht zu führen, *chérie*! – Aber als du die Sache mit dem Pferd geglaubt hast, wollte ich sehen, wie viel du mir abnimmst! Nimmst du jede Schauergeschichte, die man dir erzählt, für bare Münze?»

Schockiert sah ich zu ihm auf. «Dann hast du dir das alles eben ausgedacht?»

Als er nickte, atmete ich vor Erleichterung so heftig aus, dass es einem Seufzen glich.

«Natürlich», gestand er, und in seinen Augen glitzerte noch immer ein übermütiger Funke, «ich habe eine lebhafte Fantasie.»

Kapitel 7
In den Thermen

Ehe ich etwas erwidern konnte, das meinem Gemütszustand Ausdruck verlieh, winkte er einer zierlichen jungen Frau zu, die wartend an einer Art Portal stand. «*Bon soir*, Pauline! Hier sind wir. Fast pünktlich ... Darf ich dir Marion vorstellen? Marion ist eine Freundin von Elvira.»

Langsam wurde mir klar, dass hier Beziehungen noch wichtiger waren als außerhalb der vornehmen Mauern. Freund von ..., Freundin von ... – das war so eine Art Unbedenklichkeitsbescheinigung. Von wem war Thierry ursprünglich auf die gleiche Art hier eingeführt worden? Und wie lange es wohl dauerte, bis man so weit integriert war, dass man quasi als Pate oder Tutor agieren durfte?

«Pauline wird dich in die Damenabteilung begleiten», sagte Thierry halblaut an meinem Ohr. «Da darf ich nicht mit hinein.»

«*Bon soir*, Marion», Pauline lächelte mir breit zu und drückte erstaunlich kräftig meine Hand. Sie trug ein Nichts von Abendkleid: eine schulterfreie Korsage aus primelgelber Seide ging in einen duftigen Rock aus dem gleichen Material über, der sich elegant an ihre langen Beine schmiegte.

Der milchkaffeebraune Teint und die kurzgeschnittenen schwarzen Locken deuteten auf südländische Gene hin, ihre Gestik und Stimme auf eine teure Privatschule. Woher kannte sie Thierry? Sie entsprach eher meiner Vorstellung einer Tochter aus guter Familie, aber sie musste wohl eine Art Kollegin sein. Sonst hätte Thierry mich doch nicht so unzeremoniell weitergereicht.

«Hat Thierry dich etwa nicht auf die Vorschriften in den Thermen vorbereitet?», fragte sie freundlich, als sie meine Verwirrung bemerkte, während wir uns die Hände reichten.

Ich schüttelte den Kopf. Pauline verdrehte die Augen: «*Mon ami*, du bist unmöglich! – Also: in zwei Stunden am Seerosenbecken!»

Mit diesen Worten stieß sie den Türflügel hinter sich auf und winkte mir, ihr zu folgen.

«Viel Spaß, bis später», wünschte Thierry mir augenzwinkernd und ließ sich mit dem Strom weiter den Gang hinuntertreiben.

«Wo geht er denn hin?», fragte ich, ihm neugierig hinterherblickend.

«In die Männertherme», gab Pauline abwesend Auskunft, während sie in ihrer winzigen goldenen Handtasche nach etwas suchte. Wir standen in einer relativ kurzen Schlange, alles Frauen in Abendtoilette, die vor einer kunstvoll geschmiedeten und vergoldeten Schranke warteten. Eine den Umständen angepasst gekleidete Concierge in einem orientalischen Fantasiekostüm gab kleine Päckchen aus, mit denen die Frauen hinter einer opulent geschnitzten dunklen Holztür verschwanden.

«*Merci*», dankte ich der theatralisch geschminkten Scheherezade hinter dem Tresen und nahm mein Päckchen entgegen. «Wir haben eine private Umkleidekabine», erklärte Pauline, während sie mir den Gang entlang vorausschritt und schließlich vor einer etwas schmaleren Tür hielt. «Hier, bitte ...» Der kleine goldene Schlüssel öffnete die Tür zu einem kleinen, aber umso opulenter ausgestalteten Raum.

Bereits im Gang hatte ich die ausnehmend schönen Mosaiken bewundert, mit denen hier der Boden und sämtliche Wände verkleidet waren. Die Farbgebung weckte unwillkürlich Bilder von Palästen, wie man sie sich aus den Märchen in *Tausendundeiner Nacht* vorstellt: Lapislazuliblau, dunkles und helleres Gold, Meergrün, Türkis, Azurblau und strahlendes Weiß.

Die Blumen- und Pflanzendarstellungen waren so realistisch ausgeführt, dass ich problemlos Jasmin, Rosen, Lilien und Gardenien identifizieren konnte. Dazwischen schwangen sich Arabesken und Spitzbögen in Gold, durch die man in weiter entfernte Gärten zu blicken glaubte.

«Das ist wunderschön!», entfuhr mir, während ich entzückt Wände und Decke musterte.

«Es war auch teuer genug», sagte Pauline so prosaisch wie gleichgültig gegenüber der Pracht und wandte mir den Rücken zu. «Kannst du mir kurz mit dem Reißverschluss helfen. Das blöde Ding klemmt.»

Der private Umkleideraum war nicht so groß, wie er durch die künstlichen Ausblicke zu sein vortäuschte. Vielleicht drei mal drei Meter im Quadrat. Außer Nischen für die Kleidung, in denen die teure Abendgarderobe aufgehängt werden konnte, gab es mehrere kleine Bänke aus dunklem Holz.

«Du kannst ruhig alles hierlassen», sagte Pauline, hängte ihr primelgelbes Kleid sorgsam auf den Brokatbügel und streifte achtlos den Rest ihrer Kleidung ab, um sich sofort in ein langes, hauchdünnes Musselintuch zu hüllen, das mehr zeigte, als es verbarg.

«Brauchst du Hilfe bei deinem Kleid?»

«Nein, danke. Es geht schon. – Würdest du mir jetzt die Einzelheiten erklären, die Thierry zu erwähnen vergessen hat?»

Pauline lachte und setzte sich mit übereinandergeschlagenen Beinen auf ein Bänkchen.

«Was hat der gute Thierry dir denn erzählt?»

«Nur dass es den römischen Caracalla-Thermen nachempfunden wäre. Also habe ich mir natürlich eine Art Hallenbad in feiner Ausführung vorgestellt.»

«Das war ziemlich oberflächlich beschrieben», schmunzelte Pauline und lehnte sich mit den Schultern an die Wand hinter ihr.

«Es gibt hier natürlich diese römische Abteilung, nur für Männer. Dort treffen sich alle die, die entweder weniger an Frauen interessiert sind als an Männern, oder solche, die einfach mal nicht den Bauch einziehen wollen.» Sie kicherte. «Aber das ist nur ein kleiner Teil der Anlage. Momentan sind wir im reinen Frauenbereich, dem sogenannten Serail.»

«Aha, deshalb diese märchenhafte Ausstattung», nickte ich und hängte mein Kleid in die Nische neben Paulines.

«In den Serail gehen besonders gerne die älteren Damen, die vor Männern nicht nackt baden wollen. Aber der Hamam hier ist so erstklassig, dass praktisch alle Frauen zuerst hierhergehen. Mustafa massiert einfach göttlich ...» Sie streckte sich genießerisch.

Ich musste lächeln. «Heißt er wirklich Mustafa?»

«Keine Ahnung», Pauline zuckte die wohlgeformten Schultern. «Die Angestellten haben alle Decknamen. Manchmal passen sie mehr, manchmal weniger – wie du an Suleika gesehen hast.»

«War das die Concierge?»

«Hmm ... Komm, lass mich dir mit dem Tuch helfen, das ist gar nicht so einfach. Was hältst du davon, zuerst das Komplettprogramm im Hamam zu machen, dann haben wir noch ein bisschen Zeit, bevor wir Thierry treffen», schlug Pauline vor.

Ach ja, das Seerosenbecken. Wo war das denn?

«Im gemischten Bereich. Er ist im ägyptischen Stil eingerichtet, und dazu gehört natürlich Lotos.»

«Und Pyramiden?», fragte ich eine Spur spöttisch.

Pauline lachte fröhlich. «Die sind natürlich auch dabei. Lass dich überraschen!»

Mit diesen Worten zog sie mich mit sich aus dem Raum. Der kleine goldene Schlüssel, den sie nun um den Hals trug, baumelte keck zwischen ihren Brüsten.

Im Gang trafen wir auf zahlreiche andere Frauen, alle in identische Schleiertücher gehüllt, alle in die gleiche Richtung strebend. Hinter einer Biegung drangen bereits die ersten duftenden Dampfschwaden aus dem Schwitzbad.

Ich zögerte.

«Was hast du?», fragte Pauline eine Spur besorgt.

«Ich vertrage Schwitzbäder so schlecht», platzte ich heraus. «Danach sehe ich immer aus wie eine verschrumpelte Erdbeere, und ich will nicht, dass man mich so sieht.»

«Mit ‹man› meinst du wohl Thierry, hm? Keine Sorge, ich verspreche dir, wenn er dich zu Gesicht bekommt, wirst du strahlen wie ein reifer Pfirsich.» Mit diesen Worten zog sie mich mit sich in einen Raum, in dem ich im ersten Augenblick nichts sah, weil alles von Wasserdampf erfüllt schien.

Augenblicklich klebte das dünne Tuch an meinem Körper. Halbblind tappte ich Pauline hinterher zu einer gekachelten Rundbank, die an der Außenwand entlangführte. Wir nahmen in einer Lücke Platz, und Pauline sagte halblaut: «Wenn es dir zu viel wird, geh einfach schon vor. Wenn du herauskommst, geht es rechts zu den Abkühlbecken.» Damit schloss sie die Augen, lehnte den Kopf an die Wand und schien sich dem Dampf förmlich hinzugeben.

Die feuchtwarme Hitze hatte tatsächlich eine wohltuende Wirkung. Sie öffnete alle Poren, entspannte die kleinen Verkrampfungen, die man normalerweise gar nicht wahrnimmt. Nach einiger Zeit jedoch wurde es mir zu unangenehm.

Vorsichtig stand ich auf und tastete mich zur Glastür

vor. Einen Moment brauchte ich, um mich zu orientieren, dann schlenderte ich in der bezeichneten Richtung durch mehrere Torbögen, in denen Erfrischungen aufgestellt waren. Alle möglichen Getränke, feine Obstsalate, sogar Kaviar in einer Eisschale.

Durstig, wie ich war, griff ich nach einem Glas und füllte es auf gut Glück mit dem Inhalt einer der zahllosen Wasserflaschen aller denkbaren Provenienzen, die auf Kühlregalen bereitstanden.

Die Abkühlbecken waren bei weitem nicht so nüchtern, wie die Bezeichnung sich anhörte!

In einer Halle, deren Kuppeldach von Tausenden winzigen Glühbirnen in ein warmes Licht getaucht wurde, waren mehrere Becken in den Boden eingelassen.

Eines war mit rosafarbenem Granit verkleidet, eines mit blendend weißem Marmor, und eines schimmerte geheimnisvoll dunkelgrün, als sei es von Moosen überwuchert.

An den Rändern und auf den ausladenden Ruhebänken an den Seitenwänden räkelten sich, wohin man blickte, spärlich verhüllte oder gänzlich nackte Frauen. Eine Szene wie auf den im 19. Jahrhundert so beliebten Odalisken- und Serailgemälden mit ihrer schwülen Stimmung, hier allerdings in Fleisch und Blut.

Dem Beispiel einer sportlichen Mittvierzigerin folgend, legte auch ich mein durchnässtes Tuch am Rand des grünen Beckens ab und ließ mich hineingleiten. Während die Frau bereits mit kräftigen Schwimmzügen das klare Wasser durchquerte, ging ich es langsamer an. Bewusst genoss ich die aufsteigende Kühle des sanft parfümierten Wassers, während ich Zentimeter für Zentimeter tiefer sank.

Sobald ich mit ersten, noch zaghaften Schwimmbewegungen begonnen hatte, entdeckte ich, den kräftigen Strömungen folgend, Massagedüsen an allen Seitenwänden des Beckens.

Sie ließen sich sogar individuell einstellen, und ich vergnügte mich eine Zeitlang damit, den scharfen Wasserstrahl über meinen unteren Rücken wandern zu lassen. Er war stark genug, um sich seinen Weg zwischen meinen geschlossenen Oberschenkeln zu suchen, und ich registrierte angenehm überrascht das Gefühl, das er dabei erzeugte.

Während ich möglichst unauffällig meinen Hintern hin- und herbewegte, musterte ich die zwei anderen Becken und die Frauen, die sie bevölkerten. Am beliebtesten schien das rosafarbene zu sein. Es war geradezu umlagert, und als ich genauer hinsah, wurde mir klar, warum: Es war der Treffpunkt der Lesben.

Ein Paar fiel mir besonders ins Auge, weil der Kontrast zwischen ihnen nicht hätte größer sein können.

Die eine war noch zierlicher als Pauline, grazil wie eine Elfe, mit langen dunkelbraunen Locken, die jetzt klatschnass und fast taillenlang ihren gesamten Rücken bedeckten. Ihre Hände flatterten ständig umher wie kleine Vögel oder Schmetterlinge, während sie mit ihrer Freundin sprach.

Neben ihrer zerbrechlichen Erscheinung wirkte ihre Partnerin noch grobschlächtiger, als man sie sonst wahrgenommen hätte. Sie saß, ein Bein angezogen, leicht nach vorne gebeugt.

Von ihrer Statur her hätte sie durchaus ein Hafenarbeiter oder eine Berufsboxerin sein können. Unter ihrer fleischigen Stämmigkeit zeichnete sich so deutlich das Muskelrelief ab, dass jedem klar war: Mit dieser Frau sollte man sich besser nicht anlegen.

Ihr Gesicht, das ich nur im Profil sah, weil sie sich angespannt mit der Elfe unterhielt und ihren Blick nicht nach rechts und nicht nach links wandte, machte gleichfalls einen ausgesprochen maskulinen Eindruck: Über einem kräftig ausgeprägten Kinn wölbten sich breite Wangenknochen. Die Augenbrauen hatte sie zusammengezogen, sodass sie fast buschig wirkten. Wenn sie nicht ebenfalls gutentwickelte Brüste gehabt hätte, die zweifelsfrei belegten, dass sie eine Frau war, hätte sie problemlos als Mann durchgehen können.

Genau diese Brüste schienen ihre Gespielin zu faszinieren. Immer wieder flatterten ihre Hände zu den verlockend abstehenden Nippeln, berührten sie wie unabsichtlich, bis die Kräftige die Geduld zu verlieren schien, vorsichtig, aber bestimmt eine kleine Hand ergriff und sie an ihre eine Brust führte, sie dagegendrückte.

Die kleine Hand zupfte, anfangs ein wenig scheu, dann allmählich kühner. Sie knetete die Brustwarze zwischen den Fingern, rollte sie, massierte sie, bis der kompakte Körper neben ihr vor Begierde zu beben begann. Da senkte sie den Kopf und begann abwechselnd an den Nippeln zu saugen und spielerisch zu beißen wie ein junges Tier.

Unvermittelt ließ sich die Kräftige nach hinten sinken und spreizte auffordernd die Beine, ohne sich im Geringsten daran zu stören, dass um sie herum andere Paare gleichfalls in den verschiedensten Stadien der Erregung miteinander spielten.

Sie hatte die Augen fest geschlossen und atmete heftig. Offensichtlich existierte ihre Umwelt im Augenblick nicht mehr für sie.

Die Elfe lachte hell auf, schmiegte zärtlich ihren Kopf an den flachen Bauch unter ihr und rutschte folgsam auf den Knien so weit zurück, bis sie, wenn sie sich zwischen den Oberschenkeln nach vorne beugte, ihr Gesicht zwischen fleischigen Schamlippen versenken konnte.

Fasziniert starrte ich auf das Gesicht, auf dem sich der Ausdruck äußerster Lust spiegelte. So intensiv, dass es an Schmerz grenzte. Sie wand sich auf dem harten Untergrund heftig, hier und da konnte man zuweilen das Klatschen hören, mit dem eine Pobacke auf dem glatten Stein auftraf.

Von ihrer Partnerin sah ich nur den dunklen Hinterkopf, der sich zwischen ihren angezogenen Oberschenkeln bewegte. Die großen Hände verkrampften sich, ballten sich zu Fäusten, die sie gegen ihren Mund presste, um instinktiv ihr Stöhnen zu dämpfen.

Der Anblick erregte mich dermaßen, dass ich, ohne mir dessen bewusst zu sein, meine Schenkel weit öffnete und das Kreuz durchdrückte, um dem Wasserstrom aus der Massagedüse besseren Zugang zu meinen empfindlichen Bereichen zu gewähren.

Die Sportlerin zog an mir vorbei, grinste mir zu und sagte sachlich: «Von vorne ist es noch viel besser. Da hinten im Eck kann man sie so einstellen, dass sie sich kreuzen.» Sie verdrehte die Augen. «Das ist vielleicht ein irres Gefühl!»

Ich lächelte leicht verlegen zurück. Sah man es mir so deutlich an?

Am anderen Becken erreichte die Kräftige gerade ihren Orgasmus. Mit einem kehligen Schrei bäumte sie sich auf, der Körper so stark gekrümmt, dass er praktisch nur noch auf Schultern und Fersen auflag, und ließ sich dann erschöpft zurücksinken, wobei sie den schmalen Körper ihrer Freundin halb auf sich zog und liebevoll an sich drückte.

Bei dem Anblick begannen meine Brüste zu prickeln, und zwischen meinen Beinen pochte das Blut gebieterisch. Vielleicht waren die doppelten Düsen tatsächlich eine gute Idee!

Langsam ließ ich mich von der Strömung in die bezeichnete Ecke treiben und fand beinahe sofort die Stelle, die mir die Sportlerin empfohlen hatte.

Dort, wo sich die Wasserstrahlen kreuzten, bildeten sie einen Wirbel, was die Wirkung auf die empfindlichen Nervenenden meiner Schamlippen deutlich verstärkte.

Um mich auf die ungewöhnliche Massage besser konzentrieren zu können, schloss ich die Augen und begann, mich rhythmisch vor und zurück zu bewegen. Schwerelos schwebte mein Körper vor der Düse. Während ich mich mit einer Hand am Rand festhielt, fanden die Finger der anderen fast von selbst den Weg zu meinen Nippeln, die sich begehrlich aufgerichtet hatten.

Meine Scheidenmuskeln hatten bereits begonnen, sich in immer schnellerem Rhythmus zusammenzuziehen, und ich biss mir auf die Lippen, um die Lustlaute, die aus meiner Kehle drängten, zurückzuhalten, als eine Hand auf meiner Schulter mich kurz vor dem Orgasmus zurückriss.

Wütend fuhr ich herum. Welcher Idiot ...

«Tut mir leid, wenn ich einen ungünstigen Moment erwischt habe», entschuldigte Pauline sich schelmisch zwinkernd. «Aber keine Angst, aufgeschoben ist nicht aufgehoben.»

Ich kämpfte um meine Fassung. Nicht gewöhnt daran, meinen Orgasmus nicht ganz nach meinen eigenen Vorstellungen erreichen zu können, war ich für einen Moment völlig orientierungslos.

Dann riss ich mich zusammen und lächelte nonchalant zurück. «Ich werde dich an dein Versprechen erinnern», sagte ich und war geradezu stolz auf mich, wie schnell ich mich meiner leichtfertigen Umgebung angepasst hatte.

Pauline wirkte noch ein wenig erhitzt. «Puh, ist das heute frisch hier drin!» Sie schüttelte sich und tauchte dann, geschmeidig wie ein Seehund, von einem Beckenende zum anderen. «Das tat gut!»

Das Wasser aus Augen und Haaren schüttelnd, tauchte sie wieder neben mir auf, legte die Arme bequem auf den Rand und fragte noch ein wenig außer Atem: «Wollen wir ...?»

«Sag mir doch bitte vorher, was dort auf mich zukommt», bat ich.

«Nichts Unangenehmes», lachte meine Begleiterin und zog sich geschickt auf den Rand. «Komm, du Feigling!»

Ihr nasses Tuch achtlos zusammengeknüllt auf dem Boden zurücklassend, ging sie mir nackt voraus, nahm sich ein frisches Tuch von einem bereitliegenden Stapel an der großen vergoldeten Pforte und winkte mir ermutigend zu.

Ich folgte ihr, gleichfalls in ein frisches Tuch gewickelt, in den Hamam. Der entpuppte sich als eine Art Labyrinth von zahllosen kleinen Nischen und Kammern, in denen halbnackte, muskulöse Männer damit beschäftigt waren, Frauenkörper zu bearbeiten.

«Du hast einen Termin mit Omar», informierte mich Pauline. «Der muss gleich hier vorne sein … Da, geh ruhig hinein!» Sie wies auf eine der blaugekachelten Nischen, in der ein bulliger Mann geduldig neben einem Marmortisch wartete. Die Tischplatte war zwar mit einer Art Mulde versehen, die entfernt an menschliche Körperumrisse erinnerte, das Ganze wirkte aber trotzdem nicht gerade einladend.

«Hallo, Omar. Das ist Marion. Sie bekommt das Komplettprogramm. Ich bin bei Hassan zwei Türen weiter, wenn etwas ist …»

Omar, der vermutlich eher Luigi oder Vasilissos hieß, nickte stumm zur Bestätigung, packte mich ohne weitere Umstände um die Taille und hob mich auf den Tisch.

«Bearbeiten» war genau der richtige Ausdruck für den Kraftaufwand, mit dem er den Seifenschaum, den er großzügig über meinen ganzen Körper verteilt hatte, mit einem rauen Handschuh verrieb.

Zu meiner angenehmen Überraschung war der Marmortisch körperwarm, ebenso wie der duftende Schaum.

Omars Miene war absolut nichtssagend, während er kräftig meine Beine und Arme abrieb, dann deutlich sanfter zu Bauch und Brustbereich überging, wobei er die Brüste sorgsam aussparte. Nachdem ich mich an das Gefühl gewöhnt hatte, empfand ich die Massage als angenehm.

Sobald meine Vorderseite zu prickeln begann und die Haut sich sichtbar rötete, bedeutete er mir, mich auf den Bauch zu drehen. Etwas Körniges rieselte auf meine Rückseite. Ich drehte misstrauisch den Kopf. «Was ist das?»

«Salz», entgegnete er gleichmütig und begann erneut, mit der gleichen Präzision jeden Quadratzentimeter mit dem rauen Handschuh zu massieren, bis ich das Gefühl hatte, dass bei mir völlig neue Hautschichten freigelegt worden waren.

Ich war direkt erleichtert, als er den Handschuh auszog, mich mit einem sanften Wasserstrahl abspülte und nach einer großen Flasche griff. Eine nach Mandeln und Honig duftende, milchige Flüssigkeit ergoss sich über mich, und er fing an, sie sanft in die gerötete Haut einzumassieren. Ein himmlisches Gefühl, dachte ich gerade und hätte schnurren können wie eine Katze, als er mich mühelos hochhob und neben dem Tisch abstellte wie ein Möbelstück.

Während ich mich noch verwirrt fragte, ob ich jetzt gehen sollte – als besonders redselig hatte Omar sich bisher nicht erwiesen, und vielleicht war das ja seine Art, mir zu bedeuten, dass er fertig sei –, schüttete er eine grünliche Masse, die deutlich nach Meer und Strand roch, in die Kuhle. Er verteilte sie oberflächlich und griff nach mir. Ich wich zurück. In diesen Glibber würde ich mich lieber nicht legen lassen!

«Ist gutes Algenmus, macht Haut weich wie Samt», sagte er in beruhigendem Ton und nickte bestätigend zu seinen Worten.

Algenmus? Na schön. Ich ließ mich von ihm wieder hochheben und wappnete mich gegen das Gefühl, in weichem Schlick zu versinken. Es ging, ich hatte noch fühlbar Kontakt zur Marmorfläche. «Ist gut?» Omar sah mich fragend an und schob mir als Kopfstütze einen weichen Keil ins Genick.

Ich nickte. Mit einer mächtigen Hand hob er den Behälter und leerte das Zeug über mich aus. Mit der anderen verteilte er die warme Masse, bis nur noch mein Kopf aus dem Algenbrei herausragte.

Ich unterdrückte ein Kichern. Es musste aussehen, als ob ein Mensch bis zum Hals in Spinatbrei steckte. Aber es war nicht so unangenehm, wie ich befürchtet hatte. Warm und weich umgab die Pampe mich wie ein Kokon.

«Jetzt etwas entspannen», sagte Omar und verschwand diskret aus meinem Gesichtsfeld.

Gehorsam schloss ich die Augen und überließ mich dem Eindruck, körperlos zu sein. Tatsächlich konnte ich nicht mehr fühlen, wo mein Körper aufhörte und der Schlick begann, so eng umschloss mich die weiche Masse.

Die Geräusche, die an meine Ohren drangen, schienen von weit her zu kommen. Stimmen, Klappern, hier und da unterdrücktes Gelächter, wohliges Seufzen. Die Atmosphäre hier schien gesättigt mit Genuss.

Meine Quasi-Meditation wurde unvermittelt unterbrochen, als der Vorhang, der die Nische gegenüber neugierigen Blicken abschottete, beiseitegerissen wurde und Paulines Stimme entrüstet ausrief: «Was? Immer noch im Urschlamm?»

Automatisch wollte ich mich aufsetzen, aber der von Pauline als «Urschlamm» bezeichnete Algenbrei erwies sich als erstaunlich zäh. Überrascht stellte ich fest, dass ich nicht einmal eine Hand heben konnte! Das Zeug war offenbar in der Zwischenzeit angetrocknet.

«Mach schnell, Omar! Wir haben in ein paar Minuten Termine bei Fatima …»

«*Excusez …*»

Mit gesenktem Kopf stellte Omar erneut den Wasserschlauch an, prüfte die Temperatur und begann langsam und vorsichtig, den Schlamm, der mich bedeckte, abzuspülen. Pfund für Pfund verschwand träge gluckernd im Abfluss.

Allmählich tauchte mein heller Körper wieder aus der dunklen Masse auf. Ungeduldig wartete Pauline, bis Omar mich sorgfältig von Kopf bis Fuß von sämtlichen Resten gesäubert hatte, und warf mir dann einen bodenlangen Bademantel zu.

«Hier, zieh das über.»

Damit hatte sie sich bereits umgedreht. Ich warf Omar einen entschuldigenden Blick zu, den er gleichmütig erwiderte, während ich den Gürtel festzog und mich anschickte, hinter Pauline herzueilen.

«Chez Fatima» stand in großen, an arabische Schriftzeichen erinnernde Lettern über dem Eingang zu einer besonderen Spielart von Friseur. Hier ging es nämlich nicht um die Haare auf dem Kopf, sondern um die zwischen den Beinen. Da ich mit so etwas nicht gerechnet hatte – nicht einmal in meinen verrücktesten Träumen –, konnte ich nicht anders, als wie gebannt auf die Reihe von Frauen zu starren, die alle auf bequemen Liegen mit Beinstützen ruhten. Zwischen ihren gespreizten Beinen saßen die Friseurinnen auf den üblichen Friseursalonhockern und schnitten, färbten, tönten, als seien es ganz normale Frisuren, die sie da kreierten.

«Das gibt es doch nicht!», hauchte ich ungläubig. Pauline kicherte und stieß mich in die Seite «Das gibt es auch in ganz Paris nur hier! *Bon soir*, Fatima. Ich habe heute eine Freundin mitgebracht, die zum ersten Mal da ist und entsprechende Beratung braucht.»

Fatima war eine wunderschöne, üppige Brünette mit

sahnig weißer Haut und einem Dekolleté, um das man sie nur beneiden konnte. Sie begrüßte Pauline wie eine alte Bekannte und sagte mit einer sanften, melodischen Stimme an mich gewandt: «*Bon soir*, Madame. Ich werde mich persönlich um Sie kümmern. Bitte mir zu folgen.»

Pauline gab mir einen aufmunternden Klaps auf die Schulter und rief uns hinterher: «Ich bin schon unheimlich gespannt, was sie aus dir macht – und auf Thierrys Gesicht, wenn er es sieht!»

Fatima führte mich zur letzten Liege der Reihe und half mir, mich zurechtzulegen.

«Haben Sie schon irgendeine Vorstellung bezüglich Ihrer Wünsche, oder soll ich Ihnen als Entscheidungshilfe unsere Mappe zeigen?», fragte sie zuvorkommend.

Ich bat um die Mappe und blätterte staunend durch die Seiten voller fantastischer Kreationen.

Das in Herzform getrimmte und blondierte Schamhaar war noch das Gewöhnlichste!

Da gab es winzige Rastazöpfe; ein rotes Herz mit einem schwarzen Liebespfeil – «Das wächst aber schneller heraus, als man nachfärben kann!», warnte Fatima, als sie mein Interesse bemerkte –; Blumenwiesen aus grüngefärbtem Schamhaar und eingeflochtenen künstlichen Blüten, so geschickt geschnitten und gefärbt, dass man sofort an samtige Pfirsiche oder Aprikosen dachte; und einige, die auf den ersten Blick absolut unspektakulär aussahen, bis Fatima mich darauf hinwies, dass es sich um eingeflochtene Haare handelte, um die Haarpracht üppiger erscheinen zu lassen, als sie von Natur aus war.

«Ich denke, ich nehme das da», entschied ich, und zeigte auf das Foto einer kahlrasierten Vulva, auf der die verbliebenen Reste des kurzgeschorenen Schamhaars keltisch anmutende Arabesken bildeten.

«Eine gute Wahl, aber sehr zeitaufwändig, weil man

dafür akkurat arbeiten muss», gab Fatima zu bedenken. «Haben Sie viel Zeit mitgebracht?»

Ich verneinte, und sie riet mir daraufhin zu einer einfachen Kurzhaarfrisur mit heller gefärbten Spitzen und einem leicht geschwungenen oberen Abschluss. «Eine perfekte Frisur für diese Mode mit dem Gold-Honig-Puder. Sieht phänomenal aus, wenn Sie den Goldstaub darauf verteilen!»

Als ich sie verständnislos anblickte, lächelte sie, griff in das Regal hinter sich und holte eine hübsch verzierte Glasdose herunter. «Der Honigstaub ist zum Ablecken vom Körper bestimmt», erläuterte sie und ließ mich einen Blick in die Dose werfen. «Möchten Sie kosten?» Und schon war sie aufgesprungen und erschien mit einem langstieligen Löffelchen und einem Untersetzer wieder, den sie mir anbot.

Ohne lange zu zögern, tauchte ich den Löffel in den Puder und schob ihn mir in den Mund. Es schmeckte tatsächlich nach Honig. Honig in Pulverform. Begeistert versuchte ich, das Etikett zu entziffern. «Wo kann ich das bekommen?»

Vor meinem inneren Auge tauchten verlockende Bilder auf. Von Thierry, der sich über meinen golden bestäubten Körper neigte, um mich Zentimeter für Zentimeter abzulecken. Von ihm, den prallen Penis goldglitzernd, und mir, die ihn tief einsaugte, die Süße schmeckte und ihn …

«Bei mir. Ich schicke Ihnen eines in die Garderobe, wenn Sie wollen», bot Fatima an und nahm mir das Löffelchen und den Untersetzer wieder ab.

«*Alors*, dann wollen wir mal sehen, wie Ihr Haar reagiert.»

Irgendwie surreal, schoss es mir durch den Kopf, als sie sich über mein Schamhaar beugte, es befingerte, zwischen den Fingern rieb – alles so, wie man es von einem normalen Friseurbesuch gewohnt ist. Nur dass das Haar, dessen Beschaffenheit sie so konzentriert überprüfte, sich diesmal zwischen meinen Oberschenkeln befand.

«Es ist kräftig, nicht allzu stark gekraust – das ist gut, weil man es dann besser färben kann», erläuterte sie mir. Mit einem kleinen Taschenkamm fuhr sie durch das Dickicht, nahm einzelne Haare zwischen zwei Fingerspitzen und zog sie gerade. «Ziemlich lang. Sie werden sich wundern, wie gut es sich anfühlt, wenn es erst getrimmt ist», versprach sie mir und ging einen Utensilienwagen holen, aus dessen Fächern jede Menge Scherengriffe, Bürsten, Tuben und Fläschchen ragten.

Vorsichtig strich sie über meine Schamlippen, und unwillkürlich zuckten sie, sehnsüchtig nach einer Liebkosung. Ich musste noch von vorhin prall geschwollen und feucht sein. Peinlich berührt fühlte ich, wie ich errötete. Aber Fatima blieb gelassen.

«Gut, dass Sie schon geschwollen sind, sonst müsste ich Salome rufen, damit sie Ihnen eine Spezialmassage gibt. Wir rasieren nur, wenn die Haut anständig gespannt ist.» Sie wies mit dem Kopf auf eine Liege weiter unten in der Reihe, auf der eine ältere Blondine mit geschlossenen Augen leise vor sich hin stöhnte, während eine junge Frau damit beschäftigt war, ihre Schamlippen zu bearbeiten.

Behutsam drückte Fatima meine Schenkel weit auseinander und begann, mit einer Schere das lange Schamhaar auf eine Länge zu stutzen, die den Einsatz des elektrischen Trimmers erlaubte. «Wenn es noch zu lang ist, ziept es furchtbar», sagte sie, ohne aufzublicken, und sah so auch nicht mein ängstliches Gesicht.

Jemanden, auch einen Profi wie Fatima, in unmittelbarer Nähe meiner empfindlichsten Körperstellen mit einer Schere hantieren zu sehen machte mich hochgradig nervös. Wenn sie nun ausrutschte oder niesen musste?

Ich musste all meine Selbstbeherrschung aufbieten, um auf der Liege nicht unauffällig höherzurutschen, weg von ihr und den klappernden Scherenhälften.

Ich war richtig erleichtert, als sie sie endlich beiseitelegte und nach dem Trimmer griff.

«Wenn es zu schlimm wird, sagen Sie Bescheid», wies Fatima mich in einem Ton an, der besagte, dass sie nicht ernsthaft mit dieser Möglichkeit rechnete. Und tatsächlich, das leise Summen, das die Tätigkeit des Trimmers untermalte, wirkte seltsam beruhigend. Ich entspannte mich wieder, begann sogar, es angenehm zu finden.

Sie hatte an den Außenseiten begonnen und dabei meine äußeren Schamlippen jeweils kräftig hochgezogen, um die nachgiebige Haut in der Leistenbeuge straff zu halten. Jetzt konzentrierte sie ihre Aufmerksamkeit auf die feuchten, angeschwollenen Bereiche, in denen die Haargrenze verlief. Immer wenn sie dabei versehentlich meinen Kitzler berührte oder über die inneren Schamlippen strich, durchzuckte mich intensive Lust.

Ungeachtet der äußeren Umstände empfand ich ihre routinierten Handgriffe als extrem aufregend und lustvoll.

Als sie endlich mit ihrer Arbeit zufrieden war, stand ich kurz vor dem Orgasmus und musste mich zusammennehmen, um gebührendes Interesse an dem Anblick meines sorgsam gestutzten Schamhaars zu heucheln, den sie mir stolz mittels eines Spiegels präsentierte.

Aber es sah wirklich gut aus: Das Haar, das jetzt mehr an eine Art kurzgeschorenes Fell erinnerte, endete am oberen Rand des Venushügels in einem leicht geschwungenen Bogen, die Leistenbeuge war nun absolut haarfrei, und meine eigenen Schamlippen wirkten seltsam fremd auf mich, überzogen von dem sauber begrenzten, kurzen Fell.

«Jetzt bitte nicht erschrecken», sagte Fatima und ließ die Beinhalter hochfahren. «Die Analfalte rasiere ich am liebsten nass, das geht am besten. – Vielleicht kitzelt es ein bisschen. Ganz locker, nicht verkrampfen …»

Der Rasierschaum, den sie hineinsprühte und danach sanft in die Haut einklopfte, kitzelte tatsächlich ein wenig. Aber es war durchaus angenehm.

«Nicht bewegen», warnte die Friseuse, und dann fühlte ich kalten Stahl.

Der handliche Nassrasierer glitt über die empfindliche Haut zwischen den Pobacken. Fatimas Hände zogen meine beiden Hinterbacken weit auseinander, legten die Analspalte frei, und das kalte Metall drängte sich dazwischen.

Überrascht registrierte ich, dass die Lustgefühle, die Thierrys Finger in meinem Anus geweckt hatte, wieder erwachten. Die raschen Striche, mit denen Fatima das Haar abschabte, wurden durch den Schaum zu Liebkosungen, die mich streichelten. Meine unerwartet intensive Lust überraschte mich, aber ich gab mich ihr hin, entspannte mich, genoss die Berührungen, die den Wunsch in mir weckten, dass etwas, ein Finger zum Beispiel, sich durch den glitschigen Schaum bewegen, meine Rosette umschmeicheln und dann eindringen würde.

Fantasien durchzuckten mein Hirn, in denen Fatima beiseitetrat und einem schlanken Fremden Platz machte, der sich zwischen meine Schenkel stellte, meine Knie auf meine Schultern niederdrückte und dann langsam, ganz langsam in mich eindrang, mich füllte, bis ich das Gefühl kaum noch ertragen konnte.

Und als ob er es gespürt hätte, zog er sich zurück. Langsam, ganz langsam. Die Nerven brauchten Zeit, um diesen neuen Reiz zu akzeptieren, als lustvoll zu empfinden.

«So», sagte Fatima und strich ein letztes Mal prüfend mit den Fingern über meine gereizte Haut, die momentan bereits auf den leichtesten Kontakt reagierte. «Jetzt noch die goldenen Spitzen, dann haben Sie es überstanden.»

Aus einem weißen Porzellantopf strich sie großzügig eine Art Fettcreme auf meinen Venushügel. «Die Chemikalien sind hautreizend, fassen Sie bitte nicht mit den Fingern hin, wenn ich die Bleichcreme aufgetragen habe!», warnte sie mich. «Und auch die Beine schön auf Abstand halten!»

Geschickt wischte sie die Fettcreme von den Haarspitzen, kämmte sie so, dass sie nahezu senkrecht in die Luft standen, und trug mit einem Pinsel ein nach Chemikalien riechendes Gel auf.

«Jetzt nicht bewegen!», erinnerte sie mich noch einmal und verschwand hinter einem Vorhang.

Ich lag mir selbst überlassen auf meiner Liege und versuchte zur Ablenkung zu erkennen, was auf den anderen Plätzen so vor sich ging. Die waren alle mit mehr oder weniger eifrig plaudernden Kundinnen besetzt, und ich fragte mich, ob irgendeine Dame der besseren Gesellschaft in Paris «untenherum» noch so herumlief, wie die Natur sie geschaffen hatte.

Der Auslastung an diesem ganz normalen Wochentag nach zu urteilen, gingen Fatimas Geschäfte glänzend. Vielleicht sollte ich Elvira vorschlagen, unser Outlet um eine Beautyabteilung zu erweitern? Der Gedanke war verlockend, aber ich ließ ihn wieder fallen, weil ein derart exotisches Angebot nur in einer Weltstadt mit dem dekadenten Flair von Paris ausreichend Interessenten finden konnte, um lukrativ zu sein.

Ein solches Intim-Haarstudio in Stuttgart oder Hannover? Unvorstellbar!

Genau neben mir ließ sich eine junge, knabenhaft schlanke Dunkelhaarige glatt rasieren, und dabei kamen unter dem dichten Haar Tätowierungen zum Vorschein, die mich angestrengt den Spiegel fixieren ließen, im Bemühen, Einzelheiten zu erspähen.

Es wirkte japanisch: bunt und sehr fremdartig. Ich hatte Mühe, die komplexen Formen zu identifizieren. Es schien ein Tier zu sein, jedenfalls erkannte ich zweifelsfrei zwei Augen. Als endlich alles sichtbar geworden war, sah ich einen wunderschön ausgearbeiteten Drachen, dessen äußere Schwingen sich über die prallen Schamlippen zogen, während die Feuerzunge auf die Klitoris wies. Die Klauen am oberen Bereich der Lustspalte schienen sie zu öffnen, darzubieten. Ein opulentes Kunstwerk, das sicher ziemlich schmerzhaft erworben worden war. Ob es aus einem bestimmten Anlass angefertigt worden war?

Fatima riss mich aus meinen Überlegungen. Mit einem großen Wasserbecken, das sie an meiner Liege befestigte, und diversen Tuben ausgerüstet, machte sie sich daran, das Bleichmittel wieder zu entfernen.

Zum Abschluss massierte sie mir ein goldglänzendes Gel hinein und hielt mir stolz einen Spiegel zwischen die Beine: «Gut so?»

Sprachlos starrte ich auf das Bild in dem runden Handspiegel. Es sah großartig aus: die hellen Haarspitzen, der dezente goldene Schimmer – «Fantastisch», hauchte ich und strich versuchsweise mit einer Fingerspitze über mein goldenes Vlies. Nicht mehr drahtig wie gewohnt, nein, seidig schmeichelnd, wie von zahlreichen Spülungen und Kuren verwöhntes Kopfhaar, schmiegte es sich an meine Finger. Es zu streicheln fühlte sich an, als kraulte man weiches Fell.

«Na, das hat sich doch wirklich gelohnt!», befand Pauline und strahlte mich aus dem Spiegel an. «Die Männer bei dir zu Hause werden staunen!»

Die Selbstverständlichkeit, mit der sie davon ausging, dass ich über reichlich Bettgespielen verfügte, schmeichelte mir. Und ich beschloss im Stillen, dass ich einiges an meinem Leben rigoros ändern würde.

Kein Graue-Maus-Outfit, kein ängstliches Zurückscheuen mehr – in Zukunft würde ich mir wie Elvira alles holen, was ich wollte. Und zwar bei Männern, die einzig und allein an meinem Körper interessiert waren, nicht an meinen Buchhaltungskünsten, Französischkenntnissen oder meinen nicht besonders gut entwickelten hausfraulichen Qualitäten.

«Wir haben noch ein wenig Zeit, bis wir Thierry treffen sollten. Komm mit, ich zeige dir ein kleines Geheimnis der Frauen hier!»

Fatima schnalzte tadelnd mit der Zunge und murmelte etwas wie: «Seien Sie bloß vorsichtig! Wenn es herauskommt, gibt es mächtig Ärger!»

Aber Pauline lachte sorglos, tätschelte ihr mit nachlässiger Freundlichkeit die Schulter und meinte: «Keine Angst, Fatima. Wir lassen uns schon nicht erwischen!»

«Was ist das für ein Geheimnis?», fragte ich, neugierig geworden wegen Paulines konspirativer Art, in der sie mich durch verwinkelte enge Gänge führte.

«Psst», befahl sie und legte zur Bekräftigung einen Finger über den Mund. «Sprich ganz leise! Nicht dass man uns hört.»

Gerade wollte ich darauf bestehen umzukehren. In meinem Hinterkopf hielten sich beharrlich Thierrys Schauergeschichten, und der Ärger, vor dem Fatima uns gewarnt hatte, schien mir keine unnötigen Eskapaden wert. Da stoppte Pauline so plötzlich, dass ich fast in sie hineingerannt wäre, und flüsterte: «Hier ist es!»

Sie zog mich neben sich und deutete auf mehrere Gucklöcher in der massiven Wand. «Schau mal!»

Nach einem ersten Blick fuhr ich zurück. «Was soll das, Pauline? Das ist doch die Männertherme, oder?»

«Hmm», gab sie schmunzelnd zurück. «Und zwar der ganz spezielle Bereich … Erzähl mir nicht, du hättest dich nicht schon immer gefragt, was sie so machen!»

Damit hatte Pauline ins Schwarze getroffen. Ich wusste, dass es spezielle «Gay-Pornos» gab, aber leider war in der nahezu unüberschaubaren Sammlung meines verstorbenen Mannes nicht ein einziger dabei. Offensichtlich war die Anziehungskraft praller Titten größer.

Und ich selbst hatte mich nicht dazu überwinden können, unter den süffisanten Blicken der restlichen Kunden diesen Bereich der Videothek zu betreten, nur um meine Neugier zu befriedigen.

Außerdem vermutete ich, dass sie unrealistischer ausfielen als die «normalen» Pornos.

Die Gelegenheit war perfekt. Ich näherte mein eines Auge dem Guckloch und spähte neugierig hindurch.

Der Einrichtungsstil war deutlich maskuliner als im Serailbereich, weniger verspielt. Die klassische Schlichtheit der Säulen, die eine Art Wandelgang von den Becken abgrenzten, harmonierte mit dem unauffälligen Bodenbelag aus hellem Sandstein.

In den Becken, die ich nur teilweise durch eine Lücke zwischen zwei Säulen hindurch sehen konnte, schwammen zahlreiche Badegäste. Andere, allesamt nackt, räkelten sich am Beckenrand oder plauderten auf den Marmorbänken im Hintergrund.

«Das wirkt wie ein ganz normales Schwimmbad», sagte ich eine Spur enttäuscht und versuchte angestrengt, ob im Hintergrund, vielleicht hinter den Säulen auf der anderen Seite, mehr geboten wurde.

«Warum in die Ferne schweifen? Sieh, das Gute liegt so nah», flötete Pauline in grauenhaftem Deutsch. «Siehst du, was sich da unten an der Säule links von dir abspielt?», fügte sie, wieder auf Französisch, hinzu.

Ihrer Beschreibung folgend, lenkte ich meinen Blick auf die beschriebene Stelle, und tatsächlich: Genau in meiner Blickrichtung küsste sich gerade ein Paar, das als Modell für eine klassische Skulptur hätte dienen können: Der eine der beiden jungen Männer war groß, fast schlaksig, mit kurzgeschnittenen blonden Haaren. Der andere, etwas kleiner, wirkte trotz seiner üppigen dunkelbraunen Locken ebenfalls absolut nicht feminin. Sein prachtvoll gebauter Körper war absolut perfekt in seinen Proportionen.

«Was für ein Jammer, dass er schwul ist!», entfuhr es mir bedauernd.

«Wen meinst du? Ach, den. Ja, das haben schon viele bedauert. Aber bei dem ist nichts zu machen. Er ist seit Jahren auf seinen Freund fixiert.»

Das klang richtig romantisch. Gespannt verfolgte ich, wie der Lockenkopf sich aus der Umarmung auf die Knie sinken ließ und den mächtigen Penis seines Freundes so andächtig berührte, als sei er etwas Sakrales.

Kniend umfing er die haarigen Oberschenkel, fuhr über die festen Hinterbacken, während er den Penis mit leichten Küssen übersäte, die seinen Freund ungeduldig von einem Fuß auf den anderen treten ließen.

Verspielt ließ er ihn eine ganze Weile zappeln, ehe er sich erbarmte und die Eichel tief in seinen Mund aufnahm.

Der Große schloss die Augen und legte den Kopf zurück, sodass ich sein ausdrucksstarkes Mienenspiel beobachten konnte, das seine Empfindungen so deutlich widerspiegelte, dass ich fasziniert meinen Blick kaum davon lösen konnte.

Der Lockenkopf schob die Hände zwischen die leichtgespreizten Oberschenkel und begann, mit dem glattrasierten Hodensack seines Freundes zu spielen wie mit einem Sack Murmeln. Erstaunt beobachtete ich, dass er immer wieder dazu überging, abwechselnd mit der nun feuerroten Eichel auch den Hodensack in seinen Mund zu saugen.

Der fast schmerzliche Gesichtsausdruck, die in den Locken vergrabenen Finger und die fast greifbare Anspannung des Körpers verrieten, dass er kurz vor der Explosion stand.

Als spürte er es, richtete der Kleinere sich auf, drehte sich um und präsentierte sein kleines festes Hinterteil.

Einen Augenblick schwankte der von Speichel glitzernde, leicht gebogene Penis, dann bohrte er sich in den Körper vor ihm, verschwand in ihm. Große, kräftige Hände hielten die Hüften eisern fest, zogen sie noch näher, um sie dann unvermittelt von sich wegzudrücken. Er stieß unbeherrscht, wild, den Kopf weit in den Nacken geworfen, und die gutturalen Laute drangen bis zu uns oben in unserem Versteck.

Als er kam, krallten die Finger sich so tief in die schmalen Hüften vor ihm, dass deutliche rote Spuren zu sehen waren, sobald er sich langsam, widerwillig, zurückzog. Der Penis war immer noch beeindruckend dick, glänzend von dem Sperma, das in einzelnen Tropfen zu Boden fiel.

«Ein toller Anblick, nicht wahr?», hauchte Pauline bewundernd und leckte sich abwesend über die Lippen. «Den hätte ich gerne einmal zwischen meinen Schenkeln!»

«Ich denke, er wäre ein bisschen zu viel», gab ich zu bedenken. Er schien mir ungewöhnlich mächtig gewesen zu sein, sowohl was Umfang als auch Länge betraf.

«Doch nicht im Hintern – vorne. Den zu melken müsste richtig Spaß machen!»

Ermutigt von Paulines leichtfertiger Bemerkung, rutschte mir die Frage heraus, die ich mir bereits seit geraumer Zeit gestellt hatte: «Wie machen die das? Ich meine, ich kann mir nicht vorstellen, dass es wirklich angenehm ist …»

«Hattest du den Eindruck, dass es ihm unangenehm war?», fragte sie spöttisch zurück.

«Nein», hauchte ich errötend, weil ich befürchtete, mich als unerfahrene Gans bloßgestellt zu haben. «Ich dachte ja nur ...»

«Na ja, anal möchte ich es mit ihm auch nicht machen», gab Pauline zu. «Dafür sind andere besser geeignet. Es gibt da einen ...» Ihr Blick wurde träumerisch, und sie begann ihre Oberschenkel aneinanderzureiben. «Soll ich dich mit ihm bekannt machen?»

«Vielleicht später», wiegelte ich ab und beobachtete das Paar an der Säule, das jetzt die Positionen gewechselt hatte.

Der Größere stand mit breit gespreizten, angewinkelten Beinen da, beide Hände auf die Knie gestützt, um dem Lockenkopf zu ermöglichen, seinen deutlich kleineren Penis einzuführen.

Er hatte ihn sorgfältig mit Speichel eingerieben, und er war bedeutend zierlicher ausgestattet. Das Glied zitterte ein wenig, als er es mit einer Hand zwischen die Pobacken vor sich führte und mit einem lauten Seufzer hineinstieß.

Die große Gestalt vor ihm rührte sich kaum, schien so unbeweglich wie ein Fels zu verharren, während der Kleinere mit hektischen Stößen seinem Orgasmus entgegenhämmerte.

Wie mochte es sich anfühlen? Ich versuchte vergeblich, es mir vorzustellen. Thierrys Finger hatte vollkommen ausgereicht, um mir das Gefühl des Ausgefülltseins zu vermitteln. Wie ausgefüllt mochte man sich erst mit einem ganzen, hart geschwollenen Penis vorkommen?

«Es ist kein bisschen so unangenehm, wie du zu denken scheinst», sagte Pauline, ohne den Blick von ihrem Guckloch zu lösen. «Man kann lernen, sich so zu entspannen, dass man problemlos solche Prachtschwänze wie den da aufnehmen kann.»

«Jeden?» Ich war immer noch skeptisch.

«Na ja, mehr oder weniger.» Pauline zuckte mit den Schultern. «Es ist wie beim Sport: Manche sind beweglicher als andere, manche finden es unangenehm. Ich denke, es liegt einfach an den verschiedenen Nerven.»

«Du meinst, es ist Gewöhnungs- und Geschmackssache?»

Sie lachte. «Genau. Wenn jemand Interesse daran hat, kann man davon ausgehen, dass er es auch mögen wird. Aber man muss natürlich wissen, wie – sonst kann es ausgesprochen unangenehm sein.»

«Und du?», rutschte mir heraus.

«Ob ich es mag? O ja, vor allem mit Pierre! Das ist der, von dem ich dir vorhin erzählt habe. Er hat mich damals eingeführt, wie man so sagt.»

«Wie läuft das denn ab?», fragte ich nach. Es schien Pauline nicht zu stören, über ihr Intimleben zu sprechen, und ich sah eine günstige Gelegenheit, Dinge zu erfahren, die mich brennend interessierten.

«Nicht hier», sie warf einen Blick zu der Uhr in ihrem Blickfeld. «Komm mit!»

Ich löste mich von dem Anblick des Pärchens, das sich inzwischen voneinander gelöst hatte und nun erschöpft nebeneinander am Fuß der Säule saß.

Hinter Pauline schlich ich den engen Gang entlang, bis wir schließlich eine kleine Abstellkammer erreichten, die Regale voller Reinigungs- und Putzmittel enthielt. Aha, der Gang mit seiner Galerie von Gucklöchern diente also weniger zur Belustigung neugieriger Damen als eigentlich dem unauffälligen Ortswechsel der Reinigungskolonnen!

«Hier sind wir zurzeit ungestört», beruhigte Pauline mich, als ich mich nervös umsah. «Die kommen erst morgen wieder.» Mit diesen Worten ließ sie sich auf einem niedrigen Schemel nieder und schob mir einen zweiten zu.

Ich kam mir vor wie bei den nächtlichen Feiern im Landschulheim.

«Also, was willst du wissen?»

Ich zögerte. Was genau wollte ich denn wissen?

«Am besten erzähle ich dir einfach, wie es anfing», entschied sie und begann: «Als ich Pierre an der Universität kennenlernte, war ich noch schrecklich naiv. Nicht halb so erfahren, wie ich mir zu sein einbildete!» Sie verzog das hübsche Gesicht zu einer Grimasse. «Und ich war fest entschlossen, alles nachzuholen, was ich in der Provinz versäumt hatte!

Auf einer der wilden Partys sprach er mich plötzlich an. Du glaubst nicht, wie geschmeichelt ich war, denn ihm ging ein toller Ruf als Liebhaber voraus. Außerdem sollte er unheimlich wählerisch sein. Na ja, er konnte sich jedenfalls seine Frauen aussuchen, und er hatte diesmal mich ausgesucht! Wie mich die neidischen Blicke freuten!» Der träumerische Ausdruck auf Paulines Gesicht verriet, dass sie die Erinnerung daran immer noch genoss.

«Wir fuhren in seine Wohnung und gingen gleich ins Schlafzimmer. Ich war ganz schön überrascht, als er mir befahl, mich umzudrehen und meinen Rock zu heben.» Sie kicherte vor sich hin. «Jetzt war es an ihm, überrascht zu sein: Ich trug keinen Slip. Meine Freundin hatte mit mir gewettet, dass ich mich nicht trauen würde, einen ganzen Abend ohne Slip …» Pauline schnaubte amüsiert. «Natürlich hatte ich die Herausforderung angenommen. Und nun stand ich mit nacktem Hintern vor Pierre, dem berüchtigten Verführer, und hörte ihn hinter mir heftig atmen. Ich kann dir sagen: Ganz wohl war mir nicht dabei. Es ist schon ein Unterschied, ob man nur selbst weiß, dass man nackt ist, oder ob man von einem Mann gemustert wird. Was, wenn es ihm nicht gefiel? Oder fand er es vielleicht zu ordinär?

‹Machst du das oft?›, fragte er mich, und seine Stimme klang so seltsam heiser, dass mir richtig mulmig wurde.

Ich schüttelte den Kopf und wollte den Rock wieder runterziehen, aber er sagte nur ganz ruhig: ‹Zieh ihn aus, du böses Mädchen. Zieh alles aus und komm dann zu mir ins Bad!›

Mir haben fast die Hände gezittert, als ich mich, so schnell es ging, auszog und ihm nachging. Es war so unwahrscheinlich aufregend», seufzte Pauline und strich sich in einer unbewussten Liebkosung über die Brüste. «Vor allem weil ich damals keine Ahnung hatte, was auf mich zukam!

Pierre war noch vollständig angezogen, stand am Waschbecken und füllte einen Plastikbehälter mit Wasser.

Ich muss ziemlich dämlich geguckt haben, denn er sah mich unter zusammengezogenen Brauen streng an und fragte wie ein Lehrer: ‹Weißt du, was das ist?›

Wozu soll ein Plastikbecher schon gut sein? Sollte ich mir etwa vorher die Zähne putzen? Manche Männer sind da ausgesprochen penibel ...

Allerdings war er für einen Zahnputzbecher viel zu groß. Außerdem hatte er einen komischen Fortsatz unten, an dem ein roter Plastikschlauch hing.

‹Das ist ein Irrigator. Damit werden wir jetzt deinen Darm ausspülen›, sagte er von oben herab, als er merkte, dass ich keine Ahnung hatte, es aber nicht zugeben wollte. ‹Beug dich nach vorne und spreiz die Beine. Du kannst dich auf dem Hocker da abstützen.›

Jetzt wurde es mir doch mulmig. Es ist eine Sache, mit einem Mann zu schlafen, aber ihn an meinem Hintern herumfummeln zu lassen war mir einfach zu peinlich. Ich bin ziemlich streng erzogen worden», fügte sie erklärend hinzu.

«‹Du wirst sehen, es ist überhaupt nicht unangenehm›, sagte Pierre ruhig, griff nach einer kleinen Flasche und spritzte ein paar Tropfen Öl in das Wasser. ‹Im 17. Jahrhundert war das die beliebteste Anwendung der reichen, eingebildeten Kranken. Beug dich nach vorn!›

Ich tat es.

Pierre strich mir eine Art Fettsalbe in die Spalte und massierte meinen Anus so lange, bis ich mich tatsächlich entspannte. Ehe ich es mich versah, hatte er die Tülle hineingeschoben, und ich hörte das Wasser in mir gluckern. Ein verrücktes Gefühl beim ersten Mal, das kann ich dir sagen!

Er hatte nicht zu viel versprochen: Es war wirklich ganz angenehm.

Gerade fing ich an, es richtig zu genießen, als sich plötzlich ein unangenehmer Druck aufbaute. Ich stöhnte erschreckt auf, damit hatte ich nicht gerechnet. ‹Atme ruhig und versuche dich zu entspannen. Wir sind gleich fertig!›, sagte Pierre ungerührt und zog dann langsam die Tülle wieder heraus.

Inzwischen hatte ich das Gefühl, jeden Moment zu platzen, wenn ich es noch länger hinauszögerte, aber ich wollte mich nicht auf die Toilette setzen, während Pierre mir zusah – siehe oben», lachte sie und verzog ironisch das Gesicht.

«Also stand ich, ohne mich zu rühren, und wartete verzweifelt, dass er mich allein ließ. Aber er dachte gar nicht daran.

‹Es ist nicht gut, es so lange einzuhalten›, sagte er und schob mich energisch auf die Toilette. ‹Lass es raus.›

Ich konnte nicht mehr und gab nach. Es war schon überraschend, wie viel Wasser in mir Platz gehabt hatte.

Danach wusch er mich auf dem Bidet, und seitdem ist mir so gut wie nichts mehr peinlich!» Pauline lachte hell auf.

«Wir gingen ins Schlafzimmer, und dort hatte er hinter einem Vorhang so eine Art Gerüst. Zuerst hielt ich es für ein Fitnessgerät, aber es war mehr für seine speziellen Vorlieben als für körperliche Ertüchtigung geeignet.

Wie soll ich es dir beschreiben? Das Kernstück war ein weich gepolstertes Brett, auf dem man mit dem Oberkörper lag und das gekippt werden konnte: von aufrecht bis Kopf nach unten. Die Beine steckten in verstellbaren Beinhaltern und konnten damit in jeder Position fixiert werden. Anfangs war es schon ein ziemlich unheimliches Gefühl, da mit dem Hintern in die Luft gestreckt zu liegen!

‹Nicht erschrecken, ist nur Gleitcreme›, hörte ich Pierres Stimme hinter mir, und im nächsten Moment schob sich wieder eine schmale Tülle bei mir hinten rein, und er spritzte mir etwas Gelartiges ein. Es schmatzte richtig, als er die Spritze rauszog.

‹Als Erstes werden wir dich behutsam zureiten›, kündigte er an und zeigte mir einen schwarzen Gummizapfen. ‹Hier, den kann man ganz langsam aufpumpen und dich so lange dehnen, bis du dich an das Gefühl gewöhnt hast und bereit für mich bist.›

Am Anfang hatte ich ziemlich Schwierigkeiten mit dem Entspannen. Man ist es eben überhaupt nicht gewohnt, den Schließmuskel zu lockern. Aber sobald ich es einmal geschafft hatte, ging es allmählich immer besser. Ich entwickelte so einen komischen Ehrgeiz, und Pierre feuerte mich an: ‹Noch ein paar Millimeter, du schaffst es, du bist schon ganz nah dran.›

Als er schließlich erklärte, ich könne nun jeden Schwanz, der in Paris herumlaufe, aufnehmen, war ich direkt stolz.

‹Jetzt wollen wir doch mal sehen, ob du auch unter realistischen Umständen so schön entspannt bleiben kannst›, meinte er dann und begann, den Zapfen hin und her zu bewegen. Solange er ihn nur ein bisschen drehte, war das okay, aber als er anfing, ihn herauszuziehen und wieder hineinzustoßen, wollte ich ihn für einen kurzen Moment bitten aufzuhören.

Aber er hatte recht: Es nützte nichts, wenn ich so einen aufblasbaren Zapfen aufnehmen konnte, aber beim Stoßen sofort wieder verkrampfte. Also konzentrierte ich mich darauf, ruhig zu atmen und meine Muskeln schön locker zu halten, und sobald ich mich auf den Rhythmus der Bewegungen eingestellt hatte, ging es tatsächlich!

‹Wunderbar, du bist ein Naturtalent!›, lobte er und begann den Zapfen langsam aus mir herauszuziehen. Es war seltsam: eben noch ausgefüllt, gedehnt bis an die Grenzen, und plötzlich diese Leere.

Ich stieß einen Klagelaut aus, und er strich mir beruhigend über den Rücken, während ich spürte, wie etwas Hartes, unerwartet Heißes sich durch mein Poloch drängte und die Leere füllte.

Sein Penis war nicht sehr dick, ich hatte nicht die geringsten Schwierigkeiten, ihn aufzunehmen. Aber es war noch viel aufregender als mit dem Gummizapfen. Ich kann es nicht beschreiben: Ein praller, pochender Schwanz fühlt sich einfach anders an als luftgefülltes Gummi …

Und dann schob er mir einen unglaublich dicken Dildo vorne rein. Er war so dick, dass er ihn ganz langsam einführen musste. Als er ihn endlich ganz drinhatte, blieb er für ein paar Sekunden bewegungslos. Das war vielleicht ein Gefühl: Ich hatte die beiden in mir drin, und es fühlte sich an, als wären sie einer, weil sie sich absolut synchron bewegten.

Später sah ich, dass er ihn sich mit so einem Gürtel angeschnallt hatte. Aber in dem Moment dachte ich überhaupt nichts mehr. Ich hatte den großartigsten Orgasmus, an den ich mich erinnern kann …» Pauline schloss die Augen, lehnte den Kopf an die Schranktür hinter sich und stöhnte genüsslich.

«Und seitdem?», konnte ich nicht widerstehen nachzufragen.

«Seitdem bin ich begeisterte ‹Arschfickerin›, wie der nicht sehr charmante Begriff hier lautet», lachte sie. «Aber es ist wichtig, dass man jemand Gescheites für das erste Mal hat!» Sie wurde ernst. «Eine Freundin von mir hat sich von ihrem Freund dazu überreden lassen, der keine Ahnung davon hatte, und es wurde ein Desaster! Bis man die Entspannung beherrscht, sollte man sich an die dünnen Exemplare halten und die Finger von den dicken lassen.»

«Unter welche Kategorie fällt Thierry?»

«O, là, là – welch eine Frage!» Pauline warf mir einen spöttischen Blick zu. «Ich würde sagen, Thierry liegt im Mittelfeld. Aber wenn du Interesse hast, kann ich dich wirklich mit Pierre bekannt machen. Er ist immer gerne bereit, Neulinge einzuführen, und du bist auf jeden Fall in kundigen Händen.»

Ich versprach, mir das Angebot zu überlegen, und schaute vielsagend auf die Uhr über dem Waschbecken. Pauline folgte meinem Blick.

«Ach herrje, Thierry wird sich langsam fragen, wo wir denn bleiben.» Sie sprang auf und eilte mit wehendem Tuch vor mir her durch das Labyrinth der Gänge. Alleine hätte ich hier vermutlich nie mehr herausgefunden. Überraschend standen wir plötzlich wieder in den Räumlichkeiten von Fatima.

Kapitel 8
Spiele zu dritt

Als sie schließlich vor einem mit Lotosblumen kunstvoll bemalten Portal stoppte, waren wir beide ein wenig außer Atem.

«Diese Galerie ist übrigens ein Frauengeheimnis. Nicht dass du dich Thierry gegenüber verplapperst», erinnerte Pauline mich und stieß den einen Torflügel auf.

«Wie wunderschön!», entfuhr es mir, sobald ich einen Blick hindurchgeworfen hatte.

Der riesige Raum wurde von einer Kuppel überdacht, die so kunstvoll bemalt und angestrahlt wurde, dass sie einem echten Abendhimmel am Rande der Sahara täuschend ähnlich sah.

Verzaubert trat ich ein paar Schritte hinein, als ein Paar hinter mir höflich hüstelte.

Die Becken waren hier mit glattgeschliffenem Sandstein eingefasst, und überall spuckten Krokodilskulpturen Fontänen in das grünlich schillernde, nach Blüten duftende Wasser, auf dem vereinzelt Lotosblüten schwammen.

Im Hintergrund verschwanden immer wieder Paare zwischen den mit Hieroglyphen übersäten Säulen im Dunkeln. Andere tauchten wieder auf und mischten sich erneut unter die Menschen zwischen den Becken. Offenbar gab es hier so etwas wie Séparées.

Eine große Sphinx links von uns bewachte ein kreisrundes Becken, das von einem täuschend echten Wasserfall gespeist wurde. In separaten Becken rechts und links der Felsen, die beinahe hinter der funkelnden Wand aus Sprühnebel verschwanden, wuchsen exquisite Seerosen, unter ihnen blauer, duftender Lotos, der der Stolz jedes botanischen Gartens gewesen wäre.

Und auf einer der dort wie zufällig verteilten Liegen mit ihren schneeweißen Bezügen lümmelte Thierry, einen kleinen Keramikkrug in der Hand, und saugte gelangweilt an einem Strohhalm.

Als er uns erblickte, wich die Langeweile augenblicklich professioneller guter Laune.

«Da seid ihr ja endlich», begrüßte er uns und winkte lässig nach einem der barbusigen Mädchen in den kompliziert gewickelten Röcken, die mit Tabletts die Runde machten.

Ihre spitzen Brüste wippten provozierend, während sie Pauline und mir von den Cocktails anbot.

«Nehmt die Sachmets», riet Thierry. «Die sind heute besonders gut!» Das Mädchen kicherte und drehte das Tablett so, dass sich die Krüge mit der Darstellung einer gefährlich aussehenden Löwin direkt vor uns befanden.

Pauline griff ohne Zögern zu. Ich tat es ihr nach, schnupperte aber noch misstrauisch an der seltsam milchigen Flüssigkeit, als sie bereits einen tiefen Zug nahm und zufrieden seufzend feststellte: «Genau das, was ich jetzt brauche. Das sollten sie auch in den anderen Bereichen einführen!»

Vorsichtig nahm ich einen kleinen Schluck. Es schmeckte nach Kokos, ein wenig nach Zitrusfrüchten und nach etwas sehr süßem Alkoholischem. Was mochte es sein?

Ich versuchte noch, den fremden Geschmack einzuordnen, als Thierry beiläufig sagte: «Hauptbestandteil ist Dattelwein, dazu Arrak, Kokosmilch und Fruchtsaft. Er schmeckt harmlos, ist aber alles andere als das!»

Ich nahm es als die dezente Warnung auf, als die es gedacht war, und nippte mit entsprechendem Respekt an meinem Getränk. Pauline dagegen trank ihren Becher in großen, durstigen Zügen leer und winkte dem Mädchen erneut.

Mein Erstaunen bemerkend, beugte Thierry sich näher zu mir und murmelte: «Sie verträgt es, keine Sorge. Na, hat sich unser kleines Täuschungsmanöver nicht gelohnt?!» Er blickte sich so stolz um, als sei er zumindest Miteigentümer dieser herrlichen Therme.

«Unbedingt», stimmte ich ihm zu und beobachtete aus den Augenwinkeln Paulines Hand, die gedankenverloren mit ihrem zu winzigen, leuchtend blau gefärbten Zöpfen geflochtenen Schamhaar spielte.

«Wie hat es dir bisher gefallen?» Thierry erwartete offenbar einen Bericht.

«Sehr gut», sagte ich zurückhaltend.

«Auch der Schlamm?», neckte Pauline mich grinsend. «Wenn ich mich recht erinnere, hatten es dir doch die Düsen im grünen Becken ganz besonders angetan, stimmt's?»

«Ja, die waren nicht schlecht», gab ich zu und schaute angelegentlich in die andere Richtung.

«Ihr wart doch sicher auch bei Fatima ...», sagte Thierry und schielte auf die königsblauen Zöpfchen, die kess zwischen Paulines hellen Oberschenkeln hervorlugten.

«Natürlich», bestätigte Pauline grinsend und spreizte die Beine, um ihm eine bessere Einsicht zu gewähren. «Aber Fatima fand, dass mein Stil für Marion ein wenig zu extravagant wäre. Sie hat ihr eine eher damenhafte Kreation verpasst. Na los, zeig sie ihm schon!»

Pauline nachahmend, zog ich das dünne Tuch, das ich um mich geschlungen trug, so beiseite, dass mein Venushügel zum Vorschein kam. In dem künstlichen Abendlicht schimmerten die hellen Spitzen in allen möglichen Goldschattierungen. Edel wirkte es und, Pauline hatte recht, damenhaft vornehm.

Thierry kniff die Augen zusammen und betrachtete

mein «goldenes Vlies» mit Kennermiene. Dann nickte er zufrieden und stellte fest: «Fatima hat genau das Richtige für dich kreiert. Es passt zu dir. Nicht zu schrill, nicht zu offenherzig. Wie fühlst du dich damit?»

Er stellte die Frage aufrichtig interessiert. Einen Moment sah ich uns mit meinen alten Augen und konnte ein Kichern kaum unterdrücken. Ich, Marion Wohlgemut, bisher bieder bis auf die Knochen, räkelte mich hier in einer traumhaft schönen Therme neben einem Bild von einem Mann und unterhielt mich mit ihm über mein Schamhaar – wenn das nicht verrückt war!

«Gut», sagte ich dann entschieden und fuhr mit den Fingerspitzen über das kurzgeschorene Haar. «So ist es tatsächlich viel praktischer.»

«Und hübscher», fand er, während seine Hand sich ebenfalls auf das magische Dreieck zubewegte. «Es fasst sich richtig weich an, wie kostbares Fell. Wie bekommt Fatima das hin?»

«Keine Ahnung. Ich denke, sie wird es auch nicht verraten. Dürfte so etwas wie ein Betriebsgeheimnis sein», sagte Pauline und streckte sich träge. «Hast du etwas dagegen, es mit uns beiden aufzunehmen, Thierry, mein Schatz? Marion reibt schon seit längerem ihre Schenkel aneinander, auch wenn sie denkt, dass ich es nicht bemerke, und ich bin inzwischen auch ganz schön heiß. Schaffst du uns beide?»

«Ehrensache!» Thierry zwinkerte mir verschwörerisch zu und flüsterte: «Pauline ist eine gute Liebhaberin – du wirst überrascht sein!»

Nachdem ich ernsthaft erwogen hatte, mich diesem Pierre vorstellen zu lassen, um von ihm in den Analverkehr eingeführt zu werden, war eine Ermutigung zu etwas so Harmlosem wie einem Dreier bei mir nicht mehr nötig – aber das wusste Thierry ja nicht, erinnerte ich mich selbst im Stillen. Gott sei Dank, dass niemand in meinen Kopf sehen konnte!

Wir folgten Pauline, die es plötzlich eilig zu haben schien, in den Schatten der Säulen. Hier herrschte reger Publikumsverkehr, wie ich zu meinem Erstaunen feststellte.

Hinter den Säulen führten diverse, schwach beleuchtete Gänge ins Innere. Zielsicher strebte Pauline auf einen von ihnen zu. Von ihm gingen zahlreiche imitierte Steintüren ab. Einige waren geschlossen, einige standen offen. Das System schien zu funktionieren wie bei den Umkleidekabinen in Schwimmbädern: Offene Türen bedeuteten, dass der Raum nicht besetzt war.

«Wir haben Glück, meine Lieblingskabine ist frei», jubelte Pauline mit kindlicher Begeisterung und stürzte auf eine bestimmte Tür zu. Kopfschüttelnd folgten wir ihr.

Wenn ich aufgrund des Ambientes bereits halb erwartet hatte, mich in einer Art Gruft wiederzufinden, wurde ich angenehm überrascht.

Man glaubte eher, sich auf einer Terrasse im Freien zu befinden. Die der Tür gegenüberliegende Wand wurde zur Gänze von einem Panorama eingenommen, das an Lebensechtheit nicht zu überbieten war. Man blickte auf einen im Licht der untergehenden Sonne schimmernden Fluss, an dessen anderem Ufer sich vor dem Abendhimmel eine malerische Fellachensiedlung unter Palmen abzeichnete.

«Pass mal auf, was gleich passiert», gluckste Pauline und lachte aus vollem Hals, als ich vor dem Riesenrachen, der sich plötzlich aus dem Wasser erhob, zurückzuckte.

«Das ist mein Lieblingsnilpferd», erklärte sie. «Das gibt es nur in diesem Zimmer. Ursprünglich waren sie überall in der Filmschleife, aber als einige Leute sich beschwerten, hat man sie herausgeschnitten. Alle, bis auf dieses! Ist es nicht toll?»

Liebevoll beobachtete sie, wie das mächtige Tier einen Schwall Wasser in die Luft blies, das Maul wieder schloss und in den Fluten versank.

«Kommt der öfter?», fragte ich eine Spur nervös.

«Jede Stunde. Als Zeitsignal», antwortete Pauline, ohne sich umzudrehen, und verfolgte, wie die letzten Wasserringe sich auflösten.

«Wir können gerne in ein anderes Zimmer gehen», schlug Thierry rücksichtsvoll vor. «Wir müssen nicht unbedingt Paulines Schoßtier dabeihaben.»

«Nein, nein, schon gut. Ich weiß ja jetzt Bescheid», wehrte ich ab und sah mich interessiert in dem Raum um. Er war nicht groß, vielleicht sechzehn Quadratmeter, wirkte aber durch die Panoramawand bedeutend geräumiger.

Den größten Teil des Raumes nahm ein luxuriöser runder Diwan, bedeckt von dunkelgrünen Satinlaken, in Anspruch. Mehrere goldene Kissen lagen wie zufällig verteilt darauf. Erfrischungen standen in einer Ecke neben der Tür bereit, in der anderen befand sich hinter einer mit Papyrus verkleideten Schiebewand eine kleine Nasszelle.

Thierry betätigte ein paar versteckte Knöpfe, woraufhin die taghelle Beleuchtung sich auf ein angenehmes Maß reduzierte, leise, orientalisch angehauchte Musik aus verborgenen Lautsprechern erklang und über dem Bett ein Spiegel zum Vorschein kam, der die gesamte Liegewiese widerspiegelte.

Achtlos gegenüber all den liebevollen Details dieses Liebesnest ließ Pauline sich rücklings auf den Diwan fallen und verkündete: «Also, ich weiß ja nicht, wie es euch geht, aber ich bin jetzt unglaublich geil!» Sie zwinkerte mir verschwörerisch zu, bevor sie hinzufügte: «Vermutlich kommt das von all dem Gerede über Analverkehr und so.»

Thierry hob amüsiert die Brauen und setzte sich neben sie auf die Bettkante: «Darüber also sprechen Frauen, wenn sie unter sich sind! Ich habe mich schon immer gefragt, worüber sie sich unterhalten, wenn sie sich geheimnisvoll lächelnd zurückziehen.»

Er wandte sich mir zu und streckte eine Hand aus: «Komm, leg dich zu uns. Was hättest du gerne als Erstes?»

Ein bisschen verlegen ob der Ungezwungenheit der beiden glitt ich neben Pauline auf das Lager, drehte mich auf die Seite und stützte mich auf einem Ellenbogen auf.

Bald, sehr bald, nahm ich mir vor, würde ich genauso selbstverständlich meine Lust einfordern, wie Pauline es tat.

Die räkelte sich gerade mit gespreizten Beinen, ehe sie sich überraschend zu mir drehte und mich tief und leidenschaftlich küsste.

Im ersten Moment wäre ich fast zurückgezuckt.

Sex mit einer Frau hatte ich mir zwar immer wieder einmal in meinen Fantasien vorgestellt – aber die Wirklichkeit war doch etwas anderes.

Die kleine, flinke Zunge in meinem Mund tanzte verspielt, fuhr über die empfindsame Innenseite der Lippen, umfing meine Zungenspitze und saugte an ihr wie ein kleines Tier, das seine Liebkosungen verstreut.

Als sie kurz innehielt, um Atem zu schöpfen, packte sie meine Hände, legte sie auf ihre kleinen, festen Brüste und flüsterte: «Spiel mit ihnen. Pack ruhig fest zu!»

Ihrer Anweisung folgend, packte ich eine und drückte versuchsweise kräftig zu. Pauline stöhnte: «Jaaa, so ist es gut! Kneif die Nippel, zieh an ihnen …»

Während ich damit beschäftigt war, meine Empfindungen zu sortieren, die mir Paulines Küsse und der Kontakt mit ihren Brüsten, deren Brustwarzen jetzt groß und fest zwischen meinen Fingern hervordrängten, bereiteten, hatte ich nicht darauf geachtet, was Thierry tat.

Ich fuhr zusammen, als kräftige Hände meine Hinterbacken packten und zu kneten begannen. Thierry grub seine Finger in das weiche Fleisch, zog es auseinander und knetete es mit mehr Kraft, als ich ihm zugetraut hätte. Unwillkürlich verkrampfte ich mich, presste beide Hinterbacken fest zusammen.

«Nicht anspannen, locker lassen», raunte er mir von hinten ins Ohr, und ich bemühte mich, der Anweisung zu folgen. Aber es war nicht so einfach: Pauline Küsse nahmen mich mehr in Anspruch als erwartet, ihre inzwischen geschwollenen Brüste und riesigen Nippel faszinierten mich, und dann sollte ich mich noch bewusst entspannen!

Mit einem lauten Stöhnen löste Pauline ihren Mund von meinem und warf sich auf den Rücken. «Ich kann nicht mehr», keuchte sie atemlos und wand sich hin und her. «Los, Thierry, ich brauche dich!»

Hektisch zerrten ihre Hände an seinem Arm, versuchten, ihn über sich zu ziehen. Er löste sich behutsam von ihr und sagte tadelnd: «Sei nicht so unbeherrscht, Pauline! Marion ist noch nicht so weit.»

«Dann leck sie eben!»

Thierry sah mich fragend an.

Ich schluckte. Gab mir selber einen Ruck. «Dann leck mich eben!», wiederholte ich ihre Worte so fordernd, wie ich in Zukunft zu sein gedachte, und war fast so etwas wie stolz auf mich selbst und meine neue Unverfrorenheit.

«Komm, lass mich in die Mitte», wies Thierry Pauline an und zog sie hoch. «Du kannst dich auf mich setzen, und Marion kniet sich über mein Gesicht.»

Er legte sich in Positur, und Pauline zögerte keinen Moment, schwang ein schlankes Bein über seine Hüfte und senkte sich genüsslich aufstöhnend auf sein steil emporragendes Glied.

Fast augenblicklich begann sie, sich auf ihm zu bewegen, ließ das Becken kreisen, rollen. Mit energischem Griff hielt er ihre Hüften fest. «Immer hübsch langsam, nicht so ungeduldig. Lass Marion Zeit, sich richtig hinzuknien.»

Ungeduldig packte Pauline meine Hände, während ich noch ein wenig ungeschickt versuchte, mich so über Thierrys Gesicht zu hocken, dass er mich lecken konnte. «Noch ein Stück vor, jetzt, halt», dirigierte sie mich, beugte sich vor und küsste mich erneut. Tief stieß ihre Zunge in meinen Mund vor, derweil an meiner geschwollenen Spalte Thierrys Zunge kreiste, streichelte, lockte.

Nicht nur seine Zunge – auch seine Finger begannen an meinen geschwollenen Schamlippen zu spielen, fuhren in jede kleine Fältelung, stahlen sich hinein in die nasse Hitze in mir. Dorthin, wo ihre Berührung mich vor Lust unbeherrscht aufstöhnen ließ.

Ohne Paulines Hände, die mit meinen immer noch fest verschränkt waren, hätte ich mich vermutlich nicht aufrecht halten können. Aber so stützten sie mich nicht nur, sondern sie verliehen der Situation einen zusätzlichen Reiz.

Während ich mich wie erstarrt in dem Strudel aus Lust und süßer Qual kaum zu bewegen wagte, ritt Pauline so hemmungslos auf Thierrys Glied, dass ihre Haare flogen. Ihr gerötetes Gesicht, die feuchten Lippen, die halb geschlossenen Augen, der heftige Atem kündigten ihren baldigen Orgasmus an.

Und irgendwie schien dieser Anblick mich meinem Höhepunkt näher zu bringen.

Thierrys Finger bewegten sich in mir, schienen Unmengen von Lustpunkten zu berühren, und bei jeder dieser Berührungen glaubte ich, einen Funkenregen aufsprühen zu sehen.

Ich schloss die Augen, überließ mich dem Wirbel in mir, glaubte auf Wellenkämmen zu reiten, immer höher, immer wilder, und schließlich zerstob alles um mich herum. Mein

Körper schien zu explodieren, und ich empfand nur noch schiere, pure Wollust.

Als ich die Augen wieder öffnete, beobachteten mich zwei besorgte Augenpaare.

«Hier, trink das», sagte Pauline und reichte mir ein Glas, das entfernt an den Sachmet-Becher erinnerte. Thierry stützte mich, während ich durstig den Inhalt hinunterstürzte, ohne mich zu erkundigen, was es war.

«War es zu viel für dich?», erkundigte er sich deutlich beunruhigt.

Ich schüttelte entschieden den Kopf. «Nein, es war wunderbar. So etwas könnte ich immer und immer wieder haben. Ich bin es nur noch nicht gewohnt.»

Erleichtert lachte er auf. «Du wirst ja richtig anspruchsvoll, *chérie*! Nein, nein, lass das! Ich bin ein Mensch und keine Maschine!», wehrte er Pauline ab, die sich spielerisch an seinem jetzt klein und unbedeutend wirkenden Penis zu schaffen machte. «Er braucht eine Atempause.»

«Ach was», kicherte Pauline. «Schau, er wacht schon wieder auf!»

Und tatsächlich füllte die schlaffe Form, die wie ermattet halb zusammengerollt zwischen seinen Schenkeln gelegen hatte, sich zusehends, wuchs und erhob sich schließlich leise zitternd zwischen seinen Beinen.

«Wenn wir dich beide abwechselnd bearbeiten, wirst du in rekordverdächtiger Zeit wieder fit sein», versprach Pauline und senkte den Kopf.

Gespielt resigniert verschränkte Thierry die Arme hinter dem Kopf und legte sich zurück.

Ungeduldig wartete ich, dass ich an die Reihe kam. Als Pauline endlich den Kopf hob und mir über einem von ihrem Speichel glänzenden dunkelroten Phallus zulächelte, konnte ich es kaum abwarten, ihn in meinem Mund zu fühlen.

Meine Hast zügelnd, tippte ich vorsichtig mit der Zungenspitze auf das kleine Loch ganz oben auf der Eichel, versuchte, sie ein klein wenig hineinzuschieben. Fuhr über die leicht runzlige Oberfläche, den vorspringenden Rand, der in den Schaft überging. Dort fühlte die Haut sich tatsächlich samtig an, während die Eichel mich mehr an nasse Seide denken ließ.

Unter Paulines Speichel schmeckte ich etwas leicht Salziges, Würziges – Spuren ihrer Säfte von vorhin, die immer noch auf der Haut hafteten.

Und Thierry selbst: Behutsam, um nichts falsch zu machen, griff ich nach den Hoden, die unter dem prachtvollen Glied ein Schattendasein führten. Sie waren haarlos. Deutlich konnte ich die zwei Kugeln unter der dünnen Haut fühlen, diese magischen kleinen Dinger, die für jeden Mann die Quintessenz seiner Existenz darstellen.

Sie waren ziemlich hart. Ich hatte sie mir früher immer weicher vorgestellt, mehr wie Trauben oder reife Stachelbeeren, aber sie fühlten sich eher wie die Murmeln an, die wir früher so begeistert auf dem Schulhof getauscht hatten.

Genauso wie Murmeln ließen sie sich in ihrem Hautsack umherrollen. Versuchsweise beugte ich meinen Kopf darüber und probierte, ob ich eine davon in meinen Mund saugen konnte.

«Pass auf ...», kam Thierrys Stimme ein wenig gepresst von oben, und ich konnte ein Grinsen nicht unterdrücken. Hatte er Angst, ich würde sie verschlucken?

Aber ich ließ sie wieder herausgleiten und vergrub meine Nase in Thierrys Leiste. Er roch berauschend. Unter all dem Öl und den duftenden Essenzen, mit denen unsere Körper hier verwöhnt worden waren, erregte mich seltsamerweise sein natürlicher, animalischer Geruch am meisten. Nur noch schwach, aber unverkennbar – die leichte Moschusnote. Ein persönliches Parfüm, wie er es sich besser nicht hätte wünschen können.

Begeistert schmiegte ich mich tiefer in seinen Schritt, ungeachtet der drahtigen Haare auf Oberschenkeln und Bauch, die mich im Gesicht kitzelten.

Auch Thierrys Schamhaar war sorgfältig rasiert. In dem Bereich, aus dem der Schaft aufstieg, störte nichts den großartigen Anblick des bis zum Platzen angeschwollenen Gliedes.

Bewundernd streichelte ich diesen Phallus, zuerst mit den Fingerspitzen, danach mit der Zunge. Langsam und gründlich leckte ich ihn ab, Zentimeter für Zentimeter, bis ich wirklich alles erkundet hatte.

Thierrys Schenkel unter mir begannen leise zu zittern, und die Bauchdecke flatterte.

«Ich glaube, er ist gleich so weit», konstatierte Pauline fachmännisch. «Leg eine Hand fest um den Schaft und drück so fest zu, wie du kannst. Damit kann man ihn vielleicht noch mal bremsen.»

«Ich glaube nicht, dass das noch hilft», keuchte Thierry, und dann durchlief ihn ein Zittern. Unter meinen Fingern spannten sich die Muskeln an, ungeachtet meines festen Drucks spürte ich, wie sich eine Lawine aufbaute, und ich bilde mir immer noch ein, es gespürt zu haben, als sein Sperma in hohem Bogen herausschoss und langsam im grünen Satin versickerte.

«Ich fürchte, für heute muss ich mich abmelden», sagte er bedauernd und kniff mich scherzhaft in eine Brustwarze. «Puh, bin ich erledigt!» Er stieß den Atem in einem großen Seufzer aus.

Im gleichen Moment tauchte genau hinter ihm wieder das Nilpferd auf und blies seine Wasserfontäne in die Luft. Pauline und ich sahen uns an und brachen in schallendes Gelächter aus.

«Als hätte er dich gehört: Brüder im Geiste!», prustete Pauline und tätschelte ihm die Wange. «Armer kleiner Thierry!»

Ich muss zugeben, dass ich trotz meines überwältigenden Orgasmus durchaus noch Appetit verspürte – Appetit auf Pauline.

Gierig verschlang ich ihren lasziv auf dem Diwan ausgestreckten Körper mit den Augen, raffte meinen Mut zusammen und streckte eine Hand aus, um versuchsweise über ihre von einem feinen Schweißfilm seidig schimmernde Flanke zu fahren. Wie mochte diese zarte Haut schmecken? Unbewusst leckte ich mir die Lippen. Und als sie sich, ohne auch nur einen Augenblick zu zögern, zurechtlegte, konnte ich einfach nicht widerstehen, meiner Neugier nachzugeben.

Meine Zunge wanderte über ihre Seite, hinüber auf den leicht gerundeten Bauch, tauchte in den winzigen Krater ihres Nabels, weiter über die Leiste bis auf den Oberschenkel, dessen Innenseite sich so unglaublich weich anfühlte, wie ein Blütenblatt.

«Ja, das ist gut», stöhnte Pauline und streckte eine Hand aus, um meinen einen Nippel zwischen ihren Fingern zu rollen und zu kneten, bis er erneut hart und empfindlich war.

Unter den blauen Rastazöpfen waren ihre Schamlippen dermaßen angeschwollen, dass ihr Eingang fest verschlossen war. Sie war so heiß und feucht, dass es mich nicht überrascht hätte, wenn Dampfwolken aufgestiegen wären.

Sanft fuhr ich mit der Zunge erst über die äußeren Schamlippen und drängte sie zärtlich beiseite, um die inneren streicheln und lecken zu können.

Ich ließ mir Zeit, denn ihr Geschmack und ihr Geruch begeisterten mich. Ob alle Frauen solch einen berauschenden Duft verströmten?

Aber schließlich drang ich in ihre Scheide vor: eine heiße, nasse Höhle, aus der Paulines mich bis zum Wahnsinn erregenden Säfte liefen. Tief drückte ich mein Gesicht in das nasse, nachgiebige Fleisch, badete es in der reichlich nachsickernden Nässe und sog so tief wie möglich diesen Duft in mich ein, den ich sicher niemals vergessen würde.

Ein leichtes Zucken, Stöhnen, und dann begann sie, sich angespannt hin und her zu winden. «Steck ihr ein paar Finger rein», raunte Thierry an meinem Ohr.

Fast bedauernd löste ich mein Gesicht aus ihrer inzwischen feuerrot leuchtenden Scham und schob zwei Finger in ihre Scheide. Auch dort zarte Seide, so glitschig, dass meine Finger wie durch Honig glitten.

Behutsam schob ich einen dritten Finger nach, spannte die nachgiebige Haut und begann, meine Hand vor und zurück zu bewegen.

Dabei suchte und fand ich ihre Klitoris, einen überraschend großen Knopf am oberen Rand der Spalte, und saugte sie tief in meinen Mund, wie ich es vorhin mit Thierrys Hoden gemacht hatte, massierte sie, zog an ihr.

Pauline stöhnte laut und hemmungslos. Thierrys dunkler Kopf war über ihren Oberkörper gebeugt, während er abwechselnd an ihren beiden Nippeln saugte.

Die Klitoris zuckte, als wollte sie sich mir entziehen, in den Tiefen des Körpers verschwinden, und automatisch presste ich fest die Lippen zusammen, um sie zurückzuhalten.

Pauline bäumte sich noch einmal auf, dass ihr gesamter Körper gespannt wie eine Bogensehne war. Gleich darauf spürte ich an meinem Mund die rhythmischen Zuckungen ihrer Scheidenmuskeln und hörte ihr lautes Keuchen.

«Jaaa ... Mein Gott, war das gut!»

Thierry zwinkerte mir zu und stützte sich auf einen Ellenbogen.

«Du hast übrigens nach guter alter Sitte ein Recht auf Revanche!»

«Natürlich!» Paulines Erschöpfung schien wie weggeblasen, als sie ihn empört anblitzte. «Lass mich nur wieder zu Atem kommen ...»

Insgeheim zweifelte ich, ob ich diesem ungewohnten Maß an Lust gewachsen sein würde. So unersättlich kannte ich mich nicht. Im Allgemeinen hatte ich mich mit einem schnellen Höhepunkt zufriedengegeben und den Vibrator so rasch wie möglich wieder in der Schublade verschwinden lassen.

Entsprechend groß waren meine Zweifel, ob Pauline es schaffen würde, mich noch einmal auf den Gipfel zu führen. Andererseits war ich einfach neugierig, wie mein Körper reagieren würde.

Innerlich darauf eingestellt, von Pauline auf ähnliche Art verwöhnt zu werden, schloss ich die Augen und legte mich auf den Rücken.

«*Non, non* – knie dich hin und beug dich nach vorn», wies sie mich an und gab mir einen unerwartet kräftigen Klaps auf die folgsam präsentierte Hinterseite.

«Autsch», entfuhr es mir, und ich hob automatisch eine Hand, um mir an die malträtierte Hinterbacke zu fassen.

«Thierry, setz dich an die Bettkante und halte ihre Hände fest.»

Er tat wie geheißen, zog aber meine Arme so lang, dass ich praktisch mit dem Oberkörper flach auf dem Diwan lag. Nervös wartete ich auf den nächsten Schlag.

Stattdessen strich etwas Hauchfeines so leicht über meine Haut, dass es kitzelte.

«Eine Straußenfeder», erklärte sie, als sie bemerkte, dass ich den Kopf verdrehte, um zu sehen, was sie da benutzte. «Entspann dich und genieß es!»

Es war unglaublich, welche Empfindungen sie mit diesem relativ einfachen Hilfsmittel bei mir auslöste. Nach einiger Zeit schien meine gesamte Körperoberfläche zu pulsieren, extrem empfänglich für jede noch so leichte Berührung. Die durch Thierrys Hände erzwungene Passivität verstärkte seltsamerweise den Genuss und ließ die Intensität fast unerträglich werden.

Speziell die Innenseiten meiner Oberschenkel schienen empfänglich für die zarten Liebkosungen. Ich begann unkontrolliert zu zittern, gab aber dennoch einen leisen Laut des Protests von mir, als Pauline mit den Worten «Mir scheint, sie hat ihren Zweck erfüllt» die Feder zur Seite legte.

«Erschrick nicht, wenn es anfangs ein wenig brennt», sagte sie vorausschauend und verteilte etwas Kühles, Fettiges großzügig von der Klitoris bis zum Anus in meine Spalte.

Die Warnung war berechtigt gewesen, denn fast im gleichen Moment begann es nicht nur ein wenig zu brennen, sondern fast unerträglich zu jucken.

«So, und jetzt noch das ...»

Ehe ich instinktiv meine Pobacken zusammenpressen konnte, hatte sie etwas, das sich wie eine große Walnuss anfühlte, in meinen Anus geschoben. «Wenn das nichts bewirkt, bist du tot!», bemerkte sie gelassen und tätschelte beruhigend meine Hinterbacken. «Versuch gar nicht erst, es herauszupressen. Erstens schaffst du es garantiert nicht, und zweitens wäre es schade drum ...»

Sie hatte recht: Das dubiose Ding blieb nicht fest. Es schien in meinem Inneren zu zerfließen, sich aufzulösen, und entwickelte dabei eine Glut, die meinen ganzen Unterkörper durchdrang.

«Ein Geheimrezept aus Südindien», sagte Pauline, als sei zumindest eine oberflächliche Erklärung angebracht. «Man soll es nicht zu häufig anwenden, aber es ist doch echt toll, nicht?»

Ich konnte ihr nur zustimmen: mein Unterleib, meine Schamlippen – alles schien in Flammen zu stehen. Aber es war keine unangenehme Hitze, eher eine intensive Wärme, die allmählich verebbte.

In dem Maße, in dem das Brennen nachließ, rückte ein Gefühl der Leere in den Vordergrund. Meine Scheide zog sich krampfhaft zusammen, auf der Suche nach etwas, das sie füllte, das sie umklammern konnte.

«Ah, jetzt ist sie gleich so weit», murmelte Pauline hinter mir, und einen Moment darauf fühlte ich, wie sich gleichzeitig in meine Scheide und in meinen Anus etwas Kühles, Glattes schob. Dankbar drückte ich meinen Unterkörper nach hinten, versuchte, den Eindringlingen entgegenzukommen. Es war ein so herrliches Gefühl, dass ich laut aufstöhnte.

Leises Lachen, und dann begann es ohne Vorwarnung in mir zu vibrieren. Die Kälte, die der Spezialvibrator abstrahlte, verband sich mit dem erregenden Eindruck, dass der Teil in meiner Scheide sich rotierend immer tiefer und tiefer wand, bis er den tiefsten Punkt erreicht hatte und ich die Vibrationswellen bis an meine Rippen hinauf zu spüren glaubte.

Währenddessen hatte Thierry seine Hände unter mich geschoben und zog so energisch an meinen Brustwarzen, dass es mir unter anderen Umständen unangenehm gewesen wäre.

Im Augenblick aber schien eine Art elektrischer Spannung meine Nippel mit meinem Unterkörper zu verbinden, und das kräftige Zupfen und Zerren verstärkte die Lust, die alles andere überstrahlte, zu einer nahezu unerträglichen Intensität.

Sie wuchs in mir, schien meinen gesamten Körper in Besitz zu nehmen, und mein ganzes Bewusstsein war nur noch auf den Moment hin ausgerichtet, in dem diese unglaubliche Anspannung sich in einem fulminanten Feuerwerk auflösen und mich erschöpft und glücklich zurücklassen würde.

Tatsächlich war der Orgasmus, der mich plötzlich überwältigte, so stark, dass ich zum ersten Mal in meinem Leben ohnmächtig wurde. Ich hatte den Eindruck, in winzige Teile zu zerfallen und mich als Goldstaub in einem funkelnden Schauer aufzulösen. In meinem Kopf explodierten die glitzernden Goldsterne, und ich versank in samtige, wohltuende Schwärze.

Als ich wieder zu mir kam, hatten die beiden mich bequem gelagert und musterten mich mit dem Ausdruck unterdrückter Besorgnis.

«Haben wir dich überanstrengt, *chérie?*», fragte Thierry und fühlte unauffällig meinen Puls.

«Ach wo», winkte ich ab und entzog ihm mein Handgelenk, um das Glas entgegenzunehmen, das Pauline mir hinhielt. «Und selbst wenn – das war es auf jeden Fall wert!»

Die beiden atmeten erleichtert aus und wechselten einen Blick.

«Ich hatte den Eindruck, dass du nicht allzu viel Erfahrung hast», meinte Thierry dann und ließ seinen Blick über die traumhafte Szenerie des Nilufers wandern. «Aber Pauline meinte, dass unter deiner teutonischen Sprödigkeit ein Vulkan brodelt, und ich muss sagen: Sie hat wieder einmal richtig getippt.»

Insgeheim schmunzelte ich über die «teutonische Sprödigkeit», doch der Vergleich mit einem Vulkan schmeichelte mir ungemein.

«Vermutlich hat es dir nur an den passenden Möglichkeiten gefehlt», mischte Pauline sich grinsend ein. «So wie du abgegangen bist ...» Sie zwinkerte mir vielsagend zu.

Sie hatte sicher recht. Bedauernd dachte ich an die Jahre, die ich damit vergeudet hatte, so schnell wie möglich und verstohlen meine Bedürfnisse zu befriedigen. Welche Verschwendung! In dieser Zeit hätte ich mit ein bisschen mehr Mut und ein wenig von dem Geschick, das ich dazu benutzt hatte, mein finanzielles Polster aufzuschichten, so einiges von dem erleben können, was ich in den letzten Tagen kennengelernt hatte.

Pauline gähnte und reckte sich ausgiebig, ehe sie sich erhob und meinte, es sei allmählich an der Zeit, die Kabine zu räumen. «Sonst berechnen sie uns noch die Verlängerungszeit – und das wäre unnötig», sagte sie pragmatisch und zog mich in die Senkrechte.

Während ich hinter den beiden den Gang wieder zurück- und durch die Halle mit den opulenten Becken schlenderte, überlegte ich, wie ich am besten auf Paulines Angebot, mich Pierre vorzustellen, zurückkommen sollte. Ihre Erzählung hatte sich in meinem Kopf festgesetzt, und ich war entschlossen, mir eine solche Einführung zu holen. Koste es, was es wolle!

Dazu musste ich allerdings Thierry loswerden, der seinen Job überaus ernst nahm. Sicher wäre auch er bereit gewesen, mich in die anale Liebe einzuführen, aber ich erinnerte mich nur zu gut an Paulines schwärmerischen Gesichtsausdruck, als sie von diesem Pierre gesprochen hatte. Thierry war ein lieber Kerl, und ich mochte ihn gerne, aber für diese Spezialaufgabe wollte ich den Besten!

Sollte ich ihn gleich heute Abend von allen weiteren Pflichten entbinden und mit einem hübschen Extrabonus nach Hause schicken?

Ob er in seiner Berufsehre – und ich hatte den Eindruck gewonnen, dass er durchaus eine hatte – gekränkt wäre, vorzeitig entlassen zu werden?

Die anderen beiden schoben meine Schweigsamkeit auf meine Erschöpfung und plauderten munter, während sie mir voraus in Richtung «Dekontaminierungsschleuse» gingen, was auch immer damit gemeint sein mochte.

Diese Schleuse entpuppte sich als ein strahlend hell erleuchteter Raum, die Wände bemalt mit stilisierten Wellen und Stierköpfen im minoischen Stil, in dem zwei Reihen Frisierstühle vor mannshohen Spiegeln standen. Zwischen ihnen eilten ganze Heerscharen von Friseuren, Kosmetikerinnen, Maniküren umher.

Interessant war besonders ihre Kostümierung. Die entsprach haargenau den Darstellungen auf den Fresken von Knossos. Sämtliche Frauen trugen bodenlange, weite Rüschenröcke, die sie umschwangen und aussehen ließen, als seien sie unterleibslose Puppen. Dafür entblößte das enggeschnürte Mieder freizügig die Brüste und drückte sie nach vorne, sodass die Brustwarzen provozierend vorstanden.

Wie ich beobachten konnte, gingen einige der äußerst gut gelaunten Herren in den Stühlen geradezu begeistert auf die Provokation ein. Vermutlich trugen deshalb einige der Frauen vergoldete Blüten als Brustwarzenschild.

Bei den jungen Männern, die bevorzugt die Damen umsorgten, fiel mir auf, dass sie alle sorgfältig am ganzen Körper rasiert waren. Ihre glatte Haut glänzte von dem Öl, mit dem sie sich eingerieben hatten. Kein Haarschatten verunzierte die perfekte Oberfläche. Sie trugen nichts außer einem winzigen Lendenschurz, der denkbar knapp das Nötigste verhüllte – oder auch nicht, wie ich feststellte, als eine der Damen ihrem Friseur ungeniert das Tuch wegzog, um ihn näher in Augenschein zu nehmen.

Allerdings hatte sie vermutlich nicht damit gerechnet, dass sein Penis, ähnlich der Brustwarzen einiger Minoerinnen, in einer vergoldeten Hülse steckte und darin vor seinem Bauch festgebunden war.

Amüsiert beobachtete ich ihre Enttäuschung, während

der junge Mann sich äußerlich ungerührt nach dem schmalen Stoffstreifen bückte und ihn wieder zwischen seinen Beinen befestigte.

«Hier kann man sich wieder herrichten lassen», erläuterte Pauline das Offensichtliche und hielt Ausschau nach einem freien Stuhl.

«Bitte mir zu folgen», murmelte eine Stimme hinter uns, und einer der jungen Männer tänzelte uns voran in die hintere Ecke, wo noch genau zwei freie Stühle warteten. «Möchten Monsieur warten?»

«Nicht nötig», wehrte Thierry ab, nachdem er sich prüfend durchs Haar gefahren war. «Ich treffe euch dann in der Bar auf einen Nachttrunk, und danach bringe ich Marion in ihr Hotel. *D'accord?*»

Wir nickten synchron und setzten uns in unseren Stühlen zurecht.

«Besondere Wünsche oder nur Wiederherstellen?»

«Es reicht, wenn du mir die Haare wieder trocknest und das verschmierte Augen-Make-up in Ordnung bringst, Mathieu. Ich geh nur noch nach Hause.» Pauline lächelte ihm vertraulich zu und fügte hinzu: «Es war ein langer Abend.»

«Oui», stimmte er ihr ernsthaft zu. «Und Madame …?» Er wandte sich beflissen mir zu. «Nur das Nötigste, bitte», sagte ich und unterdrückte ein Gähnen.

«Ganz wie Sie wünschen.» Er winkte einen Kollegen heran, murmelte ein paar unverständliche Anweisungen und verschwand wieder, um Neuankömmlinge in Empfang zu nehmen.

Während unser junger Mann unauffällig an uns arbeitete, fragte ich Pauline so beiläufig wie möglich: «Sag mal, du hast vorhin erwähnt, du könntest mich diesem Pierre, von dem du erzählt hast, vorstellen. Gilt das Angebot noch?»

«Natürlich!» Pauline schoss mir unter gesenkten Lidern einen maliziösen Blick zu. «Ich hatte mich schon gewundert, dass du nichts gesagt hast. Du schienst interessiert.»

«Ich bin interessiert», gab ich zu und fragte mich, wie man am besten danach fragt, was es kosten würde. Ich entschied mich für den direkten Weg.

«Was nimmt er dafür? Damit ich so ungefähr Bescheid weiß …»

Pauline verschluckte sich fast. «Pierre ist doch kein Callboy! Er ist Dozent für Altgriechisch und Latein.» Sie schüttelte den Kopf. «Es macht ihm Spaß, Neulinge einzuführen. Natürlich nicht jeden, aber wenn ich dich empfehle, wird er dich auf jeden Fall nehmen.»

Sie sprach gedämpft weiter, weil unser Friseur mit diversen Kämmen und Bürsten neben uns auftauchte.

«Gib mir deine Handynummer, dann rufe ich dich morgen im Lauf des Vormittags an und sage dir, ob es klappt. Thierry sagte, du fährst morgen Abend wieder?»

«Ja», nickte ich. «Mit dem Nachtzug. Vormittags habe ich noch ein paar Termine.»

Ursprünglich hatte ich mir den Nachmittag frei gehalten, um ein bisschen Pariser Flair zu schnuppern, an der Seine zu flanieren, vielleicht kurz auf den Eiffelturm zu steigen …

Seltsamerweise schien das alles nicht mehr so wichtig.

«Also muss er sich morgen Nachmittag Zeit für dich nehmen. Das ist eng, aber es wird schon klappen.»

Es klang, als träfen wir eine Vereinbarung über einen Termin bei einem begehrten Starfriseur, dachte ich amüsiert.

«Ich hoffe nur, Thierry ist nicht gekränkt», sagte ich, ohne Pauline anzusehen. Solange ich die volle Zeit bezahlte, hatte er nicht den geringsten Grund, sich zu beschweren, aber ich hätte es doch bedauert, ihn vor den Kopf gestoßen zu haben.

«Gekränkt? Wieso?» In Paulines Stimme klang Verwirrung durch.

«Weil ich ihn dann morgen nicht brauche», erläuterte ich.

Pauline warf den Kopf zurück und lachte so laut, dass die in der Umgebung Sitzenden sich zu uns umdrehten.

«Gekränkt wegen eines freien Tages?», wieherte sie geradezu. «Du hast Vorstellungen! Unser guter Thierry ist froh über jede Atempause. Du kannst ja dein Gepäck bei ihm unterstellen und dich von ihm zum Bahnhof bringen lassen, wenn du dann ein besseres Gefühl hast!»

Ohne meine Führerin hätte ich den Weg zurück zu den Umkleideräumen nie und nimmer gefunden, aber unerwartet rasch standen wir wieder vor der wunderschönen Tür, und Pauline nestelte den Schlüssel von ihrem Goldkettchen.

«Bin ich müde!» Sie gähnte herzhaft, warf ihr Schleiertuch in einen bereitstehenden Korb und griff nach ihrer Unterwäsche.

In einverständlichem Schweigen kleideten wir uns an, gaben unseren Korb mit den Tüchern bei der Garderobiere ab und wünschten der müde wirkenden Frau eine *«bonne nuit»*.

Fast hätte ich vergessen, nach Fatimas Goldstaub zu fragen. In letzter Minute erinnerte ich mich daran, und tatsächlich holte sie unter ihrer Theke ein säuberlich in Seidenpapier geschlagenes Päckchen hervor.

«Was ist denn das?» Pauline beäugte es neugierig wie ein Eichhörnchen.

«Honigstaub», erwiderte ich kurz und knapp und erwähnte nicht, was ich damit vorhatte. Aber das war gar nicht nötig. Meine neue Freundin grinste von einem Ohr zum anderen, hakte mich unter und sagte fröhlich: «Ich bin richtig froh, dass Thierry mich gebeten hat, dich heute Abend unter meine Fittiche zu nehmen. Ich denke, ich hätte mich sonst furchtbar gelangweilt – und so war es doch richtig unterhaltsam!»

So konnte man es wohl auch ausdrücken!

Paulines praktischer Vorschlag hatte einiges für sich, und so sagte ich, als wir neben Thierry an die Bar traten, um unsere Gute-Nacht-Cocktails in Empfang zu nehmen: «Würde es dir etwas ausmachen, wenn ich mein Gepäck morgen tagsüber bei dir lasse, Thierry?»

Er warf mir einen scharfen Blick zu, der meine leichte Unsicherheit registrierte.

«Heißt das, du hast für den Tag eigene Pläne?», fragte er höflich zurück.

«Ja, vormittags muss ich ein paar wichtige Geschäftstermine wahrnehmen und nachmittags …» Ich stockte.

«Nachmittags will sie zu Pierre», plauderte Pauline aus. Ich runzelte unwillig die Stirn. Eigentlich hatte ich nicht vorgehabt, Thierry über solche Details zu informieren. So etwas war schließlich meine Privatsache.

Thierry hob vielsagend die Brauen, nickte verständnisvoll und sagte: «Natürlich, kein Problem. Ich kann dich morgen früh am Haupteingang absetzen, und du rufst mich an, sobald ich dich bei Pierre abholen soll.»

«Ich kann auch zu dir kommen.»

«Bedaure!» Er hob in einer entschuldigenden Geste beide Hände. «Ich habe mich in meinem Kontrakt verpflichtet, meine Privatadresse absolut geheim zu halten. Und die gute Seline ist ziemlich strikt in diesen Dingen …»

«Gut, machen wir es so, wie du vorgeschlagen hast», stimmte ich zu. «Können wir dich mitnehmen, Pauline?»

«Nicht nötig, mein Chauffeur wartet in der alten Remise.»

Auf der Rückfahrt ins Hotel war ich vollkommen zufrieden, still neben Thierry zu sitzen und träge auf die vorüberhuschenden Lichter der Straßenlaternen zu starren.

«Soll ich mit hochkommen?», murmelte Thierry so leise, dass der Chauffeur nichts mitbekam. «Ich kann dich aber auch morgen anrufen, wenn du jetzt lieber allein sein möchtest ...»

«Nein, schlaf bei mir», sagte ich so entschieden, dass ich über mich selbst lächeln musste. Die Veränderungen, die in mir vorgegangen waren, hatten die alte Schüchternheit und Unsicherheit völlig verschwinden lassen. Ich wünschte mir Thierrys Wärme neben mir, seinen geschmeidigen, glatten Körper. Wenn mir danach sein würde, wollte ich ihn berühren, streicheln, besitzen.

Der Wagen hielt vor meinem Hotel, und ich wartete, während Thierry den Mann bezahlte, dann ausstieg und sich beeilte, mir die Tür zu öffnen. Mit dem Selbstbewusstsein einer erfolgreichen Geschäftsfrau schritt ich an seinem Arm die Stufen hinauf.

In der Glastür spiegelte sich das bewundernde Gesicht des Taxifahrers, der gewendet hatte und nun langsam an uns vorbeifuhr. Sein hungriger Blick klebte an meinen Beinen, und in einer Anwandlung von Übermut zog ich wie unabsichtlich den Saum hoch hinauf, um überflüssigerweise mein Strumpfband zu kontrollieren und ihm damit einen ungehinderten Blick auf die ganze Länge meines einen Beines zu gewähren.

«Wenn er an den nächsten Alleebaum fährt, wird es unangenehme Fragen geben», bemerkte Thierry trocken und zog mich ins Hausinnere.

In dieser Nacht schlief ich tief und traumlos, zufrieden wie seit meiner Kindheit nicht mehr. Im Morgengrauen erwachte ich kurz, und für einen Moment überfiel mich die Panik der Orientierungslosigkeit. Wo war ich? Aber dann spürte ich Thierrys warmen, muskulösen Körper neben mir, hörte seinen regelmäßigen Atem und schmiegte mich beruhigt an ihn. Im Schlaf griff er nach mir, zog mich an sich, und den Kopf auf seine glatte Brust gebettet, schlief ich wieder ein.

Kurz darauf saß ich plötzlich in einem Eisenbahnabteil. Wie und warum, war mir unklar, aber solche Fragen interessierten mich seltsamerweise auch überhaupt nicht.

Stattdessen konzentrierte sich meine gesamte Aufmerksamkeit auf den Mann mir gegenüber.

«Kennen wir uns?», fragte er mit einer aufregend rauen Stimme und runzelte, ungehalten über meine unverhohlene Musterung, die gebräunte Stirn.

«Noch nicht», erwiderte ich vieldeutig und lächelte ihn selbstbewusst an.

Blitzartig erweiterten sich seine Pupillen zu dunklen Teichen, in denen sich mein Gesicht mit den lasziv gesenkten Augenlidern und den feuchten, leicht geöffneten Lippen spiegelte.

Am Rande meines Blickfelds bemerkte ich, dass sich unter seiner locker sitzenden Anzughose aus grauem Leinen etwas bewegte.

«Dann sollten wir uns wohl vorstellen», sagte er, und seine Hände hantierten an seinem Schritt, um langsam, aber zielstrebig den Hosenlatz zu öffnen. Fasziniert verfolgte ich die Bewegungen der schlanken, kräftigen Finger. Am rechten Ringfinger trug er einen ungewöhnlichen Siegelring in Form eines Medusenhaupts, in dessen Schlangenhaaren sich das Licht der Leselampe hinter seinem Kopf brach.

Der Hügel auf seinem Schoß brach auf, und aus seinem Gefängnis befreit, schnellte aus dem düsteren Stoff ein prächtiger Phallus. Unwillkürlich schoben sich Bilder aus römischen Wandmalereien in mein Bewusstsein. Dieser leicht zitternde, zum Bersten pralle Penis hätte jederzeit als Modell dienen können!

Seltsam archaisch und fremd wirkte er, wie er da so emporragte.

Vor Bewunderung hatte ich den Atem angehalten, und jetzt konnte ich nicht widerstehen, die Hand nach ihm auszustrecken. Andächtig berührten meine Fingerspitzen den vor Kraft strotzenden Körperteil. Die Haut der Eichel fühlte sich ein wenig rau an, und ein glasklarer Tropfen schimmerte in der winzigen Öffnung an der Spitze. Ich machte gerade Anstalten, den Schaft zu erkunden, als seine Hand vorschoss und meine packte.

«Halt», befahl er mit dieser Stimme, die mir Schauer der Erwartung über den Rücken jagte. «So nicht. Jetzt bist du dran! Zeig mir deine Schätze!»

Gelassen lehnte er sich zurück und verschränkte die Hände hinter dem Kopf.

Ich leckte mir ein wenig nervös über die Lippen und folgte dann seinem Befehl.

Langsam schob ich den engen Rock meines Kostüms über meine Schenkel, bis er sich über meinen Hüften bauschte, und spreizte die Beine. Ich trug keine Unterwäsche, nur halterlose Strümpfe.

Der Luftzug vom leicht geöffneten Abteilfenster strich über die Feuchtigkeit zwischen meinen Schenkeln und machte mir bewusst, dass ich inzwischen für jeden sichtbar geschwollen und nass war. Bereit. Mehr als bereit.

Er beugte sich nach vorne. «Ja», brummte er. «Das sind die wahren Schätze. Komm, zieh die Beine ein wenig an, damit ich sie besser bewundern kann.»

Er packte mich unter den Knien und drückte meine Schenkel so weit auseinander, dass meine Schamlippen sich mit einem leise schmatzenden Geräusch von selber trennten.

«Eine überreife Pflaume, köstlich …»

Ohne meine Beine loszulassen, beugte er sich weit nach vorne, und ich fühlte eine heiße, raue Zunge auf meinem glitschigen, vor Erwartung zitternden Fleisch. Anfangs noch zart, umspielte sie meine Perle, erkundete jeden Quadratzentimeter, um dann zielgerichtet und unaufhaltsam in die Tiefen vorzustoßen. Wie eine glühende Schlange wand sie sich tiefer und tiefer, bis ich glaubte, es keinen Moment länger aushalten zu können.

«Aufhören …», stöhnte ich und wollte doch eigentlich gar nicht, dass es aufhörte.

Er kümmerte sich auch nicht darum, sondern zog mich überraschend mühelos zu sich herüber, hob mich kurz an und ließ mich dann einfach auf seinen dicken, pulsierenden Penis sinken.

So nass wie ich war, bot meine Scheide ihm keinerlei Widerstand, und ich hatte das Gefühl, aufgespießt zu werden. Er füllte mich total aus. Ich hatte das Gefühl, es gab keinen Millimeter mehr, den dieser Phallus nicht erreichte.

Langsam, fast vorsichtig, stieß ich die angehaltene Luft aus, während ich versuchte, mich den immensen Ausmaßen anzupassen.

Er schien zu spüren, dass er mir ein wenig Zeit lassen musste und hielt sich reglos. Die Augen zu schmalen Schlitzen verengt, waren seine Züge erstarrt. Nur die reliefartig vorstehenden Wangenmuskeln und ein gelegentliches Zucken der Lider verrieten seine Anspannung.

Schließlich wagte ich erste Bewegungen, zog meine Scheidenmuskeln versuchsweise um ihn zusammen, streichelte ihn. Er stöhnte auf und packte meine Hüften.

Aus dem ersten lustvollen Zustoßen wurde ein rhythmischer Tanz, der mich immer wieder in die Luft schleuderte, nur um von Neuem aufgespießt, ausgefüllt zu werden.

Jedes Mal, wenn der gigantische Phallus mich durchdrang, wuchs die Lust in mir, bis ich es war, die den Rhythmus steigerte, geradezu verzweifelt die Fingernägel in seine harten Schultern grub.

Gleich musste es so weit sein!

Allem anderen gegenüber gleichgültig, wand ich mich gierig hin und her, die Schenkel fest an seine gepresst.

«*Chérie?* Alles in Ordnung?»

Wütend schlug ich nach der Stimme, die den zum Greifen nahen Orgasmus vertrieb, mich zurückholte aus einem wunderbaren Traum.

«Verdammt!» Ich schlug die Augen auf und fixierte ärgerlich Thierrys besorgtes Gesicht. «Konntest du nicht warten, bis ich fertig war?»

Einen Moment starrte er mich verständnislos an, dann warf er sich auf den Rücken und brach in schallendes Gelächter aus.

«Entschuldige», brachte er schließlich atemlos heraus. «Wenn ich gewusst hätte, dass es ein angenehmer Traum war, hätte ich dich selbstverständlich nicht geweckt.»

So wie er «angenehm» betonte, wusste er genau, wovon ich geträumt hatte. «Ich mache es wieder gut!»

Er beugte sich über mich und zupfte an einer meiner zerzausten Locken. «Wie willst du es?», flüsterte er an meinem Ohr. «Wild, zärtlich, kunstvoll?»

«Wild!», sagte ich und dachte an den prächtigen Penis, der sich so wundervoll in mir angefühlt hatte. Plötzlich packte ich Thierry und drehte ihn mit einem einzigen kräftigen Schwung auf den Rücken.

Überrascht starrte er zu mir auf. Ich ignorierte seine Verwirrung. In einer einzigen, flüssigen Bewegung kniete ich mich über seinen Unterkörper, umklammerte mit meinen Schenkeln seine Hüften und registrierte erfreut seine prompte körperliche Reaktion.

Plötzlich war es mir überhaupt nicht mehr wichtig, was in seinem Kopf vorging. Das Einzige, was für mich momentan zählte, war eine feste Erektion. Der Penis wuchs überraschend schnell, wurde dick und erhob sich leicht zitternd.

Thierry war zierlicher in seinen Ausmaßen als der Fremde im Abteil. Aber sein Penis war hart und dick, und wenn ich die Augen schloss und mich darauf konzentrierte, mir den gigantischen Phallus in meinem Inneren vorzustellen, konnte ich vielleicht einen schwachen Abglanz des überwältigenden Orgasmus erreichen, der sich angekündigt hatte.

Ohne zu zögern, griff ich nach dem inzwischen steinharten Glied und führte es zwischen meine Schamlippen. Ich war immer noch so heiß, dass es sich seltsam kühl anfühlte. Genüsslich aufstöhnend senkte ich mich tief darauf. Langsam, jeden Moment auskostend, bewegte ich meinen Unterkörper wie eine Bauchtänzerin. Versuchte, mit jeder Bewegung andere, neue Nervenenden zu erreichen, die lustvoll auf die Berührung reagierten.

Thierry unter mir begann unwillkürlich, mit Beckenstößen zu antworten, und ich ging darauf ein; hob und senkte mich, den Rhythmus steigernd, immer schneller.

Als ich den Orgasmus näher kommen fühlte, warf ich den Kopf in den Nacken und sah das Gesicht des Fremden deutlich vor mir. Seinen Körper unter mir, in mir.

Wir kamen fast gleichzeitig. Noch während die letzten Lustspasmen in meinem Unterkörper verklangen, spürte ich Thierrys plötzliche Explosion in meiner Scheide, mit der sein Sperma hervorschoss.

Stumm ließ ich mich neben ihm aufs Bett fallen. Es war

zwar nur ein Abglanz des abrupt gestörten Höhepunkts gewesen, aber nichtsdestotrotz fühlte ich mich seltsam euphorisch.

Vielleicht, weil ich zum ersten Mal die Initiative ergriffen hatte?

Erst jetzt wurde mir bewusst, dass es absolut untypisch für mich gewesen war. Marion, die Ängstliche, die immer Bedenken hatte und lieber abwartete! Und doch hatte ich eben tatsächlich, im wahrsten Sinn des Wortes, einen jungen Mann «flachgelegt», wie man es so hübsch malerisch in der Umgangssprache bezeichnete.

«Nicht zufrieden?» Thierry kitzelte mich spielerisch mit der Nasenspitze an der Wange. «Sollen wir es noch einmal versuchen?»

Ich musste lachen. «Nein, nein – alles bestens», beruhigte ich ihn. «Ich habe mich nur gerade über mich selbst gewundert. Elvira wird mich nicht wiedererkennen!»

Er schien erleichtert. «Ja, wie Aschenputtel», stimmte er grinsend zu. «Es beleidigt dich hoffentlich nicht, wenn ich sage, dass du dich unwahrscheinlich verändert hast. Du warst irgendwie so schrecklich ...», er suchte nach Worten, «ja, jetzt habe ich es: bieder. Und jetzt – o, là, là ...!» Er verzog in stummer Anerkennung das Gesicht.

«Das macht nur die neue Frisur», winkte ich in einem Anflug alter Bescheidenheit ab und war doch insgeheim glücklich über das ehrliche Kompliment.

«Nein, auf keinen Fall!» Thierry schüttelte energisch den Kopf. «Das ist nur das Äußere. Wie die Kleider. Nein, es ist etwas anderes: So eine Art Ausstrahlung. Ich kann es nicht beschreiben: Aber wenn du jetzt über die Straße gehst, drehen sich die Männer nach dir um und haben diesen besonderen Ausdruck in den Augen.»

«Welchen Ausdruck?»

«Als ob sie sich nichts Schöneres vorstellen könnten,

als mit dir ins Bett zu gehen, natürlich», sagte Thierry eine Spur ungeduldig. «Erzähl mir nicht, es wäre dir nicht aufgefallen, sonst hättest du den Taxifahrer doch gestern Nacht nicht damit geneckt!»

Ich hatte den Taxifahrer eigentlich nur für besonders geil gehalten.

«Meinst du wirklich?», fragte ich daher skeptisch.

«Probier es aus», schlug er mit deutlich spitzbübischem Lächeln vor. «Du hast doch heute ein paar Termine. Ich wette mit dir, wenn du es darauf anlegst, kriegst du alle Männer, die du willst!»

Nachdenklich starrte ich an die weißgetünchte Zimmerdecke. Konnte er recht haben? Strahlte ich wirklich auf einmal eine so gänzlich andere Botschaft aus?

«Du wirst es schon sehen – wenn du endlich aufstehst. Wann hast du eigentlich diese wichtigen Termine? Es ist gleich halb neun.»

Um Gottes willen! Der Adrenalinstoß, der bei seiner nicht ganz unschuldigen Bemerkung durch meine Adern schoss, katapultierte mich in rekordverdächtiger Zeit ins Bad und durch mein Morgenritual.

«Es ist sehr lieb von dir, dass ich meine Sachen bei dir lassen kann», sagte ich, hungrig mein Croissant kauend. «Sonst müsste ich jetzt alles zu einem Schließfach am Bahnhof schleppen. Ich bin dir sehr dankbar, für alles!»

In meinen Ohren klang das etwas hohl, aber Thierry lächelte mir charmant zu. «Für dich tue ich fast alles, *chérie*! Du bist doch mein größter Erfolg!»

Ich verschluckte mich fast an meinem Croissant. Er hörte sich an wie Professor Higgins, der sich mit der Erziehung seiner Eliza brüstet, dachte ich spontan und öffnete schon den Mund, um zu protestieren. Der naive Stolz in seinen Zügen ließ mich schweigen.

Ganz unrecht hatte er schließlich nicht. Zwar war ich

entschlossen gewesen, meine Garderobe aufzupolieren, aber ohne ihn wäre ich sicher nicht so erfolgreich damit gewesen.

Und meine wundervolle neue Sinnlichkeit, die ich so genoss, wäre immer noch so tief vergraben, dass sie von allein auch weiterhin nie zum Vorschein gekommen wäre.

Vielleicht hätte ich mir hier und da eine kleine Fantasie gestattet, aber nicht mehr.

Also küsste ich ihn ehrlich dankbar auf die unrasierte Wange und sagte: «Ich werde mich bemühen, dir keine Schande zu bereiten. Und jetzt müssen wir los.»

Thierry verzog das Gesicht zu einer Leidensmiene. «Du bist wieder so schrecklich deutsch! Immer in Eile – was macht es schon, wenn du etwas später kommst?»

Aber er schob das Tablett beiseite, von dem wir, auf der Bettkante sitzend, hastig ein notdürftiges Frühstück zu uns genommen hatten, und erhob sich, um meinen Koffer, der transportbereit neben der Tür stand, hinunterzutragen.

Mit dem Talent eines Kammerdieners hatte er, während ich im Bad war, meine neuerworbene Garderobe säuberlich gefaltet und im Koffer verstaut.

Auch das Taxi hatte er bereits bestellt.

Ich musste nur noch im Vorbeigehen meine Rechnung an der Rezeption abzeichnen.

Den mürrischen Mann hinter dem Tresen kannte ich nicht, und so verlief die Prozedur ohne jede Verzögerung.

Ehe ich mich versah, saßen wir bereits in einem der altmodischen Taxis, die Thierry zu bevorzugen schien. Vielleicht, weil der Fahrgastraum durch eine Glasscheibe vom Fahrer abgetrennt war.

«Also, hier ist meine Handynummer», sagte Thierry sachlich und reichte mir einen Zettel, auf dem in überraschend säuberlicher Schrift eine längere Zahlenreihe notiert war. «Sobald du anrufst, fahre ich los. Am besten wartest du unten an der Straße – ich bezweifle, dass ich um die Zeit dort parken kann.»

«Du weißt, wo es ist?», fragte ich sicherheitshalber nach, und er nickte. «Natürlich. Pierres Adresse kennt praktisch jeder aus der Branche.»

Gut. Ich lehnte mich zurück und gönnte mir einen kurzen Augenblick der Vorfreude, bevor ich mich wieder auf die vor mir liegenden Aufgaben konzentrierte.

Kapitel 9
Entdeckungen

In Gedanken war ich bereits bei meinem Termin am Stand unserer schwedischen Firma für Spezialunterwäsche, als ich mich flüchtig von Thierry verabschiedete. Ich eilte, so rasch es meine Absätze erlaubten, quer durch die Halle. Plötzlich ertönte von meinem Handy unangenehm durchdringend der «Walkürenritt», und alle Köpfe in zwanzig Meter Umkreis drehten sich, wie von einem Magneten gezogen, zu mir.

Verdammt, wieso hatte ich nicht daran gedacht, den Ton leise zu stellen? Ich hatte doch damit gerechnet, dass Pauline mich anrufen würde!

Ärgerlich über mich selbst, grub ich das unliebsame, aufmerksamkeiterregende Gerät aus den Tiefen meiner Handtasche.

«*Oui.* Wohlgemut ...», fügte ich noch schnell hinzu, falls es doch jemand anderes war, der mich anrief.

«Marion, bist du's? Du hast wirklich einen komischen Namen!», kicherte Pauline. «Also, pass auf: Pierre empfängt dich heute Nachmittag um vier. Sei bloß pünktlich, da ist er ungeheuer eigen. Hast du was zum Schreiben?»

Hastig zog ich eine alte Metrokarte und meinen Kugelschreiber heraus und versuchte, die Adresse, die sie mir durchgab, einigermaßen lesbar niederzuschreiben.

«Dann viel Spaß! Und vergiss mich nicht!»

«Sicher nicht! Danke für alles, Pauline! Ich hoffe, wir sehen uns nächstes Jahr.»

«Keine Ahnung, wo ich dann bin – aber wer weiß. Es war lustig mit dir. *Bon voyage ...*»

Ich hätte Pauline gerne wiedergetroffen. Gedankenverloren steckte ich alles ein und ging weiter.

«Ist das nicht Frau Wohlgemut? Huhu, Frau Wohlgemut ...»

Die Netzhammer! Ich versuchte, so zu tun, als sei ich dermaßen in Gedanken versunken, dass ich nichts von meiner Umwelt wahrnahm. Leider vergeblich: Das Schlachtschiff steuerte geschickt auf mich zu und schnitt mir den Weg ab.

«Was haben Sie denn mit Ihren Haaren gemacht?», fragte sie mich in strengem Ton und musterte mich kritisch von Kopf bis Fuß. «Sie sehen so anders aus!»

«Nur eine neue Frisur», murmelte ich. «Entschuldigen Sie, ich bin in Eile.»

«Na, so hastig müssen Sie mich nicht beiseiteschieben!», schnaubte sie empört und griff ungeniert nach meinem Arm. «Sie tun ja gerade so, als seien wir kaum miteinander bekannt!»

Vor Verblüffung über diese unerwartete Äußerung blieb ich unwillkürlich stehen, und sie ergriff die Gelegenheit. «Sie sind wirklich irgendwie verändert. Da steckt doch sicher ein Mann dahinter», vermutete sie augenzwinkernd. «Kennen wir ihn?»

Angewidert betrachtete ich ihren grellgeschminkten Mund, die wasserblauen, zu Schlitzen zusammengezogenen Augen, den gierigen Ausdruck.

Was würde sie sagen, wenn ich ehrlich Auskunft gab? Ja, natürlich steckt ein Mann dahinter. Ein hübscher Junge. Ein Callboy, der seinen Job erstklassig macht. Sehr zu empfehlen.

«Werden Sie belästigt, Madame?»

Der Wachmann hob fragend die Brauen und wies mit dem Kopf stumm auf meinen Quälgeist. Frau Netzhammers Gesichtsausdruck mit dem weitoffenen Mund und den aufgerissenen Augen war alles andere als vorteilhaft, dachte ich boshaft. Ehe sie sich wieder so weit fasste, dass sie den netten jungen Wachmann in ihrer bewährten Art fürchterlich herunterputzen konnte, griff ich nach seinem Arm und sagte freundlich: «Danke, sehr nett von Ihnen. Nur ein kleines Missverständnis. Wären Sie so freundlich, mir den schnellsten Weg zu Stand K 189 zu zeigen? Ich fürchte, ich habe etwas die Orientierung verloren.»

Er verbeugte sich. «Selbstverständlich, Madame, mit Vergnügen!»

Seine Augen wanderten mit unverhohlener Bewunderung über meine langen Beine, von denen der knappsitzende Minirock nur wenig bedeckte, registrierten meine schlanke Taille in dem körpernah geschnittenen Blazer und blieben sehnsüchtig an dessen tiefem Ausschnitt hängen.

Thierry hatte recht gehabt! Der junge Wachmann war ohne Zweifel an mir interessiert. Sein stierer Blick erinnerte deutlich an den des Taxifahrers gestern Nacht. Wie er wohl im Bett war? Ungestüm, vielleicht sogar ungeschickt, oder ein ähnlich guter Liebhaber wie Thierry?

Wenn die Zeit nicht so gedrängt hätte …

Aber ich nahm mir vor, in Zukunft prinzipiell solche Gelegenheiten in meine Zeitkalkulation einzubeziehen.

«Einen schönen Tag noch. Und grüßen Sie bitte Ihren Mann», verabschiedete ich mich höflich von der immer noch sprach- und fassungslosen Frau Netzhammer und überließ mich der kompetenten Führung.

Tatsächlich kannte er sich in dem Gewirr der Stände und Gänge bestens aus. Niemals hätte ich allein diese ganzen Abkürzungen gefunden, dank deren wir tatsächlich einige Minuten später vor dem Stand unseres schwedischen Geschäftspartners standen.

Darüber, dass es der richtige Stand war, konnte es absolut keinen Zweifel geben. Der lebensgroße Elchkopf und der runenähnliche Schriftzug «Röde Orm» waren nicht zu verkennen.

«Dürfte ich ... dürfte ich Sie anrufen?», stammelte der junge Wachmann, mutig den Versuch wagend.

Mit ehrlichem Bedauern erklärte ich ihm, dass ich bereits heute Abend den Nachtzug zurück nehmen würde, es also nicht viel Sinn hätte, unsere Telefonnummern auszutauschen.

«Und nachmittags?» Er gab nicht so leicht auf.

Ich musste lächeln. «Der Nachmittag ist auch schon verplant. Tut mir wirklich leid, vielleicht nächstes Jahr, hm?»

So wie es aussah, würde ich nächstes Jahr darauf bestehen, Elvira nach Paris zu begleiten. Ich dachte gar nicht daran, weiterhin brav die Firma zu hüten, während meine Freundin sich amüsierte.

Ob sie es sogar so geplant hatte? Nein, das war unmöglich. Einen Blinddarmdurchbruch kann man nicht planen. Dann war es eben Schicksal gewesen, göttliche Vorsehung oder so etwas Ähnliches.

Spontan stellte ich mich auf die Fußspitzen und küsste ihn auf die Wange. «*Au revoir* – ich verspreche dir, ich werde dann nach dir Ausschau halten!»

Strahlendes Lächeln verscheuchte den enttäuschten Ausdruck. «Ich freue mich darauf. Dann bis nächstes Jahr!» Er verbeugte sich und verschwand in der Menge, die sich den engen Gang entlangschob.

«Na, wen haben wir denn da?», dröhnte es hinter mir. Eine Pranke von der Größe eines Frühstückstellers landete auf meiner Schulter und drehte mich wie eine Puppe. «Entschuldigung – Ihr Profil kam mir irgendwie vertraut vor, aber ich muss mich getäuscht haben. Nichts für ungut». Er streckte mir mit zerknirschter Miene die Rechte entgegen. «Ich bin Sven Herström. Was kann ich für Sie tun?»

«Eigentlich solltest du als Designer einen besseren Blick für Gesichter haben», sagte ich spöttisch und warf mich an seine wandbreite Brust. «Es sind doch nur eine andere Frisur und neue Klamotten!»

Er stutzte, hielt mich ein Stück von sich ab, studierte mein Gesicht und grinste schließlich leicht beschämt. «Auf den Bildern, die ich von dir gesehen habe, siehst du völlig anders aus, Marion. Wie geht es dir? Blöde Frage! So wie du aussiehst, sicher blendend.»

Sven und ich hatten im letzten Jahr viel und gerne miteinander telefoniert. Seit er mir erzählt hatte, dass er ein begeisterter Sammler von Bierdeckeln deutscher Privatbrauereien war, hatte ich ihm immer wieder besondere Exemplare geschickt, für die er sich überschwänglich bedankt hatte.

Daher war unser Verhältnis, obwohl wir uns bisher nicht persönlich getroffen hatten, ein geradezu herzliches. Und daher sagte ich ehrlich: «Du hast völlig recht, Sven. Ich habe die Tage genutzt, mich ein wenig aufzupolieren. Wie findest du es?»

Ich drehte mich vor ihm wie ein Mannequin und wartete gespannt.

Sven wiegte nachdenklich den Kopf mit der Wikingermähne hin und her. «Ich muss mich erst daran gewöhnen. Ich hatte dich mir immer anders vorgestellt, eben wie auf den Fotos von eurer Homepage, wo Elvira auf Femme fatale macht und du die brave Buchhalterin spielst. Da hast du uns alle aber schön hinters Licht geführt!»

Seine blauen Augen schienen jede Einzelheit meiner Erscheinung zu scannen. Endlich nickte er anerkennend: «Perfekt, absolut perfekt. Man würde dich auf Anhieb für eine waschechte Pariserin halten. Wer hat dich gestylt?»

«Thierry. Ein lieber Junge – nicht billig, aber jeden Cent wert. In jeder Beziehung!»

Sven stutzte, dann warf er den Kopf zurück und lachte schallend. Da alle Umstehenden Anstalten machten, neugierig näher zu kommen, zog ich den vor Lachen wiehernden Mann so rasch wie möglich in den hinteren Bereich des Stands und zischte: «Versuch doch bitte, etwas leiser zu lachen! Wenn ich gewusst hätte, dass du es so wahnsinnig komisch findest, hätte ich es dir überhaupt nicht erzählt.»

«Nicht böse sein!» Er wischte sich die Lachtränen aus den Augenwinkeln und zwinkerte mir dabei zu. «Es ist nur so, dass ich immer dachte …» Und erneut begann er, wie auf Kommando, hilflos zu zucken und rumpelnde Geräusche von sich zu geben.

Als er sich endlich beruhigt hatte, stieß er mit einem letzten kräftigen Seufzer die Luft aus und sagte: «Du hättest dich hören sollen! Wie bist du an ihn gekommen?»

«Eigentlich hatte Elvira ihn für sich gebucht», gab ich zu. «Aber sie hatte unmittelbar vor der Messe einen Blinddarmdurchbruch. In der Hektik hat sie wohl vergessen, mich zu informieren, und so fand ich ihn abends in meinem Bett vor.»

Sven riss fasziniert die Augen auf. «Ich bestehe darauf, alles darüber zu erfahren! Möchtest du einen Kaffee – einen anständigen, kein französisches Schlabberzeug?»

Bei Kaffee und schwedischen Mandelkeksen erzählte ich Sven also die Geschichte – natürlich mit einer Menge Auslassungen, die er bemerkte, aber nicht kommentierte.

«Wahnsinn – aber ich freue mich für dich. Du siehst toll aus!», sagte er und trank seinen Kaffeebecher mit dem tanzenden Elch leer. «Aber jetzt zum Geschäftlichen: Wie gefallen dir meine neuesten Kreationen? Hier: Das ist aus feinstem Elchkalbleder …» Wir traten beide an die Ständer vor der Rückwand, die mit einer Fototapete skandinavischer Wälder deutlich auf die Herkunft des Leders hinwies.

Er reichte mir eine schwarze Korsage, die sich tatsächlich so weich wie Samt anfühlte.

«Probier sie doch mal an», schlug er vor. «Hier, der Tanga passt dazu. Es gibt auch Stiefel und lange Handschuhe. Ich habe auch preiswertere Modelle in Rentierleder im Angebot, aber dies ist mein absoluter Favorit!»

Es brauchte nicht viel Überredung. Meine Neugier darauf, wie es sich anfühlen würde, wenn dieses handschuhweiche Nappaleder sich an meinen Körper schmiegte, ließ mich ohne langes Zögern hinter den Vorhang treten, der eine winzige Umkleidekabine abtrennte.

Die Schnürung im Rücken schien mir ziemlich kompliziert, aber man konnte sie auch vorne mit einer langen Reihe schwarzer Häkchen schließen. Also hielt ich mich nicht lange damit auf, die Geheimnisse der Kordelführung zu enträtseln, sondern streifte mein Kostüm samt Büstenhalter ab und schlüpfte in die Armlöcher.

Ich begann am oberen Ende der Häkchenreihe. Mit jedem Häkchen, das ich schloss, schien die Korsage enger zu werden, und als ich den letzten über meinem Venushügel mit dem goldenen Schamhaar einhakte, umfing das Leder mich wie eine zweite Haut.

Der knappgeschnittene Tanga konnte mit zwei Klettbandverschlüssen über den Hüften der Trägerin individuell angepasst werden – so einfach wie raffiniert.

«Wo hast du einen Spiegel?», fragte ich und trat hinter dem Vorhang vor. Svens tiefblaue Augen weiteten sich, und er schluckte hart. «Ich zeige es dir», krächzte er atemlos und ging mir voraus hinter die Fototapete, wobei er sich den Hals verrenkte, um mich nicht aus den Augen zu lassen.

Mit stierem Blick schob er einen riesigen, altmodischen Standspiegel im vergoldeten Rahmen für mich zurecht, und nun riss auch ich die Augen auf: Die schwarze Korsage und der äußerst knappe Tanga unterstrichen meine Kurven so vorteilhaft, dass ich auf einmal wie die Verkörperung einer wilden Sexgöttin wirkte. Die hohen Absätze und die hochangesetzten Verschlüsse des Tangas ließen meine ohnehin nicht gerade kurzen Beine noch länger wirken, die Korsage presste meine Brüste hoch, sodass sie üppig aus dem Dekolleté drangen, und meine Taille schien man mit zwei Händen umspannen zu können.

Sven machte den Eindruck, genau dies versuchen zu wollen, als er wie in Trance hinter mich trat und seine zwei Pranken erstaunlich sanft auf meine Hüften legte.

Ich starrte ebenfalls auf das Paar vor dem dunklen Hintergrund: Der Wikinger und die Amazone – ein Bild wie aus einem Fantasyfilm!

«Meinst du …» Sven räusperte sich und platzte dann mit seiner Frage heraus, als müsse er all seinen Mut zusammennehmen: «Hättest du Lust …?» Dabei drückte trotz der engen Jeans, die er trug, sein erigierter Penis hart gegen mein Kreuz. Er schien riesig zu sein, und schlagartig überfiel mich die Lust darauf, ihn in mir zu spüren, ihn aufzusaugen, auf ihm zu reiten …

Suchend sah ich mich um. «Wo?»

Sven hinter mir stieß einen erleichterten Seufzer aus und grinste. «Du würdest dich wundern, was ich alles an Spezialequipment für besondere Kunden dabeihabe!», sagte er und schob eine Holzplatte beiseite, die ich für einen Teil der Rückwand seines Stands gehalten hatte.

Dahinter befand sich ein winziger Raum, rundum verspiegelt, und an einem großen Haken hing eine Art Schaukel, die durch den Luftzug in leichte Bewegungen versetzt wurde.

«Darf ich vorstellen: Das ist Wolke sieben.» Er hob einen Arm und zog sie mühelos tiefer, sodass ich sie näher betrachten konnte.

Es war eine raffinierte Konstruktion, die vor allem

dazu diente, den Körper so aufzuhängen, dass alle Körperöffnungen frei zugänglich blieben. Mit Hilfe von breiten Lederschlaufen, die um die Oberschenkel befestigt wurden, hing man praktisch frei in der Luft.

Ein ähnlich breiter, steifer Lederstreifen diente als Rückenstütze und ging bis fast zur Aufhängung.

«Wofür sind die?» Ich wies auf drei frei auf dem Streifen verschiebbare schmalere Gurte. «Damit kann man den Oberkörper fixieren», erklärte Sven. «Komm, ich zeig's dir.» Und damit dirigierte er mich genau vor sich, bückte sich und befestigte die samtweichen Oberschenkelmanschetten mit den gleichen praktischen Klettbandverschlüssen, die mir schon am Tanga aufgefallen waren.

«Jetzt pass auf.» Mühelos zog er mich mit einer Hand in die Höhe und ließ den Karabinerhaken der Aufhängung einschnappen. Etwas unsicher sah ich ihm genau ins Gesicht, das mit meinem nun auf der gleichen Höhe war. «Man kann sie natürlich auch so benutzen», fuhr Sven fort, während er schon nach dem untersten Lederband griff, «aber so wird es interessanter.» Geschickt zog er den breiten Gurt um meine Taille fest und hob die Arme, um nach dem extralangen, mittleren Band zu greifen. «Das wird zwischen den Brüsten gekreuzt und dann hinten fixiert. Und manche mögen es, wenn der oberste um den Hals geschnallt wird – aber das ist natürlich Geschmackssache. Soll ich ...?»

«Nein, ich mag nicht Enges um meinen Hals», wehrte ich entschieden ab und probierte, ob die Schaukel sich durch einfaches Vor- und Zurückbeugen in Bewegung setzen ließ.

«Wolke sieben bietet noch andere Möglichkeiten», grinste Sven, und plötzlich sackte ich nach hinten, während meine Beine nach oben befördert wurden. «Das lässt sich natürlich alles frei verstellen!»

Mit sichtlichem Stolz ließ er die Seilzüge wieder in ihre Ausgangslage zurückfahren und trat zwischen meine Beine. «Na, wie findest du sie?»

«Ganz großartig, aber für unser Geschäft vielleicht doch ein wenig extravagant», murmelte ich verführerisch und zog mit beiden Händen gleichzeitig an den Tangaverschlüssen. «Worauf wartest du?» Provozierend hielt ich ihm den Tanga unter die Nase. Der typische Ledergeruch verband sich mit meinem persönlichen zu einer animalischen Note, die mich anstachelte, Sven zu reizen.

Es wirkte, als hätte ich einem Stier ein rotes Tuch vor die Nüstern gehalten. Aus seinem mächtigen Brustkorb stieg eine Art Grollen auf, und sobald seine vor Ungeduld bebenden Hände die Jeans geöffnet hatten, drängte ein Penis heraus, der in seinen Ausmaßen zum Mann passte. Einen Augenblick überfiel mich die Besorgnis, dass er tatsächlich zu groß sein könnte. Dann aber schob ich alle Bedenken beiseite. Ein solcher Gigant begegnete einem nicht allzu häufig, und ich wollte unbedingt wissen, wie er sich in mir anfühlte. Ob er meine Scheide bis zur Schmerzgrenze dehnte?

Unvermittelt sank der große Mann auf die Knie und vergrub sein Gesicht in meinem goldenen Schamhaar, wühlte sich zwischen meine Schamlippen, atmete tief meinen Duft ein und stöhnte lustvoll und ungeniert, während er begann, mich zu lecken.

Er leckte mit dem Genuss eines Menschen, der den weiblichen Geschmack über alles liebt.

Seine Mähne kitzelte mich an der Innenseite der Schenkel, sein heißer Atem strich stoßweise über die nasse Haut.

Er war unwahrscheinlich versiert mit seiner Zunge: Mal strich er langsam und gleichmäßig, fast beruhigend, über mein heißes Fleisch – mal wieder tanzte seine Zungenspitze wie ein eigenes Organ über meine Klitoris und reizte sie so lange, bis ich nur noch hilflos nach Luft rang und bettelte, er möge mich doch endlich kommen lassen.

Wie lange wollte er so weitermachen? Mein gesamter Unterkörper begann vor Ungeduld und Lust zu zittern, meine Beine zuckten unkontrolliert.

Die Lederkorsage, die mich so eng umschloss, dass jeder Atemzug an sie erinnerte, wurde zu einer einzigen Liebkosung.

Als Sven sich endlich erhob und zu seiner vollen Größe aufrichtete, überlief mich ein Schauder der Erwartung.

Bedächtig spreizte er mit den Fingern einer Hand meine Schamlippen, mit der anderen führte er die eindrucksvolle rotschimmernde Eichel an meine Öffnung, setzte sie an und drückte behutsam. Das heiße, nasse Fleisch gab nur langsam nach, aber er zeigte kein Anzeichen von Ungeduld, sondern begann, mit einem Daumen kleine Kreise um meine Klitoris zu ziehen.

Das wilde Lustgefühl, das mich durchfuhr, nutzte er, um immer tiefer einzudringen, und als er plötzlich innehielt und erleichtert den Atem ausstieß, bemerkte ich, dass er tatsächlich bis zum Ansatz in mir steckte.

Die Haut in meiner Scheide wurde so von ihm gespannt, dass ich das Pochen der dicken Ader, die seitwärts an seinem Schaft verlief, tief in mir spüren konnte. Er blieb so lange bewegungslos, bis ich es war, die drängend ihr Becken bewegte, und versuchsweise meine Scheidenmuskeln anspannte. Es war wirklich ein mächtiges Stück, das sie umschlangen und zu melken versuchten.

Als er sich ein Stück zurückzog und gleich darauf wieder in mich eintauchte, war die Empfindung in meinem Inneren so intensiv, dass ich den Atem anhielt. Ich hatte das Gefühl, als würde ein Stück von mir mit herausgezogen und wieder losgelassen.

Eine ungeahnte Lust überwältigte mich, ließ mich meinen Kopf unbeherrscht hin und her werfen und Sven anfeuern, sich doch endlich etwas schneller zu bewegen.

Er gehorchte, und es brauchte nicht mehr als ein paar Stöße seinerseits, um mich zum Orgasmus zu bringen. Die Spasmen, die meinen Körper durchzuckten, waren so heftig, dass ich meinen Körper nicht mehr beherrschen konnte, aber Sven stand wie ein Baumstamm, und seine großen Hände hielten mich so, dass er in mir stecken blieb.

Als sie verebbten, überlief ihn ein Zittern, und dann begann er, sich ebenfalls zum Höhepunkt zu stoßen. Unter halb geschlossenen Lidern beobachtete ich ihn.

Das gewohnte Grinsen war verschwunden.

Stattdessen zeigten die Züge seines markant geschnittenen Gesichts einen überraschend tiefen Ernst. Die Augen geschlossen, die Nasenflügel leicht gebläht und die Zähne so fest zusammengebissen, dass die Wangen wie eingefallen wirkten, schien er mir überraschend schön. Wie die Statue eines nordischen Gottes aus der Sicht eines griechischen Bildhauers. Fremd und doch vertraut.

Mein Körper nach dem Orgasmus war weich und nachgiebig, setzte seinen kräftigen Stößen keinen Widerstand entgegen. Heftig keuchend intensivierte er Tiefe und Geschwindigkeit. Erste Schweißperlen bildeten sich an den Schläfen und auf der Oberlippe, wo ein feiner goldener Schimmer auf einen starken Bartwuchs hinwies.

Obwohl er mich eisern umklammerte, hatte ich das Gefühl, von seinen Stößen katapultartig emporgeschleudert zu werden, und hielt mich krampfhaft an den Seilen von Wolke sieben fest.

Beim letzten Stoß stieß er einen triumphierenden Laut aus, erstarrte, und mit einem letzten gewaltigen Schaudern spritzte er seinen heißen Samen in mich.

Träge wartete ich ab, dass er mich aus meinem Hängesitz befreite.

Als er schließlich seinen immer noch imposanten, nass glänzenden Penis aus mir zog, sah er mir angelegentlich in die Augen.

«Bist du in Ordnung?», fragte er mit leisem Zweifel. Ein wenig steif ließ ich mich zu Boden gleiten und reckte alle Glieder.

«Ich denke schon. Warum sollte ich nicht in Ordnung sein? Kann ich mich hier irgendwo notdürftig waschen?»

Bevor ich mich wieder in die untadelige Einkäuferin Marion Wohlgemut verwandelte, musste ich die nassen Spuren unseres leidenschaftlichen Spiels, die inzwischen an den Innenflächen meiner Beine herunterliefen, entfernen.

Eigentlich rechtfertigte die Frage nicht die hektische Röte, die sich über Svens Gesicht und Oberkörper ausbreitete, aber ich glaubte dann doch, mich verhört zu haben, als er, rot bis über beide Ohren, bat: «Darf ich dich sauber lecken?»

«Wie bitte?»

«Du hast mich schon verstanden. Sag einfach ja oder nein.»

«Oder ‹von mir aus›?», neckte ich ihn und unterdrückte ein Kichern, als er erneut vor mir auf die Knie sank und beinahe ehrfürchtig, am Knöchel beginnend, sorgfältig die Innenseite meines linken Beins sauber zu lecken anfing.

«Ich bin verrückt nach dem Geschmack der Vereinigung», murmelte er fast unhörbar. «Diese Mischung aus Mann und Frau ist einfach perfekt.»

Wie von selbst stahl sich mein Zeigefinger zu der glitzernden Spur, streifte sie. Es roch würzig, leicht moschusartig, eine Spur streng – animalisch. Zögernd streckte ich meine Zungenspitze vor und kostete: Es schmeckte salzig, ein wenig bitter und insgesamt eigenartig. Wirklich mit nichts, was ich kannte, zu vergleichen. Trotzdem konnte ich Svens Hingabe nicht ganz nachvollziehen. Nun ja, wie man so sagt: Die Geschmäcker sind verschieden.

Seine Haare kitzelten ein wenig, als die Zunge höherwanderte, schließlich tief in meine Leistenbeuge tauchte, dann zum anderen Bein wechselte und dort in umgekehrter Reihenfolge ihr Werk fortsetzte.

«So, jetzt bist du wie frisch gebadet», konstatierte er nach einem letzten prüfenden Strich mit der Zungenspitze über meinen goldenen Schamhügel. «Warte, ich hole dir deine Sachen.»

Er verschwand durch die Schiebetür, um einige Augenblicke später mit meinem Kostüm über dem Arm wiederzukommen. «Dein Büstenhalter gefällt mir. Woher hast du ihn?»

«Von der Konkurrenz», sagte ich, während ich mich mit den Häkchen abplagte. Sven lachte. «Schon gut, ich helfe dir. Steh gerade!»

Im Nu hatte er die Korsage geöffnet und streifte sie mir mit einem letzten sehnsüchtigen Blick von den Schultern. «Würdest du sie als Geschenk von mir annehmen? Sozusagen zur Erinnerung an eine wunderbare Begegnung?»

«Lieb von dir, gerne!» Ich lächelte ihm zu. «Vielleicht können wir das ja wiederholen. Wenn wir beide etwas mehr Zeit haben. Was hältst du davon?»

Ein verschmitztes Grinsen erschien auf seinem Gesicht. «Es könnte wirklich sein, dass ich in Zukunft öfter nach Deutschland muss! So kompliziert, wie heutzutage die Verhandlungen mit manchen Geschäftsfrauen sind ...»

Er ließ die Korsage und den Tanga in eine unbeschriftete schwarze Plastiktüte gleiten und reichte sie mir. «Erledigen wir den Rest vorne bei einem Glas Prosecco, einverstanden?»

Wie ganz normale Geschäftspartner saßen wir gleich

darauf vorne an seinem Besuchertisch, und ich zückte die Liste, die Elvira mir mitgegeben hatte.

«Alles klar», sagte Sven nach einem kurzen Blick darauf. «Zu den gleichen Konditionen wie bisher.»

Wunderbar! Elvira wäre begeistert, das zu hören. Zufrieden lehnte ich mich zurück. «Ich würde es gerne mit ein bisschen mehr Leder probieren. Aber nicht so ausgefallen wie mein Designerstück. Was könntest du uns empfehlen?»

«Du meinst, was du normalen, biederen Leuten aus der Nachbarschaft verkaufen kannst?»

«Genau.»

«Da wären die konventionell geschnittenen Garnituren das Beste», meinte er. «Hier, diese zum Beispiel.» Er griff an den Kleiderständer hinter sich und präsentierte mir einen Büstenhalter und Slip in Granatrot. Dass das Ensemble aus Leder war, merkte man erst, wenn man es in Händen hielt.

«Hauchdünnes Velours und trotzdem waschbar», sagte er stolz. «Ein irres Material. Nicht ganz billig, aber wer es kauft, ist begeistert von den Trageeigenschaften.»

«Gut, den nehme ich in A, B und C bis 90. Nein, sagen wir bis 95. Und etwas in Schwarz?»

«Da ist dieses Nappamodell der Renner. Jedenfalls bei uns in Schweden.» Leicht spöttisch hielt er mir einen schlicht geschnittenen Büstenhalter hin, bei dem Löcher für die Brustwarzen frei gelassen waren. «Schau nicht so skeptisch, Marion. Man kann diese Löcher auch weglassen, dann ist es ein völlig normaler BH. Oder was hältst du davon, wenn wir ihn so nähen lassen, dass man kleine Flicken einarbeitet, sodass man ihn offen oder bieder tragen kann?»

Dieser Vorschlag gefiel mir, und wir einigten uns auf eine kleine Lederkollektion, von der Sven prophezeite, sie würde der Renner der Saison werden. Zufrieden lehnte ich mich zurück. Es machte mir mehr Spaß als gedacht, an vorderster Front zu arbeiten. In Zukunft würde ich energischer mitreden und die Zusammenstellung unseres Sortiments nicht mehr allein Elvira überlassen!

Als Nächstes musste ich zu unserem Strumpflieferanten. Als ich Sven zum Abschied auf die Wange küsste, roch ich, wenn auch nur noch als Hauch, den Duft unserer leidenschaftlichen Vereinigung. «Wenn du kommst, bring die Wolke sieben mit», flüsterte ich ihm ins Ohr und entwand mich rasch seinem Griff, ehe er mich erneut in Versuchung führen konnte.

Wer der Ansicht ist, ein Strumpflieferant müsse im Grunde schrecklich langweilig sein, kennt Monsieur Maurice Montval nicht.

Der kleine kugelrunde Herr stammt aus einer alten Elsässer Familie, die schon vor der Französischen Revolution für ihre besonders exquisiten Strumpfwaren bekannt war. Ein solcher Ruf verpflichtet, und so hatte die Familie trotz der Einwände der jüngeren Generation ihre alten Maschinen zur Herstellung originaler Nylons aus der Nachkriegszeit behalten, anstatt sie zu verschrotten.

Nach einigen Jahrzehnten des Dornröschenschlafs hatte Monsieur Montval einen Versuch gestartet und auf einer Messe eine kleine Kollektion der damaligen Strumpfmode vorgestellt. Es war die gleiche Zeit, in der man überraschend begann, den Reiz alter Korsetts und Korsagen wiederzuentdecken, und dazu passten sie natürlich vorzüglich.

Eines Tages hatte er mit einem Musterkoffer vor unserer Ladentür gestanden. Ich weiß noch genau, was sein erster Satz gewesen war, den er in diesem reizenden Akzent, aber mit tiefster Überzeugung aussprach: «Zu einer solch entzückenden Satinkorsage wie der in Ihrem Schaufenster kann man einfach keine Strumpfhosen tragen!»

Sobald er seinen Koffer geöffnet und den Inhalt präsentiert hatte, waren Elvira und ich begeistert.

«Diese alten Nylons», hatte er doziert und ein Paar hauchdünne dunkelbraune Strümpfe mit Naht und hochgezogener Ferse hochgehalten, «werden nur noch von einer Handvoll Betriebe gefertigt – falls es denn überhaupt noch so viele sind! Ein Jammer, denn von dieser Qualität können die heutigen Kundinnen nur träumen. Achten Sie auf diesen Seidenschimmer, wenn ich sie im Licht drehe, die Eleganz der hochgezogenen Ferse ...»

Elvira hatte nicht lange gezögert und reichlich geordert. Nicht nur die alten, klassischen Nylons, in deren Naht wir uns auf Anhieb verliebt hatten.

Monsieur Montval hatte auch Spitzenstrümpfe in allen gängigen Dessousfarben dabei, und ich war glücklich, mich reichlich mit halterlosen Strümpfen eindecken zu können. Es gibt Kombinationen und Situationen, in denen man ganz gerne ohne Strumpfgürtel auskommt, und die Silikonränder saßen perfekt, ohne die Blutzufuhr abzuschnüren.

Ich gehöre nämlich zu den Frauen, die keine Strumpfhosen tragen. Schon als Schulmädchen hasste ich die ständig verrutschenden Zwickel, die Probleme mit den verdrehten Füßen. Und ich verabscheute es, von der Taille bis zu den Fußspitzen in einem unbequemen Plastiknetz zu stecken.

Also hatte meine Mutter mir bei der Geschäftsaufgabe des kleinen Strumpfladens um die Ecke einen Hüftgürtel besorgt, weiß mit blauen Schleifchen, und dazu Strümpfe. Leider erwies es sich als unmöglich, die zarten Strümpfe zu ersetzen. Niemand außer alten Frauen trug damals noch Strümpfe, und da die Industrie es vorzog, Unmengen billiger Strumpfhosen zu produzieren, gab es nichts als blickdichte, abstoßend hässliche Stützstrümpfe.

Diese Kombination aus kokettem Strumpfgürtel und den graubraunen Strümpfen fand ich so abscheulich, dass ich jahrelang nur noch Hosen anzog!

Dann kamen die ersten Halterlosen in den Handel, und ich begann wieder, hier und da einen Rock zu tragen. Allerdings nicht allzu häufig, denn es dauerte immer ein paar Tage, bis die Spuren am Oberschenkel wieder verschwunden waren. Dort, wo der breite Gummirand sich tief ins Fleisch gegraben hatte.

Auch heute trug ich wieder ein Paar von Monsieur Montvals hauchfeinen Strümpfen und dachte dankbar an die Freiheit, die sie mir boten.

Der gute Monsieur Montval! Nachdem wir die geschäftlichen Dinge abgewickelt hatten, hatte Elvira ihn spontan zum Abendessen eingeladen. Während der zweiten Flasche Edelzwicker aus seinem Kofferraum hatte Monsieur Montval die Theorie entwickelt, es sei kein Zufall, dass die Strumpfhose in Amerika erfunden wurde. «Diese schreckliche Prüderie, *Mesdames!*», hatte er geseufzt und mir schaudernd ein Foto aus einer zufällig herumliegenden Zeitschrift unter die Nase gehalten, auf dem eine unnatürlich magere Frau in einer Art Ganzkörperanzug steckte. «Wenn es nach ihnen ginge, würdet ihr Frauen zwar halbnackt herumlaufen, aber von Kopf bis Fuß unzugänglich gemacht werden. Brrr!»

Ganz unrecht hatte er nicht mit seiner Ansicht, es handele sich um einen modernen Keuschheitsgürtel, fand ich, als ich an einem amerikanischen Stand vorbeiging, an dem knochige Models diese sogenannten Catsuits vorführten.

Vom Halsansatz abwärts war jeder Quadratzentimeter

Haut von elastischem Material bedeckt. Wenn eine von ihnen nur zur Toilette musste, war sie gezwungen, sich praktisch auszuziehen. Und obwohl sich der Körper darin überdeutlich zur Schau stellte, entbehrte er doch jeder Erotik. «Ware nur zur Ansicht, nicht berühren!» hätte als Motto über ihnen stehen können.

Machte es vielleicht gerade den erotischen Reiz von Strümpfen aus, dass sie nicht dazu gedacht waren, offen gezeigt zu werden?

Ältere Herren wie Monsieur Montval gerieten geradezu in Verzückung, wenn sie von all der Mühe sprachen, die sie in ihrer Jugend auf sich genommen hatten, nur um helle Haut über dem Rand des Strumpfes aufblitzen zu sehen.

«Ich muss gerade zwölf gewesen sein, nicht älter», hatte er uns damals nach der dritten Flasche mit träumerischer Miene erzählt. «Mein Cousin Albert war zu Besuch, und er war ziemlich frühreif, wie man das damals nannte. Damals trugen alle Frauen diese übertrieben weiten Röcke, die nach dem Krieg plötzlich der letzte Schrei waren. Bei einem Gartenfest überredete er mich dazu, unter den Tisch zu kriechen und von dort aus, im Schutz des langen Tischtuchs, unsere Neugier zu befriedigen.» Monsieur Montval lächelte träumerisch. «Das war vielleicht ein Nachmittag! Heutzutage würde man bei solchen Temperaturen vermutlich nur das Allernötigste am Körper tragen, aber damals wäre keine Frau, die auf sich hielt, auf die Idee gekommen, ohne Strumpfgürtel und Nylons auf ein Fest zu gehen.

Und dann hockten wir dort und mussten höllisch aufpassen, dass man uns nicht entdeckte. Es war der aufregendste Nachmittag meiner Kindheit!» Er nickte wie zur Bestätigung.

«Die Damen versuchten natürlich, es sich angenehmer zu machen, und das Einfachste war, in einem günstigen Moment unbemerkt die Höschen auszuziehen und die Beine zu spreizen. Diese Parade gespreizter weißer Schenkel über braunen Strümpfen …»

Ein sehnsüchtiges Seufzen.

«Es waren alles Nachbarinnen und gute Bekannte. Anfangs wollte ich nicht glauben, was ich sah. Ich hatte mir immer eingebildet, Frauen sähen untenherum so aus wie die Puppen meiner Schwestern: glatt und neutral. Meine Eltern waren ziemlich altmodisch in ihren Ansichten über Kindererziehung, deswegen war ich in diesen Bereichen der Biologie erstaunlich unwissend.

‹Die haben ja alle Haare zwischen den Beinen›, flüsterte ich, im ersten Moment schockiert, Albert zu und kniff die Augen zu. ‹Ich will das nicht sehen, das ist hässlich!›

‹Du Idiot›, gab der zurück. ‹Das ist nicht hässlich, das ist doch fantastisch. Schau nur, wie verschieden sie sind!›

Tatsächlich: Als ich genauer hinsah, fand ich es nicht mehr abstoßend. Im Gegenteil, nur zu gerne hätte ich diese weichen Fellbüschel gestreichelt. Wie sie sich wohl anfühlten? Plötzlich stieß Albert mich an und deutete auf ein Paar besonders weit gespreizter Oberschenkel. Überrascht kniff ich die Augen zusammen: eine große Hand mit dunklen Härchen auf den Fingerrücken lag auf dem Rand des Strumpfes, der, nur von den beiden Strapsen gehalten, in elegantem Bogen den Schenkel umspannte. Die Finger der Hand fuhren langsam den Rand entlang, schlüpften leicht darunter, streichelten die nackte Haut.

Atemlos vor Spannung verfolgten wir, wie sie sich auf den Punkt zubewegte, an dem die Beine zusammentrafen, wo das schwarze Fell so dicht war, dass man eigentlich nichts darunter erkennen konnte.

Die Finger schienen genau zu wissen, was sie wollten. Jedenfalls steuerten sie zielsicher in die Mitte des Haarbuschs, und ich hätte fast aufgeschrien, als er ihn plötzlich öffnete und rotes Fleisch sichtbar wurde.»

Monsieur Montval kicherte amüsiert über seine eigene kindliche Naivität.

«Ich dachte, gleich wird sie fürchterlich schreien und man wird uns entdecken. In meiner Panik wäre ich um ein Haar unter dem Tisch hervorgekrochen, aber Albert blitzte mich so wütend an, dass ich mich vor Schreck nicht rühren konnte.

‹Sei nicht so albern!›, flüsterte Albert verächtlich. ‹Wenn ich geahnt hätte, wie kindisch du bist, hätte ich es alleine gemacht!›

Das kränkte mich! Also riss ich mich zusammen und zwang mich, wieder zu der offenen Frau hinüberzusehen.

Zu meiner Erleichterung blutete sie nicht fürchterlich, wie ich halb erwartet hatte. Das rote Fleisch erinnerte eher an meinen Mund, den ich, wenn ich mich langweilte, gerne mit einem Taschenspiegel erkundete.

‹Ob man da wohl etwas schmeckt?›, überlegte ich. Albert wusste es auch nicht, meinte aber eher nicht.

‹Sie spuckt ja!›, stellte ich erstaunt fest, als glitzernde Tropfen im dunklen Kraushaar erschienen. Es war also doch in gewisser Weise ein Mund, zumindest etwas sehr Ähnliches.

Der große Zeigefinger fuhr inzwischen in dieser Spalte, die der Ursprungsort der Feuchtigkeit zu sein schien, langsam hin und her. Und die Frau bewegte sich, rieb sich an dem Finger.

Plötzlich verschwand er in ihrem Körperinneren. Diesmal schrak ich nicht zusammen, weil ich mich inzwischen damit abgefunden hatte, dass dieser rätselhafte Teil des weiblichen Körpers seine eigenen Gesetze hatte.

Fasziniert verfolgte ich, wie dem Zeigefinger der Mittel- und Ringfinger folgten und die Hand sich vor und zurück bewegte.

Die Frau hatte die Knöchel um die Beine des Stuhls, auf dem sie saß, geschlungen. Vermutlich um sie ruhig zu halten. Damals aber war mir einzig und allein wichtig, dass wir dadurch eine gute Sicht auf alles hatten.

Was hätte ich dafür gegeben, diesen interessanten Teil der weiblichen Anatomie auch einmal berühren zu dürfen. Zu fühlen, wie das krause schwarze Haar unter meinen Fingern federte. Wie mochte es sich anfühlen, wenn man die Finger auf diese dick geschwollenen rotglänzenden Lippen legte?

Albert blähte die Nasenflügel und bedeutete mir, es ihm nachzutun. Eine schwache Duftwolke wehte mir entgegen. Es war ein faszinierender Duft, kaum zu beschreiben – schon gar nicht für einen verwirrten Zwölfjährigen. Aber wenn ich die Augen schließe, kann ich mich immer noch dorthin zurückversetzen und rieche genau diese Note.»

Er schloss die Augen und seufzte verzückt.

«Später habe ich noch viele Frauendüfte gerochen, aber keiner hatte diesen Charme des ersten Mals. Ah, diese perfekte Mischung aus Frau, frischgemähtem Gras, Akazienblüten und Erdbeeren!» Monsieur Montval genoss sichtlich die Erinnerung.

«Und wie ging es weiter?» Elviras glänzende Augen und die Art, wie sie sich immer wieder über die Lippen leckte, signalisierten ihre Erregung.

«Leider ging es nicht weiter. Ich vermute, die Dame hatte Bedenken. Es wäre ja auch ziemlich peinlich gewesen, wenn sie plötzlich angefangen hätte, lustvoll zu stöhnen. Jedenfalls erschien auf einmal ihre Hand unter dem Tisch und versuchte, die Männerhand wegzuschieben. Das ging natürlich nicht so einfach – schließlich steckte seine halbe Hand in ihr. Also grub sie ihre spitzgefeilten Fingernägel in seinen Handrücken, bis er nachgab und sich zurückzog.

Kurz darauf standen die beiden auf und gingen – und wir beide hatten das Problem, wie wir ungesehen aus unserem Versteck wieder herauskommen sollten.»

«Und die beiden waren die Einzigen, die sich auf diese Art vergnügten?», fragte ich, ungewollt fasziniert von der Vorstellung, wie zwei Jungen unter einer riesigen Festtafel hockten und den Frauen unter die geheimnisumwitterten Röcke schauten.

«Nun ja, es gab noch die eine oder andere Dame, die sich mit sich selbst beschäftigte», gab Monsieur Montval leise lächelnd zu.

«Eine von ihnen steht mir ganz genau vor Augen: eine ältere mit wahnsinnig dicken Schenkeln. Sie konnte sie, zumindest solange sie auf einem unserer Korbsessel saß, gar nicht so weit spreizen, dass sie sich nicht mehr berührten. Die Arme musste entsetzlich schwitzen. Die weißlichen Massen über dem dunkelbraunen Strumpfrand schwabbelten ständig hin und her, während sie versuchte, sie an der Luft zu kühlen, und dann griff sie schließlich in den Weinkühler oder einen von den anderen Eisbehältern ...»

Das Grinsen auf seinem Gesicht ließ den Jungen erahnen, der damals ungläubig alles beobachtet hatte.

«Mein Vater war sehr stolz auf seine hypermoderne Eiswürfelbereiteranlage, die er frisch aus den Vereinigten Staaten importiert hatte. Es gab bei uns immer mehr als genug Eis: zum Getränkekühlen, für Umschläge bei Kopfschmerzen oder kleineren Unfällen, die Köchin hielt damit die Butter frisch – und auch auf dem Tisch dort wurde natürlich alles auf großen Eisschalen serviert: die frischen Erdbeeren, die Schlagsahne, die Mousse au Chocolat. Aus einer solchen Eisschale hatte sie sich offenbar bedient. Albert bekam fast einen Lachkrampf, als sie begann, ihre dicken Beine mit einem Eiswürfel abzureiben. Es sah seltsam aus: die einzelnen Wassertropfen, die den straffgespannten Strumpf hinunterrannen oder sich ihren Weg zwischen dem zusammengepressten Fleisch ihrer mächtigen Oberschenkel suchten!

Und schließlich schob sie sich tatsächlich einen besonders großen Brocken zwischen die Schamlippen. Er verschwand spurlos, aber sie schien Gefallen daran gefunden zu haben, denn sie wiederholte das einige Male. Leider konnten wir nichts sehen, und so verloren wir bald das Interesse. Irgendwann schafften wir es, unbemerkt zu entwischen.

Dieser Nachmittag ist unauslöschlich in mein Gedächtnis eingegraben. Seitdem bin ich geradezu besessen von Damenstrümpfen», gestand Monsieur Montval uns leicht beschämt.

Elvira und ich wechselten einen amüsierten Blick. Ob Madame Montval die Vorliebe ihres Gatten teilte?

«Marion, meine Liebe!» Der kleine dicke Herr winkte mir begeistert zu. «Wie schön, dich zu sehen. Diese Frisur steht dir wunderbar. Wo ist Elvira?»

«Krank», erwiderte ich lakonisch und ließ mich zur Begrüßung herzlich umarmen und auf beide Wangen küssen. «Du wirst mit mir vorliebnehmen müssen, Maurice.»

«*Non, non, non!*» Er schien gekränkt. «So habe ich das wirklich nicht gemeint!»

«Ich weiß», lächelte ich zurück und tätschelte ihm beruhigend den Unterarm. «Ich habe doch nur Spaß gemacht. Elvira musste sich den Blinddarm herausnehmen lassen, und so bin ich an ihrer Stelle gefahren.»

«Kann ich dir etwas anbieten?», fragte er fürsorglich, während er mich zu der gemütlichen Sitzgruppe hinter einer riesigen Schusterpalme führte. «Vielleicht etwas Kaltes? Du wirkst ein wenig erhitzt.»

Erschreckt kontrollierte ich in der Spiegelwand hinter

mir meine äußere Erscheinung. Sah man mir die heiße Nummer mit Sven etwa so deutlich an?

«Keine Sorge. Es ist ziemlich warm hier drinnen.» Er zwinkerte mir verschwörerisch zu. «Es ist nicht auffällig. Aber ich vermute, die Hitze kommt mehr von innen, *non?*»

Ich musste lachen. «Du hast recht, ich war gerade bei unserem schwedischen Geschäftspartner.»

Monsieur Montval nickte zufrieden. «Ich hatte mir schon so etwas gedacht. Du hast dich verändert, meine Liebe. Du strahlst etwas aus, wie soll ich es beschreiben ...» Er schüttelte hilflos den Kopf. «Aber ich freue mich für dich, dass du dich nicht mehr hinter Bilanzen und zu großen Pullovern verkriechst.»

Er ging zu einem versteckt angebrachten Kühlschrank, holte einen Krug heraus, in dem neben Zitronenscheiben jede Menge Eiswürfel schwammen, und schenkte jedem von uns beiden ein großes Glas ein.

«Hast du übrigens schon die Kollektion von Helmut Lemberger gesehen? Die ist dies Jahr der ganz große Renner!» Er reichte mir mein Glas. «Auf dich, Marion!»

Lemberger, Lemberger ...? Ich durchforstete mein Gehirn auf der Suche nach einem Anhaltspunkt. Dann dämmerte es. «Ach, du meinst den Typen mit der Retro-Unterwäsche für Männer?»

«Genau den. Liebling der Pariser Presse: Sie nennt ihn den *neuen Stern am Dessoushimmel.*»

«Du weißt doch, dass wir nur Damenwäsche führen», sagte ich verwundert. «Wieso soll ich mir dann so etwas anschauen?»

«Weil die Show einfach Spitze ist und weil ich denke, dass es dir Spaß machen würde», erwiderte er schlicht. «Lauter gutgebaute Männer ...»

«Maurice!»

«Ja, wirklich. Die könnten selbst Heilige in Versuchung führen – heißt es jedenfalls», sagte er mit so unschuldiger Miene, dass ich neugierig wurde.

«Wo ist er denn?»

«Gleich um die Ecke. Die nächste Show müsste jeden Moment losgehen. Ich kann das inzwischen gut an der Musik erkennen», erläuterte er. «Die wird dann immer ziemlich laut.»

Ich zögerte unschlüssig. Eigentlich war mein Besuch bei Maurice Montval nur eine höfliche Stippvisite. Wir hatten bereits alles geordert, was uns in seinem neuesten Katalog geeignet erschienen war. Ich konnte diese Show also gut einschieben. Andererseits gehörte Maurice zu meinen liebsten Geschäftspartnern, und ich wollte ihn nicht einfach so stehenlassen.

«Geh nur. Davon hast du mehr, als mit einem alten Mann Limonade zu trinken», drängte er mich selbst. «Wir sehen uns ja dann spätestens im Herbst. Meine besten Genesungswünsche an Elvira!»

Die Menschenmenge in den Gängen wurde nahezu undurchdringlich, je näher ich der beschriebenen Stelle kam. Donnernde Bässe kündigten den nahen Beginn an. Entschlossen machte ich mich so schmal wie möglich und fing an, mich zielgerichtet weiter nach vorne zu schieben. Nach jeder Menge gemurmelter *«Excusez-moi»* und unwilligen Blicken hatte ich es geschafft: Ich stand direkt in der ersten Reihe!

Auf dem Laufsteg erläuterte gerade ein unauffälliger Mann zur Einführung die Firmenphilosophie. Seine Stimme klang etwas heiser, während er darlegte, dass unsere Vorstellungen von männlicher Mode erst nach der Französischen Revolution den weitgehenden Verzicht auf Farben und solche Spielereien wie Spitzen und Rüschen verlangten.

Ein hochgewachsenes Model demonstrierte derweil in Schuhen mit absurd hohen Absätzen, gekleidet in ein Rokoko-Herrenkostüm aus fliederfarbenem Damast und überquellenden Spitzen an Hals und Handgelenken, klassische Fechtübungen. Trotz der ungewohnten Aufmachung wirkte er durch und durch männlich. Selbst die gepuderte Perücke und das Klack-klack der hohen Absätze änderte nichts an seiner Ausstrahlung.

Die Musik schwoll zu ohrenbetäubender Lautstärke an, und der Moderator zog sich hinter die Kulissen zurück.

Aus denen tönte nun Marschmusik und das Geräusch von im Gleichschritt marschierenden Stiefeln. Mein Gott, dachte ich gelangweilt, hätte diesem Lemberger nicht etwas weniger Banales einfallen können!

Die Truppe überraschte mich allerdings. Zehn gutgebaute junge Männer karikierten die martialische Untermalung, indem sie in pastellfarbenen Flipflops aufmarschierten und anstelle von Gewehren langstielige Gerberablütenstängel geschultert hatten.

Sie trugen nichts als knielange, geschickt geschlungene Sarongs in den prächtigsten Farben.

«Das wird sich nie und nimmer durchsetzen», flüsterte ein Mann hinter mir. «Nicht in hundert Jahren.»

«Woher willst du das denn so genau wissen?», zischte eine Frauenstimme zurück. «Sie sollen sehr bequem sein.»

«Das mag ja sein, aber in so etwas wirst du mich niemals sehen!»

«Schade!», gab sie spitz zurück. «Diese Jungs zumindest sind zum Anbeißen!»

Ich musste ihr im Stillen zustimmen. Wie um die Elastizität der ungewohnten Beinbekleidung zu beweisen, hatten sie begonnen, eine Art akrobatischen Kriegstanz vorzuführen, bei dem sie alle möglichen Verrenkungen demonstrierten.

Alles klatschte begeistert, als sie zum Abschluss synchron Rad schlugen. Ein Blumenreigen aus Riesenblüten.

Die bonbonfarbenen Modelle verschwanden fröhlich winkend, und an ihrer Stelle schritten langsam zehn andere nach vorne. Bis zur Taille hätten sie mit ihren faltenlos sitzenden schwarzen Fräcken allesamt Oberkellner in einem Gourmettempel sein können, aber der untere Teil passte nicht ganz dazu.

Offenbar hatte Lemberger sich von den pompösen Schamkapseln der Renaissance inspirieren lassen: Die ansonst schlichten, bis zum halben Oberschenkel reichenden Retros wiesen dick unterlegte, prächtig gemusterte Penisfutterale auf. Natürlich war die Idee nicht ganz neu. Die rosafarbenen Elefantenrüssel und ähnliche Anspielungen, die sogenannte Spaß-Slips ausmachen, gingen in die gleiche Richtung.

Lembergers Modelle allerdings strahlten etwas aus, das mich fasziniert starren ließ. Auch den anderen Beobachtern um mich herum schien es die Sprache verschlagen zu haben.

Besonders gefiel mir ein Slip, dessen sprödes Schwarz von einer ellipsenförmigen Schamkapsel in glühendem Rot unterbrochen wurde. Die schlichte Eleganz der Linienführung nahm mich gefangen, bis ich mich plötzlich beobachtet fühlte.

Zuerst glaubte ich, mich zu irren. Dann jedoch fiel mein Blick auf ein Paar dunkler Augen am Ende des Laufstegs, und mir stockte der Atem.

Das unauffällige Hellgrau seines Leinenanzugs, das konservative weiße Hemd hoben sich von der Farbenfreude um ihn herum ab und grenzten ihn aus.

Wie ein Fremdkörper stand er dort, ein Irrtum war ausgeschlossen: der römische Konsul aus dem Nachtzug! Wer mochte er sein? In welcher Beziehung stand er zu diesem

Lemberger? Ein Finanzier im Hintergrund? Für einen Angestellten strahlte er zu viel Überheblichkeit aus, während er mich mit glühenden Augen fixierte.

Ob er mich wiedererkannte? Die uninteressante Frau, die ihn vom Waggonkorridor aus beobachtet hatte und die ihm später fast vor die Füße gefallen wäre? Es hatte nicht den Anschein, denn die stumme Botschaft war unmissverständlich: Ich will dich, ich finde dich begehrenswert.

Mein Herz begann schneller zu schlagen, während ich versuchte, sein Starren zu ignorieren, und vorgab, voll und ganz von den Darbietungen gefesselt zu sein. In Wirklichkeit nahm ich die Modelle überhaupt nicht mehr wahr. Wie sollte ich jetzt reagieren?

Auch einige der anderen Zuschauer hatten ihn inzwischen bemerkt.

«Da ist Lemberger!»

«Wo?»

«Der Kerl da hinten. In Grau.»

Was? Mein römischer Konsul war Helmut Lemberger höchstpersönlich? Fast hätte ich gelacht. Kein Wunder, dass ich ihn nicht erkannt hatte: Auf Fotos war er immer mit Sonnenbrille und sorgfältig getrimmtem Kinnbart abgebildet gewesen.

«Sieht eher aus wie ein Bankier.»

«Jedenfalls sieht er fantastisch aus. Ob er schwul ist?», flüsterte eine durchdringende Frauenstimme.

Ich unterdrückte ein Grinsen. Wenn sie wüsste ...!

«Ich glaube nicht, er soll ein ziemlicher Casanova sein», erwiderte eine andere Stimme ein paar Reihen hinter mir.

«Schade, dass er heute Abend schon wieder nach Deutschland verschwindet. Sonst würde ich einmal mein Glück versuchen», bedauerte eine dritte.

Stimmte das? Meine Nervosität wuchs.

«Woher weißt du das?», fragte jemand an meiner statt.

«Stand doch gestern in der Abendzeitung. Irgendwelche Probleme in seiner Produktion.»

«Er wirkt nicht gerade wie einer, der Probleme hat!»

«Nein, eher wie einer, der eine bestimmte Frau im Auge hat. Sieht fast so aus, als schaute er in unsere Richtung. Verschweigst du uns etwas, Françine?», sagte die Stimme der ersten neckend. «Du bist ziemlich gut über ihn informiert.»

Ehe die Frauengruppe das Zielobjekt seines Interesses genauer lokalisieren konnte, begann ich so unauffällig wie möglich zurückzuweichen. Es war nicht schwierig, die Leute drängten nur zu begeistert auf jeden freien Platz weiter vorne.

Helmut Lembergers Aufmerksamkeit geweckt zu haben, erfüllte mich mit Stolz. Aber ich hatte einerseits die Einführungsstunde bei Pierre nicht vergessen, und andererseits sagte mir mein weiblicher Instinkt, dass ein strategischer Rückzug meinen Plänen nur förderlich sein konnte.

Der Mann reizte mich. Die Versuchung, mich von der Anziehung dessen, was seine Augen verhießen, einfach leiten zu lassen, war beinahe übermächtig gewesen – aber war es nicht genau das, was er sichtlich erwartete?

Wenn ich jetzt das getan hätte, was er mir signalisiert hatte, nämlich schnurstracks zu ihm zu eilen, wäre ich eine von Unzähligen. Sehr unwahrscheinlich, dass ich einen tieferen Eindruck hinterlassen würde als meine Vorgängerinnen. Wenn ich mich abheben wollte – und das wollte ich –, musste ich das Unerwartete tun.

Und so verdrückte ich mich. Ich würde ihn wiedersehen, dazu war ich fest entschlossen. Ich würde auf seinem dicken Penis reiten, meine Fingernägel in seine muskulöse Brust schlagen und meine Zunge in seinen Mund bohren – aber zu meinen Bedingungen.

Wenn das bedeutete, ihn heute Abend im Zug zu treffen: ausgezeichnet. Sollte er in Begleitung sein, würde sich ein Weg finden lassen, ihn zu separieren.

Wenn er nicht im Zug wäre, würde ich mir etwas anderes ausdenken.

Ohne einen Blick zurückzuwerfen, ging ich.

Bei den restlichen Gesprächen war ich vielleicht nicht hundertprozentig bei der Sache, aber ich glaube nicht, dass meine Gesprächspartner das bemerkten.

Die Abschlüsse, die ich zustande gebracht hatte, würden Elvira vor Freude tanzen lassen, dachte ich, im Nachhinein zufrieden vor mich hin lächelnd, als ich den untersten Namen der Liste in meinem Filofax ausstrich.

Dieser letzte unserer Lieferanten war leicht zu manipulieren gewesen.

Sobald ich erkannt hatte, dass mein schwitzendes Gegenüber mehr an meinem Dekolleté als an den Konditionen interessiert war, hatte ich mich absichtlich so oft wie möglich weit nach vorne gebeugt und ihm so tiefe Einblicke ermöglicht.

Ich nutzte aus, dass er vom Geschäftlichen abgelenkt war, und entlockte ihm mit leiser, gurrender Stimme Zusagen, die er sich vermutlich später nicht mehr würde erklären können. Ich verzog spöttisch das Gesicht beim Gedanken an seinen halb offenstehenden Mund, als ich mich wie zufällig so weit über den Tisch gebeugt hatte, dass er praktisch bis zu meinem Bauchnabel sehen konnte.

«Sie sehen aus wie eine Katze, die gerade aus der Milchkammer kommt!», stellte eine bekannte männliche Stimme fest. Aufblickend erkannte ich Herrn Netzhammer, der mich verstohlen von der Seite musterte. «Guter Abschluss?»

«Sehr guter Abschluss», bestätigte ich und lächelte freundlich. Offenbar war das zu viel Ermutigung. Herr Netzhammer holte tief Luft und platzte dann mit der Frage oder wohl eher dem Angebot heraus: «Hätten Sie Lust, mit mir ein Gläschen darauf zu trinken?»

Wie bitte? Verblüfft registrierte ich das Glitzern in den wässrigen Augen. Es war mir heute so oft begegnet, dass es mir inzwischen vertraut war.

«Ich habe Sie sofort erkannt – trotz der neuen Frisur», sagte er, vertraulich die Stimme senkend. «Auch sonst: dieses Kostüm oder wie man dazu heute sagt – einfach toll!»

Sein hungriger Blick wanderte über meinen Körper.

«Tut mir leid», lehnte ich hastig ab. «Ich habe noch einen dringenden Termin in der Stadt. Falls wir uns nicht mehr sehen, grüßen Sie bitte Ihre Frau von mir!»

«Schade!» Die Enttäuschung war fast mit Händen zu greifen. Ich nickte ihm flüchtig zu und begann, mich von ihm weg Richtung Ausgang zu schieben. Bis zur nächsten Wegbiegung glaubte ich immer noch, seine Blicke an meinem Rücken kleben zu spüren.

Gerade noch Zeit genug, um eine Kleinigkeit zu essen, bevor ich mich zu meiner letzten Lektion aufmachte. Zur Feier des Tages gönnte ich mir eine Portion Hummer Thermidor und ein Glas Champagner.

Angesichts meiner Verhandlungserfolge hatte ich mir den ausgefallenen Imbiss verdient.

Kapitel 10
Ein sehr spezieller Kreis

Im Taxi, das mich zu Pierres Adresse brachte, stieg erste Nervosität in mir auf und ließ mich unruhig mit dem Verschluss meiner Handtasche spielen.

Das Haus, auf das der Fahrer schließlich zeigte, befand sich inmitten einer geschlossenen Häuserzeile, deren Fronten mit ihren kunstvoll gearbeiteten Balkongittern und Fensterumrandungen aus Sandstein auf eine gehobene Wohngegend schließen ließen: liebevoll und kostspielig sanierte Häuser des saturierten Bürgertums aus dem neunzehnten Jahrhundert.

Vor der abweisend verschlossenen Haustür, neben der ich die Namen auf dem Messingschild zu entziffern versuchte, musste ich mir einen deutlichen Ruck geben, um auf den Klingelknopf neben dem Namen «Dr. Pierre A. Vallois» zu drücken.

«*Oui?*», tönte es aus einer versteckt angebrachten Gegensprechanlage über meinem Kopf.

Ich räusperte mich. «Marion Wohlgemut, Pauline schickt mich ...» Das klang blöd, aber plötzlich waren alle eleganten französischen Formulierungen aus meinem Kopf verschwunden.

«Ah, *oui*. Kommen Sie nur herauf. Dritter Stock», sagte die Stimme, und im gleichen Moment surrte der elektrische Türöffner.

Die Tür ließ sich leicht aufdrücken, und ich stand in einem marmorgefliesten Hausflur mit hohen, stuckverzierten Decken. Das Geräusch meiner Absätze auf dem Steinboden hallte unangenehm laut von den Wänden wider.

Mitten im geräumigen Treppenhaus befand sich ein Lift: kunstvoll geschmiedete Gittertüren öffneten sich automatisch, und ich stieg mit klopfendem Herzen ein.

Im dritten Stock wurde ich bereits erwartet. Allerdings unerwartet anonym. Die Gestalt, die im dämmrigen Flur stand, jagte mir im ersten Moment einen Riesenschreck ein.

Über dem Kopf trug sie nämlich eine Art Kapuze, wie man sie aus Filmen vom Ku-Klux-Klan kennt: In dem steifgestärkten schneeweißen Leinen wirkten die dunklen Ausschnitte der Augenöffnungen umso unheimlicher.

«Nur eine routinemäßige Schutzmaßnahme», sagte die Gestalt mit beruhigend kultivierter Stimme und streckte die rechte Hand aus. Ich warf einen vorsichtigen Blick darauf – keine Handschuhe, aber auch keinerlei Schmuck, der zur Identifikation der sorgfältig manikürten Finger hätte beitragen können.

«Herzlich willkommen, Marion. Ich bin, wie du vermutlich erraten haben wirst, Pierre. Stör dich bitte nicht an dieser – zugegeben etwas theatralischen – Vermummung. Wir sahen uns zu dieser Schutzmaßnahme gezwungen, nachdem immer wieder neugierige Reporter versucht haben, sich unter dem Vorwand einer Neuaufnahme einzuschleichen. Du verstehst sicher, dass wir deswegen lieber kein Risiko eingehen.»

«Ich dachte, Pauline hätte für mich gebürgt?», wandte ich irritiert ein.

Pierre nickte. «Das hat sie. Aber die gute Pauline ist manchmal etwas – wie soll ich sagen? – impulsiv. Wenn sie an jemandem Geschmack gefunden hat, lässt sie sehr schnell jede Vorsicht außer Acht.»

Das konnte ich mir gut vorstellen!

«Bitte komm herein», sagte Pierre und hielt einladend die Tür zu seinem Appartement auf. «Hat Pauline dir gesagt, wie es abläuft?»

«Sie hat mir nur von ihrer Einführung erzählt», antwortete ich eine Spur unsicher. Es schien deutlich komplizierter zu sein, als ich es mir vorgestellt hatte.

Obwohl ich sein Gesicht nicht sehen konnte, hörte ich seiner Stimme an, dass er lächelte. «Das hätte ich mir denken können! Seitdem hat sich doch einiges geändert.»

Ehe ich fragen konnte, worin diese Änderungen bestanden, öffnete er eine Tür, die in ein riesiges Badezimmer führte, in dem sich einige ebenfalls bis zur Unkenntlichkeit vermummte Gestalten aufhielten. Ihre Augen richteten sich auf mich, und am liebsten wäre ich feige geflohen. Aber dann trat eine von ihnen auf uns zu, ergriff meine feuchte Hand und sagte beruhigend: «Ich weiß, wie du dich fühlst! So ging es mir auch. Aber glaub mir: Du wirst es nicht bereuen, wenn du bleibst!»

Mit diesen Worten führte sie mich tiefer in den Raum, und als ich mich nach Pierre umblickte, war er verschwunden und hatte die Tür hinter sich zugezogen. Ich war allein mit den drei Frauen, wie ich ihrer geringen Körpergröße wegen vermutete.

«Worauf wartest du? Zieh dich aus», drängte die größte von ihnen mich und hielt mir einen Kleiderbügel hin. «Soll ich sie zum Aufbügeln geben?»

«Nicht nötig», murmelte ich und schlüpfte aus meiner Jacke.

Flinke Hände nestelten an meinem Büstenhalterverschluss, strichen wie unabsichtlich über meine Brüste, als sie mir das zarte Spitzenteil herunterstreiften.

Der Rock rutschte über meine Hüften, und da ich heute auf einen Slip verzichtet hatte, stand ich in dünnen Strümpfen und Pumps vor ihnen.

«Hast du das von Fatima?» Die Dritte, die noch nichts gesagt hatte, zupfte an meinem goldenen Schamhaar. «Sehr hübsch. Passt zu dir.»

«Beug dich mal nach vorne», befahl die Große, die die Wortführerin zu sein schien. «Beine leicht gegrätscht. Wenn du es schaffst, Hände auf den Boden abstützen.»

Ich tat wie geheißen. Kräftige Hände packten meine Pobacken und zogen sie, so weit es ging, auseinander. «Hm, vom äußeren Augenschein her alles in bestem Zustand», brummte sie. «Jetzt nicht erschrecken. Schön locker bleiben …»

Etwas Kaltes drückte gegen meinen Anus, schob sich hinein und drang unaufhaltsam so tief ein, dass ich erschreckt aufkeuchte.

«Ganz ruhig. Es ist nur so etwas wie ein Sehrohr», sagte sie und schob es noch ein Stück tiefer. «Keine Spur von Polypen, macht alles einen kerngesunden Eindruck», murmelte sie zufrieden, als diktierte sie einer Arzthelferin das Untersuchungsprotokoll.

Langsam zog sie das biegsame Rohr wieder heraus, wobei sie es immer wieder ein Stück vor und zurück zog, um einzelne Stellen genauer zu inspizieren. Schließlich schien sie zufriedengestellt.

«Sie gehört euch», sagte sie abschließend und zog den dicken Kopf mit einem letzten Ruck heraus. «Aus meiner Sicht keine Einschränkungen.»

Gerade wollte ich mich erleichtert aufrichten, als zwei kleine Hände meine Schulterblätter berührten. «Bleib am besten so stehen», befahl die Stimme der Kleinen, die mir als Erste entgegengekommen war.

«Hast du schon einmal einen Einlauf bekommen?»

Ich schüttelte den Kopf.

«Bei uns in Deutschland ist das nicht üblich.»

Alle drei kicherten. «In Frankreich schon!»

«Du wirst sehen: Es ist sehr angenehm», versprach die freundliche Stimme. «Zuerst einen zur inneren Reinigung und danach einen zur Erfrischung und Pflege.»

Behutsame Hände führten eine Düse ein. Im ersten Moment spürte ich überhaupt nichts, dann strömte warme Flüssigkeit in mich hinein. Es war tatsächlich nicht unangenehm, wie ich es insgeheim trotz der Versicherungen befürchtet hatte.

Das leise Gluckern in meinem Bauch klang lustig.

«Das reicht», befand schließlich die Ärztin, wie ich sie für mich nannte. Die schmale, kaum spürbare Düse wurde zurückgezogen, und ich konzentrierte mich auf das seltsame Gefühl in meinem Unterleib.

«Komm, wir zeigen dir die Toiletten!» Fürsorglich packten die zwei anderen meine Oberarme, richteten mich auf und führten mich in einen angrenzenden Raum, in dem eine lange Reihe seltsam ausgestatteter Toiletten standen. Sie drückten mich auf die letzte in der Reihe und rieten: «Warte so lange wie möglich. Die Erleichterung ist umso größer, je länger du sie hinauszögerst.»

Ich nahm an, dass sie mich nun allein lassen würden. Alles andere als erfreut, registrierte ich, dass sie keinerlei Anstalten dazu machten.

«Inzwischen ist mir auch nach einer Erfrischung», sagte eine meiner Gefährtinnen und raffte ihr Gewand um die Taille. Erstaunt beobachtete ich, wie sie sich breitbeinig auf der weißen Porzellanschüssel neben mir niederließ und eine der schmalen, leicht gebogenen Düsen auswählte, die aus der Wand ragten. Sie ließen sich mitsamt einem dunklen Plastikschlauch herausziehen, genau wie die Armaturen beim Friseur.

Mit der Selbstverständlichkeit, als ginge sie einer alltäglichen Gewohnheit nach, zog sie eine in Cellophan verpackte Einmaltülle aus einer kleinen Schublade, zog sie über eine der Düsen, führte diese in ihren Anus ein und tippte ein paarmal auf ein Display an der Wand daneben.

Ihre Unbefangenheit erleichterte es mir, dem inzwischen unbezwingbaren inneren Drang nachzugeben. Dass ich die fehlende Intimsphäre dabei als peinlich empfand, schien allein mein Problem zu sein.

«Wenn du auf den Knopf da drückst, geht die automatische Dusche an», erläuterte meine Nachbarin und drückte hilfsbereit gleich auf die dunkelblaue Plastikscheibe über der Armaturenreihe.

Warmes, duftendes Wasser umspülte mich, gefolgt von einem warmen Luftstrom.

«Das ist toll, nicht?» Wohlig aufstöhnend zog sie die Düse heraus, warf die Tülle zielsicher in einen bereitstehenden Klappeimer und ließ der Natur ihren Lauf.

«Wie fühlst du dich?», erkundigte die Ärztin sich pflichtbewusst und trat neben mich.

«Gut – ganz leicht. Irgendwie komisch leer, aber gut», erwiderte ich unsicher, weil es mir schwerfiel, meine körperlichen Empfindungen treffend zu beschreiben.

«Die Erfrischungseinläufe sind die hier.» Sie wies auf die erste Armatur der Reihe hinter mir. «Auf dem Display kannst du die Wassermenge eingeben und die Temperatur, die du bekommen möchtest. – Hier …», sie hielt mir eine Gummitülle hin. «Übertreib aber nicht!»

Mit dieser Ermahnung ließen sie mich allein.

Ohne Gesellschaft fiel es mir leichter, mich dem angenehmen Gefühl, von kühlem Wasser angefüllt und umspült zu werden, zu überlassen. Danach fühlte ich mich tatsächlich federleicht, geradezu ätherisch.

Als sie zu zweit wiederkamen, trugen sie feierlich eine Art Kapuze und eine Robe über den ausgestreckten Armen.

«Das ist die Einführungstracht», wurde mir erklärt. Als sie mir die Kapuze überstülpten, dachte ich zuerst, sie hätten sie mir verkehrt herum angezogen, weil ich nichts sah, und wollte sie drehen. Leises Lachen erklang, und eine melodiöse Stimme sagte: «Das ist schon richtig so. Die Novizen bekommen für die Einführung eine Blindmaske.»

Auch das Gewand schien ein spezielles zu sein, denn unterhalb meiner Schulterblätter fühlte ich keinerlei Stoff mehr auf der Haut.

Blind und halbnackt fühlte ich mich etwas unbehaglich. Unter der steifen Kapuze war es stockfinster, und ich kam mir in meiner Lage beunruhigend wehrlos vor. Vor Nervosität stolperte ich, als endlich zwei Hände nach meinen griffen und mich vorwärtszogen.

Aus dem Geräusch, das meine Pumps machten, schloss ich, dass wir aus dem Toilettenzimmer über einen langen Flur mit Parkettboden schritten, dann hieß es: «Vorsicht, Stufe!», und auf einmal hörte ich nichts mehr. Dicker Teppichboden schluckte jeden Laut.

Nicht jeden: Ich vernahm Getuschel, sogar das leise Rascheln gestärkter Gewänder konnte ich ausmachen. Der Raum schien voller Menschen zu sein!

So etwas wie Panik drohte mich zu überwältigen. Als ich Pauline gedrängt hatte, mir einen Termin bei Pierre zu besorgen, war ich von völlig anderen Vorstellungen ausgegangen, was die Gestaltung dieses Termins anbelangte – nicht im Traum hätte ich damit gerechnet, Gegenstand einer quasiöffentlichen Zurschaustellung zu werden.

Sollte ich dem Ganzen energisch ein Ende setzen? Andererseits konnte ich nicht leugnen, die Situation unvorhergesehen erregend zu finden. War es so nicht viel aufregender, als wenn sich genau das ereignet hätte, was ich erwartet hatte?

Und so schritt ich, gelassener als ich mich fühlte, zwischen meinen beiden Begleiterinnen durch den Raum, bis wir plötzlich stehen blieben.

«Sei uns willkommen, Marion!» Ich erkannte Pierres

sonore Stimme wieder, die mühelos die leise geführten Unterhaltungen um uns herum übertönte. «Bitte, stellt euch auf. Gib mir deine Hand ...»

Eine sehnige Hand zog mich vorwärts, bis ich an den Schienbeinen ein samtiges Polster spürte. «Knie dich auf das Polster vor dir und stütz dich mit den Händen ab. Wie bei der Hundestellung!», wies er mich halblaut an.

Vorsichtig kniete ich auf dem Sitz nieder und tastete mich nach vorne. Tatsächlich war dieser Schemel so riesig, dass ich bequem auf allen vieren auf ihm Platz hatte.

«Jetzt geh auf die Ellenbogen und spreiz die Beine, so weit es geht», murmelte er mir ins Ohr und half gleichzeitig geschickt nach, indem er in meine Kniekehlen fasste und sie weit auseinanderzog.

«Gut», befand er, «die Zofe kann beginnen.»

Hinter mir wurde es totenstill. So still, dass ich die Schritte auf dem Teppichboden hören konnte.

Jemand näherte sich mir von hinten, ich spürte den Atem über meine nackte Haut streifen und erschauerte unwillkürlich. Warmes Öl tropfte auf mein Steißbein, wurde von dort in meine Pospalte weitergeleitet.

Sie hatte wunderbar geschickte Finger, die mich erstaunlich schnell in einen Zustand versetzten, in dem nichts anderes mehr zählte als die wundervollen Empfindungen, die sie auslösten. Unter der nackten Haut schienen unzählige Nervenzellen nur darauf gewartet zu haben, zu reagieren.

Ich hatte nicht geahnt, welche Lustgefühle von hier ausgehen konnten!

Sie schien es zu spüren, denn auf einmal zog sie mit beiden Daumen meine Hinterbacken auseinander und drückte fest zu, bis sie in mich eingedrungen waren.

Mit diesem Griff begann sie, meinen Schließmuskel zu weiten. Erst behutsam, weil ich mich wieder verkrampft hatte, dann, sobald er sich wieder gelockert hatte, immer kräftiger, bis sie auch die zwei Zeigefinger hineinschob und nun in alle Richtungen ziehen konnte.

«Sie ist nicht unbegabt», verkündete die Kammerzofe laut und erntete spontane Heiterkeit. «Jetzt zur Drei-Finger-Probe!»

Sie beugte sich näher zu mir und murmelte: «Als Nächstes werde ich dir, zuerst ganz langsam, dann immer schneller, drei Finger hineinschieben und wieder herausziehen, und du musst versuchen, dabei ganz locker zu bleiben. Es ist wichtig, dass du dich gut entspannen kannst, sonst tut es nachher weh!»

Die ersten Male schien mein Schließmuskel einen eigenen Willen zu haben. Zwar kamen die drei Finger leicht hinein, aber kaum krümmte sie sie im Inneren, zog er sich unwillkürlich wieder zusammen.

«Versuch einmal dagegenzupressen», riet sie mir. «Es ist ungefährlich, dafür hast du ja die Einläufe bekommen.»

Ich folgte ihrem Hinweis, und tatsächlich, es klappte immer besser. Wenn ich mich darauf konzentrierte zu drücken, konnte ich das spontane Verkrampfen vermeiden. Ich war direkt stolz, als ich es fertigbrachte, sogar bei den schnellsten Stoßbewegungen entspannt zu bleiben.

«Meister, sie ist so weit», befand sie schließlich und trat beiseite.

Hinter mir verstummten die leisen Gespräche, mit denen die Zuschauer sich die Wartezeit verkürzt hatten.

Mein Hintern prickelte geradezu vor Erregung. Bisher war alles ja nur eine Vorübung gewesen. Jetzt würde sich zeigen, wie empfänglich mein Anus tatsächlich auf einen Penis reagierte.

Etwas Heißes schmiegte sich in meine Pospalte: der lange, schlanke Penis glitt hindurch, als wolle er fremdes

Terrain erkunden. Aufgeregt wartete ich darauf, dass er ernst machte.

Als die Eichel schließlich genau auf meinem Loch ansetzte, seufzte ich erleichtert auf und bemühte mich, so locker wie nur irgend möglich zu bleiben.

Langsam schob sie sich vorwärts, drang durch die Rosette und schob sich tiefer, während der dickere Penisschaft mein Loch immer stärker weitete. Unwillkürlich hielt ich den Atem an. Würde er wirklich ganz hineinpassen?

«Schön locker bleiben!», mahnte die Männerstimme hinter mir und hielt einen Moment inne, um mir Gelegenheit zu geben, mich erneut auf die Entspannung zu konzentrieren.

«Ich bin drin», verkündete er endlich triumphierend, «und sie ist so eng und heiß, wie man sich nur wünschen kann!»

Lauter Applaus folgte dieser Verlautbarung.

«Ich werde dich jetzt in deinen jungfräulichen Hintern stoßen, bis ich spritze», sagte er mit gepresster Stimme zu mir und packte mich fest um die Hüften, ehe er seine Ankündigung wahrmachte. Mir schwindelte vor dem Ansturm bisher unbekannter Reize. Mein gesamter Unterleib pulsierte, während er sich immer schneller in mich bohrte, bis an mein Herz zu stoßen schien.

Meine Erregung wuchs und wuchs, ich zitterte heftig von Kopf bis Fuß und konnte den nahen Orgasmus doch nicht ganz erreichen. Die köstliche Folter hielt mich stets kurz davor.

Als er dann aber mit einer Hand von vorne zwischen meine Beine griff und meine Klitoris nur kurz berührte, explodierte ich geradezu. Wenn er mich nicht so eisern festgehalten hätte, hätte ich ihn bei meinem wilden Aufbäumen wohl von mir geschleudert.

Im gleichen Moment, in dem mein Körper in unkontrollierbare Lustspasmen verfiel, fühlte ich, wie mir die Kapuze vom Kopf gerissen wurde.

Sobald ich wieder klar denken konnte, öffnete ich die Augen und blickte mir genau ins Gesicht! Benommen wie ich war, brauchte ich eine Weile, bis ich begriff.

Vor mir stand eine halbrunde Spiegelwand, die den Zuschauern erlaubt hatte, auch alles zu verfolgen, was sich außerhalb ihrer direkten Blickrichtung befand. Mein lüsterner Mund mit den von unterdrückten Lustschreien geschwollenen Lippen, die noch halb geschlossenen Lider, die zerzausten Locken.

Auch das Gesicht des Mannes, dessen Penis immer noch in mir steckte, konnte ich deutlich erkennen.

Schmal, mit hoher Stirn und Adlernase, hätte es das Gesicht eines Asketen sein können, wenn nicht der sinnliche Mund gewesen wäre. Jetzt schloss er die Augen, atmete tief ein und begann erneut zu stoßen. Diesmal blieb ich so unbeweglich wie möglich, hielt seinen Stößen stand, deren Heftigkeit sich fast zur Raserei steigerte.

Als er ejakulierte, erstarrte er, blieb aber in mir, bis er so weich war, dass er fast von selbst aus mir herausrutschte.

Immer noch heftig atmend, erhob er sich und sagte: «Meine Liebe, ich bin wirklich sehr froh, dass Sie sich unserem kleinen Zirkel angeschlossen haben. Darf ich Sie jetzt allen Anwesenden vorstellen …»

Zuvorkommend half er mir auf, wartete, bis ich mein Gewand ausgeschüttelt hatte, und reichte mir dann mit altmodischer Höflichkeit den Arm.

Wie auf einer normalen Cocktailparty machten wir die Runde, plauderten hier ein paar belanglose Worte, tauschten dort Komplimente aus. Gerade diese vorgetäuschte Normalität unterstrich noch die absurde Situation. Wir wurden einander nur mit Vornamen vorgestellt und taten alle so, als sei es völlig normal, einander in antiken Gewändern nachempfundenen, an allen möglichen Stellen offenstehenden Kutten zu begegnen.

«Sie haben einen wunderschönen, festen Hintern», sagte eine ältere Dame, deren von erstem Grau durchzogene Haare zu einem Chignon hochgesteckt waren, mit königlicher Herablassung zu mir und fasste mich am Ellenbogen, um mich umzudrehen und das gelobte Körperteil ungeniert zu betasten. «Wie ein reifer Pfirsich!» Und mit diesen Worten kniff sie mich kräftig in die eine Hinterbacke.

«Fast so schön wie deiner, Liebste», bestätigte der hochgewachsene Mann an ihrer Seite und warf ihr einen verliebten Seitenblick zu. «Zeig ihn doch einmal, damit man den direkten Vergleich hat!»

Ohne eine Sekunde zu zögern, raffte die Dame ihr bodenlanges Gewand und drehte sich so, dass unsere nackten Kehrseiten unmittelbar nebeneinander zu betrachten waren.

«Kaum zu unterscheiden», urteilte ihr Galan, und Pierre warf mir ein amüsiertes Augenzwinkern zu.

«Selbstverständlich hat er gelogen», sagte er halblaut, während er mich weiterzog. «Die gute Lisette hatte früher tatsächlich einen prächtigen Hintern, und sie kann einfach nicht damit leben, dass inzwischen andere einen schöneren haben. Willst du ihn sehen?»

Verständnislos starrte ich ihn an. Pierre lächelte. «Entschuldige, das habe ich ganz zu erwähnen vergessen: Wir besitzen eine Mitgliedergalerie der besonderen Art. Ich zeige sie dir!»

Mit diesen Worten führte er mich in einen angrenzenden Korridor, nachdem er einem älteren Mann mit finster zusammengezogenen Brauen gewinkt hatte, sich uns anzuschließen.

Im ersten Moment erkannte ich nicht, was sich da in

drei Reihen untereinander die dunkel tapezierten Wände entlangzog. Dann ging mir plötzlich ein Licht auf.

Wie in den Trophäenkammern alter Schlösser hingen hier zwar keine Originale, aber weißschimmernde Gipsabdrücke: die männlichen Geschlechtsorgane links, die weiblichen Hinterteile rechts. Ganz am Ende der Reihe entdeckte ich auch noch einige zweifellos männliche Hinterbacken und warf Pierre einen fragenden Blick zu. «Das sind diejenigen Mitglieder, die sowohl die aktive als auch die passive Rolle schätzen – sozusagen unsere Joker, wenn die Verteilung nicht aufgeht», erklärte er schmunzelnd. «Ganz auf männliche Kontakte begrenzte Mitglieder haben wir nicht, sie bleiben lieber unter sich.»

Ein Gedanke schoss mir durch den Kopf: «Werde ich auch hier hängen?»

«Natürlich», erwiderte er schlicht. «Deshalb habe ich ja unseren Phidias gebeten, uns zu begleiten. Dort hinten ist sein Atelier.»

Fasziniert ging ich langsam an dieser Galerie vorüber. Die Hinterteile waren alle ausnehmend attraktiv: schön geschwungen, üppig. Der Gips war glatt poliert worden, und die Oberfläche wirkte so perfekt, dass man nicht gewagt hätte, sie zu berühren.

Die Penisse waren ausnahmslos in erigiertem Zustand dargestellt und schienen mir, soweit ich das inzwischen beurteilen konnte, nicht zu den XL-Größen zu gehören.

«Es ist gar nicht so einfach, sie in diesem Zustand festzuhalten», sagte Pierre, als hätte er meine Gedanken gelesen. Tatsächlich hatte ich mich genau das gefragt.

«Phidias hat ziemlich herumexperimentieren müssen, bis er eine Mischung entwickelt hatte, die schnell genug erstarrt und gleichzeitig stimuliert. – Nein, du brauchst gar nicht erst zu fragen. Er verrät sie niemandem», fügte er lächelnd hinzu, als er mein Interesse bemerkte.

Am Ende des dunklen Ganges stand eine Tür offen. Phidias schlurfte uns voraus und wies mit dem Kopf auf einen Topf Vaseline. «Gut einschmieren», brummte er.

Ich muss etwas ratlos geschaut haben, denn Pierre führte mich zu einem Rollständer, auf dem man seine Kleider aufhängen konnte, und half mir aus der ungewohnten Bekleidung.

«Hier werden die Gipsabdrücke gemacht, die du eben gesehen hast», sagte er dabei und hielt mir den Topf mit der Vaseline hin. «Soll ich dir helfen?»

Während Phidias in einem Mörteleimer hinter uns mit einer Art überdimensionalem Küchenquirl ein unangenehm riechendes Pulver mit Wasser zu einer homogenen Masse anrührte, bestrich Pierre mich sorgfältig von der Taille bis zu den Oberschenkeln mit dem schmierigen Fett. «Lass ja nicht wieder die Leisten aus», mahnte der Künstler ihn mürrisch. «Sonst können wir es gleich nochmal machen!»

Schließlich waren sowohl er mit seiner Modelliermasse als auch Pierre mit seinem Werk zufrieden, und wir gingen zu einer Aufhängung, die mich entfernt an Svens Wolke sieben erinnerte.

Allerdings wurden hier die Gurte an einem Sportbarren und nicht an der Decke befestigt.

«Der Abdruck wird umso schöner, je mehr der Po herausgestreckt wird», erklärte Phidias und begann, weich gepolsterte Manschetten um meine Knie zu befestigen. «Wir hängen dich also so auf, dass ich die Form darunterschieben kann, und dann senken wir dich ein Stück ab, bis du richtig drinsitzt. Und nicht zappeln!»

Pierre hielt mich an den Händen, während Phidias geschickt eine ovale Wanne unter mich schob. «Jetzt schön langsam runter», befahl er.

Ich zuckte zusammen, als meine Haut die kalte, glibberige Masse berührte. Langsam sank ich tiefer ein.

«Gut, jetzt stillhalten!»

Halb schwebte ich, nur von den Gurten und Pierres Händen gehalten, halb trug mich die allmählich erstarrende Abgussmasse, während ich kaum zu atmen wagte.

«Das müsste reichen!» Trotz der Fettschicht schien das Zeug sich an meinen Körper zu klammern. Als er sich endlich löste, gab es ein deutlich schmatzendes Geräusch.

«Wie ist es geworden?», konnte ich mich nicht zurückhalten zu fragen.

«Scheint in Ordnung zu sein», sagte Phidias und inspizierte mit gerunzelter Stirn den Abdruck. «Aber ganz sicher kann man das erst sagen, wenn der Gips trocken ist.»

«Wann wird das sein?»

Er zuckte gleichgültig mit der Schulter: «Morgen, übermorgen ...»

«Ich fürchte, du wirst ihn erst bei deinem nächsten Besuch begutachten können», mischte Pierre sich begütigend ein, als er meine enttäuschte Miene bemerkte. «Du wirst doch wieder vorbeikommen? Donnerstags um diese Zeit haben wir immer Jour fixe.»

«Hat Pauline dir nicht gesagt, das ich in ...», ich sah auf meine Armbanduhr, «... in ziemlich genau zwei Stunden den Nachtzug nach Hamburg nehme?»

«Und wann kommst du wieder nach Paris?»

«Bald», sagte ich, ohne nachzudenken. Ich würde in Zukunft öfter nach Paris kommen. Außer dem Nachtzug gab es ja noch die Möglichkeit, spontan für ein Wochenende herzufliegen.

Pierre strahlte. «Dann komm jetzt, du musst dich noch in die Mitgliederliste eintragen. Ich schicke dir ein Foto von Phidias' Arbeit, sobald er fertig ist.»

Es kam mir vor, als sei ich gerade eben erst aus dem Taxi gestiegen, als ich unten vor dem Haus wie abgemacht auf Thierry wartete. Mein Schließmuskel prickelte immer noch, wenn ich die Schenkel bewegte, und erinnerte mich dadurch an den ebenso kurzweiligen wie lustvollen Nachmittag. Nachdem wir in den großen Saal zurückgeschlendert waren, hatte Pierre mich wieder auf das gepolsterte Podest gebeten, und die Clubmitglieder durften meinen Körper inspizieren. «Zum Kennenlernen», wie sie es nannten.

Zahllose Hände glitten über meine Haut, betasteten mich, drangen in mich ein. Die Empfindungen verschwammen zu einem Kaleidoskop, in dessen Zentrum meine Lust unersättlich schien.

Ganz sicher würde ich hierher zurückkehren!

Verträumt ließ ich meinen Blick über die Häuserfronten streifen. Wer hätte gedacht, dass es hinter diesen gediegenen Fassaden solche raffinierten Zirkel gab!

Ein sich unter lautem Hupen nähernder uralter R4 zog meine Aufmerksamkeit auf sich. Unmittelbar vor mir hielt er an, und Thierry beugte sich über den Vordersitz, um mir die Tür aufzustoßen. «Mach schnell, die lynchen mich sonst!»

Ich sprang hinein. «Ist das wirklich dein Auto?», fragte ich skeptisch und rümpfte die Nase angesichts der zerschlissenen Bezüge und bis auf die Gummiunterlage abgetretenen Fußmatten. «Kein Wunder, dass du lieber Taxi fährst!»

Er warf mir ein schnelles Lächeln zu. «Magst du mein Auto etwa nicht?»

«Ich hoffe nur, dass es bis zum Bahnhof durchhält», gab ich ironisch zurück, «sonst ist es ganz reizend: so altmodisch!»

«Wenigstens muss ich mir damit keine Gedanken wegen Blechschäden machen!»

Das merkte man! Thierrys Fahrstil ließ mich inständig

hoffen, dass die anderen Fahrer geistesgegenwärtig und die Sicherheitsgurte funktionstüchtig waren.

«So, da sind wir», sagte er überflüssigerweise, als er mit haarsträubender Frechheit vor einem behäbigen Citroën in die letzte Parklücke einscherte. «Ich bringe dich zu deinem Zug.»

«Thierry», sagte ich ein wenig kurzatmig, weil er ein Tempo vorlegte, als stünde die Abfahrt unmittelbar bevor, «wie ist es eigentlich mit deinem Terminplan? Ich meine, wie lange vorher muss ich reservieren?»

Er warf mir ein schräges Lächeln zu. «Wenn du Seline den Express-Aufschlag zahlst, macht sie alles möglich, außer gestern. Sonst bin ich im Allgemeinen zwei bis drei Wochen im Voraus verplant. Aber wenn es irgendwie geht, schiebe ich dich ein. Versprochen!»

Wir hatten den Bahnsteig erreicht. Der Zugbegleiter stand höflich abwartend bereit, und Thierry stellte den Koffer ab.

«Also –», sagte er leicht verlegen. Abschiede waren seine Sache offensichtlich nicht. «Das hier wollte ich dir als Andenken schenken!» Mit diesen Worten zog er ein hübsch verpacktes Kästchen aus seiner Jackentasche. «Nur eine praktische Kleinigkeit – Fatima sagt, damit kannst du den Goldton auffrischen, wenn es nötig wird.»

Gerührt fiel ich ihm um den Hals.

«Welch herzzerreißende Abschiedsszene», bemerkte eine spöttische Stimme neben uns. «Entschuldigung, Sie stehen genau vor der Tür!»

In dem Moment, in dem ich mich umdrehte, erkannte ich ihn. Und er mich. Seine Pupillen weiteten sich schlagartig, im nächsten Augenblick zogen die Augen sich zu schmalen Schlitzen zusammen und fixierten mich mit der Intensität des Jägers, der seine zukünftige Beute entdeckt hat.

«Also dann – *bon voyage*», murmelte Thierry und

konnte ein anzügliches Augenzwinkern nicht unterdrücken. «Eine schöne Fahrt ...»

Ich hatte keine Zeit, ihm nachzusehen, denn mein Gegenüber nahm meine gesamte Aufmerksamkeit in Anspruch. Plötzlich hatte mein Herz aus unerklärlichen Gründen heftig zu schlagen begonnen. Zwischen meinen Schenkeln breitete sich wachsende Erregung aus, und ich hatte das Gefühl, nicht richtig atmen zu können.

Seine nahezu schwarzen Augen bohrten sich in meine, hielten sie fest, und eine wortlose Kommunikation begann.

«Ich will dich», sagten seine Augen.

«Dann nimm mich doch», forderten meine ihn heraus.

Goldene Funken blitzten in seinen dunklen Augen auf, als er auf einmal lächelte: ein strahlendes, ehrlich belustigtes Lächeln.

«Darf ich Sie in mein Abteil einladen?», fragte er so artig, dass ein Außenstehender es für eine höfliche Einladung auf eine Tasse Kaffee gehalten hätte. Mir aber war vollkommen bewusst, was sich hinter dieser harmlosen Frage verbarg, und die Bilder, die mich seit jener Nacht verfolgt hatten, standen wieder klar und deutlich vor meinem inneren Auge.

Heute Nacht würde ich es sein, die auf seinem dicken Penis ritt, in deren Schenkel sich die langen sehnigen Finger gruben, an deren Nippeln er saugte, bis mir vor Verlangen schwindlig wäre!

«Einen Moment, Monsieur Lemberger», säuselte der Schaffner, offensichtlich auf ein großzügiges Trinkgeld spekulierend. «Ich muss nur noch den Koffer der Dame versorgen, dann stehe ich ganz zu Ihren Diensten. Der Champagner wartet bereits auf Sie.»

«Schon gut. Sie können den Koffer der Dame gleich in mein Abteil bringen.»

Lemberger hielt mir den Arm hin: «Es klingt so grässlich banal, dass ich es eigentlich gar nicht sagen wollte: Kann es sein, dass wir uns schon einmal gesehen haben? Ich meine nicht auf der Messe. Vorher ...»

«Das ist völlig unmöglich», sagte ich gelassen und legte meine Hand in seine Armbeuge. «Normalerweise fliege ich immer.»